Ceux qui te mentent

Nuala Ellwood

Ceux qui te mentent

Traduit de l'anglais
par Claire Desserrey

Michel LAFON

Titre original : *My Sister's Bones*

Première publication en 2017 par Viking,
une marque de Penguin Books, Londres.

118, avenue Achille-Peretti
CS 70024 – 92521 Neuilly-sur-Seine

www.michel-lafon.com

Ce roman est dédié à mon père,
un grand homme – et un homme bon.

« Quand l'Heure muette en habit noir
Dépose à mon chevet les Songes,
Ne venez pas à moi si souvent,
Ô voix silencieuses des morts. »
Alfred TENNYSON

Prologue

Elle est en sécurité désormais. Libérée de ses démons. Sa dernière demeure, sous les eaux, est un havre de quiétude. Je pense que l'endroit lui aurait plu. Il lui aurait semblé parfaitement adapté.

Bien que j'aie du mal à croire qu'elle puisse trouver la sérénité après une mort aussi violente, j'espère néanmoins que c'est le cas.

Ma sœur. Ma si jolie sœur.

En dispersant ses cendres au-dessus des flots, je murmure : « Pars en paix. » C'est peut-être maintenant, la fin.

Une vedette se met à quai ; les touristes montent à bord. Perdus dans le brouhaha de leurs conversations, le cœur brisé par le chagrin, nous prononçons tous les trois nos derniers adieux. Tandis qu'elle s'éloigne lentement, la question qui me hante depuis sa disparition me revient, une fois de plus, à l'esprit.

Comment se fait-il que, de nous deux, ce soit moi qui aie survécu ?

Première partie

1

Commissariat de Herne Bay
Dimanche 19 avril 2015
10 h 30

– Souhaitez-vous que je reformule ma question ?

Le Dr Shaw m'adresse la parole, mais les voix sont trop fortes.

– Mademoiselle Rafter ?

Elle change de position sur son siège. J'essaie de me concentrer.

– Pardon, vous pouvez répéter ?

– Je vais fermer la fenêtre, si vous voulez. Il y a beaucoup de bruit dehors.

Elle fait mine de se lever et je tends la main pour la retenir. À son tressaillement, je comprends qu'elle a pris mon geste pour une agression. Elle se rassied, mal à l'aise.

– Non, ça va. C'est juste qu'il m'a semblé… Rien. Ce n'est rien.

Il ne faut surtout pas qu'elle sache, pour les voix. Elle hoche la tête, esquisse un sourire. Elle est dans son élément : hallucinations auditives, voix intérieures…

Pour une psy, c'est du pain bénit. Elle ouvre son carnet à une page blanche. Les rayons de soleil font danser sur le papier le reflet argenté de son stylo.

– Bien. Pouvez-vous me décrire ces sons parasites ? Ce sont des voix reconnaissables ?

Je lui lance du tac au tac :

– Je ne vois pas à quoi vous faites allusion.

– Vous avez du mal à les distinguer ?

Cette fois, mon ton est brusque :

– Je sais très bien où vous voulez en venir. Vous n'y arriverez pas. Je ne suis pas ce que vous pensez.

– Et je pense quoi ?

– Que je suis une folle furieuse qui délire, entend des voix et a des visions. Pour vous, tout est dans ma tête.

Les voilà qui reviennent, plus ou moins proches, comme lorsqu'on cherche une station de radio entre deux grésillements. Les cris étouffent ce que le Dr Shaw me dit. Les lamentations de la vieille femme, le jeune père qui court dans la rue avec dans ses bras le corps brisé d'une petite fille – mes fidèles compagnons, qui réapparaissent dès que je subis un stress.

Malgré moi, je plaque mes mains sur mes oreilles. Les voix se fondent dans un bourdonnement semblable à celui que l'on perçoit quand on écoute un coquillage. Il me ramène à ma mère, sa joue collée contre la mienne. *Tu entends, chérie ? C'est le murmure de l'océan.* Je la croyais. Je croyais que la mer se cachait au fond des coquillages – alors qu'en réalité c'était l'écho de l'air qui se répercutait sur les parois incurvées de leurs cavités. Je la croyais parce que c'était ma mère et qu'elle ne mentait jamais.

Le Dr Shaw bouge les lèvres, prononce mon nom. Nous nous dévisageons un long moment. Ses yeux gris-vert ont la couleur de la mer hivernale que j'ai dans la tête. Le bruit des vagues qui se fracassent sur les récifs devient plus fort.

– Mademoiselle Rafter, s'il vous plaît.

Elle s'apprête à se lever pour demander de l'aide.

Je m'oblige à retirer mes mains de mes oreilles et à les joindre. Le bracelet en péridot que Chris m'a offert pour notre huitième anniversaire glisse le long de mon bras. Je caresse les pierres comme si c'était la lampe d'Aladin. *Fais un vœu.* Il me l'a donné à Venise, un soir de carnaval. Alors que nous marchions dans les ruelles nappées de brume en admirant les costumes des participants, il a fait tomber quelque chose dans ma poche. Quand j'ai accroché le bracelet, il m'a murmuré à l'oreille : « À nos huit prochaines années. » Je ferme les yeux. *Ramène-le-moi.*

– Comment dormez-vous ces derniers temps ? Faites-vous des cauchemars ?

Je secoue la tête en essayant de me concentrer. La seule pensée qui me vient, c'est Chris et ce voyage à Venise. Je sens autour de moi l'odeur des canaux vénitiens.

– Il est très joli, dit-elle en montrant mon bijou.

Je lui explique à voix basse :

– Le péridot est censé éloigner les cauchemars.

– C'est efficace ?

Je continue à frotter les pierres entre le pouce et l'index. Bizarrement, ce geste me réconforte.

– C'est efficace, mademoiselle Rafter ?

Elle ne lâchera pas. Je bois une gorgée au gobelet en plastique qu'on m'a proposé il y a une heure. L'eau tiède a un goût de produit chimique, mais tout vaut mieux que la puanteur des canaux. Je m'essuie la bouche du revers de la main.

– Je fais parfois de mauvais rêves. À ma place, qui n’en ferait pas ? Ces dernières semaines ont été rudes.

Elle continue à écrire et je contemple mes pieds ; pendant un court instant, je ne vois plus que des membres épars, figés dans la boue en un puzzle macabre. Elle veut en savoir plus sur mes cauchemars : je commence par quoi ? Quand j’étais au milieu des tombes à ciel ouvert, que mes pieds s’enfonçaient dans la terre et se couvraient de fluides corporels ? Ou ces interminables nuits noires où je me réveillais en souhaitant plus que tout être au milieu du bruit, des conversations, n’importe quoi plutôt que le silence permanent de la mort ? Non, si j’en parle, cela ne fera que confirmer ses soupçons. Je dois avancer avec prudence et conserver un coup d’avance, sinon je suis fichue. Je frotte le péridot pour qu’il me protège. Le Dr Shaw arrête d’écrire.

– Diriez-vous que ces rêves ont empiré depuis votre retour à Herne Bay ?

Je repose le gobelet sur la table et me redresse sur ma chaise. Il faut que j’empêche mon esprit de divaguer, que je sois vigilante : chaque mot que je prononce peut être utilisé contre moi. Je m’efforce de maîtriser ma voix :

– Non, ils n’ont pas empiré. Ils sont simplement devenus réels.

2

Dimanche 12 avril 2015

Une semaine plus tôt

Quand je descends sur le quai désert, l'air marin me fouette le visage et me fait frissonner. J'ajuste mon gros sac à dos et me dirige vers la sortie dans un silence pesant. L'horloge indique 23 h 59. Ai-je pris la bonne décision ? J'ai presque envie de remonter dans le wagon, mais le moteur du train est à l'arrêt ; un homme vêtu d'un gilet fluorescent ouvre les portes pour permettre aux agents de nettoyage de monter. Cette gare est le terminus.

Je tire sur les pans de ma veste. Elle est trop fine. Je n'aurais pas dû ranger ma grosse parka au fond du sac. J'ai oublié à quel point il peut faire froid, le soir, à Herne Bay, même en avril. Ma mère appelait ça un temps à se geler les os.

Je regarde autour de moi pour voir s'il y a quelqu'un. Non, je suis seule. Pourvu qu'il ait reçu mon message. De tous les instants terrifiants que j'ai vécus, celui-ci est le plus déstabilisant. Herne Bay : la ville où la nuit tombe vite et où le rythme des journées est aussi prévisible que l'horaire des marées. Je vais devoir puiser dans toute l'énergie qu'il me reste pour tenir ces prochains jours.

Alors que je pénètre dans le hall mal éclairé, mon portable vibre dans ma poche. Je m'arrête pour décrocher près du halo rougeâtre d'un distributeur de boissons.

– Bonsoir. D'accord, j'arrive.

Le crachin se met à tomber au moment où je sors de la gare. Mon sac lourd tire sur mes épaules. La berline est garée au niveau de la station de taxis vide et je fais un signe de la main au conducteur. Mon beau-frère me répond d'un geste, sans sourire. Pour lui, ma présence ici est synonyme d'ennuis en perspective, et je lui suis d'autant plus reconnaissante d'être venu me chercher. C'est le seul membre de la famille qui m'adresse encore la parole. J'ouvre la portière et lance dans un soupir :

– Bonsoir, Paul. C'est gentil de t'être déplacé à cette heure.

– Pas de problème. Mets ton sac à l'arrière, il y a plus d'espace.

J'aimerais bien me glisser moi aussi sur la banquette, faire comme si j'étais à Londres, dans un taxi anonyme, pressée de me coucher dans mon lit. Ceci dit, le trajet jusque chez ma mère n'est pas long. Je pose mon sac et m'installe à la place du passager. J'attache ma ceinture, me laisse aller contre l'appuie-tête et ferme les paupières. Me voilà de retour au bercail, si cela a encore un sens.

– Tu tiens vraiment à loger chez ta mère ? me demande-t-il en sortant du parking. Si tu préfères passer la semaine chez nous, tu es la bienvenue.

– Merci, je ne veux pas vous déranger.

Sous la lumière des phares défilent des édifices familiers.

– Tu ne nous dérangerais pas du tout. Ce serait avec plaisir.

– Arrête ! Cela m'étonnerait que ce soit un plaisir pour Sally. J'imagine d'ici sa tête si je débarquais.

– Tu n'as pas tort. Pourquoi pas un hôtel ? Il y en a un très chic qui vient d'ouvrir sur le front de mer. Je suis sûr qu'il te plairait.

– Franchement, la maison de maman me convient parfaitement, je t'assure. Je ne suis là que pour quelques jours, et ça me fera du bien d'y être un peu ; cela me permettra de faire le point.

– D'accord. Mon offre tient, si tu changes d'avis.

– Merci beaucoup.

Il est silencieux pendant le trajet. Nous longeons des rues résidentielles dont le nom s'efface au fur et à mesure à la manière de l'encre qui se dissout dans l'eau. Tout à coup, j'ai un poids sur l'estomac et la tête qui tourne, comme chaque fois que je suis ici. On dirait que je suis allergique à cette ville.

– Ça te gêne si j'ouvre la fenêtre ?

J'ai peur de vomir sur son tableau de bord immaculé.

– Je t'en prie.

Du doigt, il me montre un bouton près de la poignée. Je reçois en pleine figure une bouffée d'air froid chargé d'iode qui n'arrange pas mon mal de cœur. Je glisse la main dans ma poche pour caresser la surface lisse et rassurante de mon stylo porte-bonheur – le beau stylo plume en argent gravé à mon nom que Chris m'a offert pour notre premier anniversaire et que j'ai trimbalé partout – en Syrie, en Afghanistan, en Irak. Il suffit que je le touche pour me sentir en sécurité.

La voiture gravit la colline en direction de Smythley Road.

Qu'est-ce que c'est calme ! J'avais oublié ce silence qui s'abat sur la ville dès la tombée du jour. J'imagine les habitants de la rue dans leur lit douillet, telles les « petites tranches de mort » des personnages d'Edgar Poe dont je dévorais les nouvelles étant jeune. Cet univers feutré a été le décor de mon enfance.

– Nous y sommes, annonce-t-il en coupant le contact.

Sa voix me fait sursauter. Il s'est garé devant un pavillon jumelé des années 1930 assez quelconque, dont le crépi autrefois blanc s'est encrassé. J'ai encore en mémoire notre numéro de téléphone et ma litanie de l'époque : *Je m'appelle Kate Rafter, j'habite 46, Smythley Road avec mon papa, ma maman et ma sœur.* Je refoule les larmes qui me montent aux yeux : le premier pas est toujours le plus dur.

J'ouvre la portière. Mes poumons se contractent comme si j'allais avoir une quinte de toux et je pose la main sur le capot pour me ressaisir. Après tout, ce n'est que pour une semaine. Quelques journées à respirer l'air marin et à signer des papiers avant de retrouver le boulot et une vie normale.

– Tout va bien ?

Paul retire le sac à dos de mes épaules et me précède dans l'allée.

– Oui, je suis simplement fatiguée.

– Je ne peux pas te convaincre d'aller à l'hôtel ?

– Franchement, non. J'ai surtout besoin d'une bonne nuit de sommeil.

– Ça ne devrait pas poser de problème, commente-t-il d'un ton léger. On ne peut pas rêver plus tranquille. Je me demande comment tu fais pour sauter d'une guerre à l'autre. À ta place, je ne tiendrais pas le coup.

Sa remarque me ferait presque sourire. Pour la plupart des gens, rien n'est plus important que de bien dormir. Je l'imagine à Homs ou Alep, ronflant comme un bienheureux pendant qu'autour de lui les gens luttent pour rester en vie.

Je m'arrête à la porte d'entrée. Je ne peux pas croire que ma mère ne soit pas derrière, traînant dans son sillage le parfum d'un gâteau qu'elle vient d'enfourner. Elle incarnait cette maison, c'était son monde, le seul qu'elle connaissait.

Paul m'interrompt dans mes rêveries.

– Bon, je te laisse. La clé Chubb ouvre cette porte, la mortaise, celle de derrière. Si tu as froid, le thermostat est dans la cuisine, au-dessus de la bouilloire. Je viendrai demain matin m'assurer que tout va bien.

En les prenant, je frotte machinalement le métal froid entre mes doigts.

– Merci, et dis bonjour à Sally de ma part.

Il tressaille en m'entendant prononcer son nom.

– Elle reste ma sœur, quoi qu'il arrive.

– Je sais. Elle aussi, au fond.

– J'espère bien !

Je frissonne. Il me tapote le bras.

– Rentre. Il fait un froid de loup.

Je le raccompagne à sa voiture et le regarde s'enfoncer dans les replis sombres de la baie. Je ne suis pas pressée. Dès que j'aurai franchi la porte, tout deviendra réel. Je ne pourrai plus nier que maman n'est plus là. La douleur est presque insupportable. En repartant à pas lents vers le seuil, je me dis qu'il faut pourtant que je le fasse, sinon je ne pourrai pas avancer. Juste avant d'entrer, j'aperçois une lumière à l'étage, chez les voisins. Ce signe de vie dans l'obscurité, au milieu de mes pensées morbides, me donne le courage d'insérer la clé dans la serrure.

Après m'être pris les pieds dans mon sac, je tâtonne sur le papier peint à la recherche de l'interrupteur. La lueur blafarde qui éclaire le couloir me déprime sur-le-champ. J'avais oublié que ma mère détestait les lumières vives. Elles révélaient trop de choses. Elle avait installé dans toutes les pièces des ampoules de faible puissance et vivait dans la pénombre. J'ai vécu les dix-huit premières années de ma vie dans un demi-jour permanent, redoutant ce qui pouvait se dissimuler dans les moindres recoins. Je vais de pièce en pièce, alllumant des ampoules qui projettent un halo anémique, et mon découragement grandit.

La cuisine a changé. Apparemment, ma sœur et mon beau-frère ont entamé la rénovation en prévision de la vente. Les murs autrefois rouge foncé ont été repeints en rose pâle, et le lino a été remplacé par une moquette beige fade. Aussi insipide qu'elle soit, cette teinte neutre me convient très bien : elle empêchera les souvenirs de remonter.

Paul a fait des courses en prévision de ma visite : dans le cellier, il y a du café et du thé, du pain frais, de la soupe et des haricots en conserve ; du lait entier, du beurre, des œufs et du bacon dans le frigo. Je n'en ai pas mangé depuis des années et je serai contente de taper dedans demain matin.

Il y a aussi deux bouteilles de vin blanc. Je m'en sers un grand verre, même si ce n'est pas raisonnable. Jusqu'aux événements de ces deux derniers mois, je ne buvais pratiquement pas d'alcool : je m'étais juré de ne pas finir comme mon père et ma sœur. Pourtant, depuis Alep, il n'y a que cela qui me calme. Avec mes somnifères. Je sors la plaquette de ma poche et prends deux comprimés, que j'avale avec une gorgée de vin en espérant qu'ils agissent rapidement.

Je monte à l'étage. Sur le palier, je m'arrête, la gorge serrée, devant la porte de la chambre de ma mère. L'entaille dans le panneau du bas est toujours là. Je me mets à trembler comme si, en une seconde, j'étais ramenée trente ans en arrière. Pourquoi ne l'a-t-elle jamais réparée ? J'ai beau me répéter que je ne dois pas entrer, que je ferais mieux d'attendre demain matin, c'est plus fort que moi : je pousse le battant, le souffle court. La fureur de mon père est encore palpable ; j'ai l'impression qu'il va se ruer sur moi d'une seconde à l'autre pour me demander pourquoi je fouine partout.

Je contemple le mobilier poussiéreux, stupéfaite. Tout est exactement comme avant : la commode en acajou, les lourdes tentures en velours, l'affreux papier peint marron à motifs de pissenlits. Je revois la tête de ma mère heurter le mur, la main de mon père crispée sur ses cheveux pendant qu'il l'écrasait sur les fleurs jaune d'or. La pièce sent le tissu humide et le parfum d'intérieur bon marché. Malgré les efforts récents pour l'égayer, le sang de maman est partout dans cette chambre. Si les taches ont disparu, l'odeur âcre de la peur persiste.

Je referme la porte. Sur le palier, l'illustration encadrée du Sacré-Cœur, aux coloris aujourd'hui fanés, me fait face. Un Jésus barbu, dont le cœur rougeoyant bat dans la poitrine, me tend la main. Autrefois, je détestais cette image ; je détournais systématiquement le regard en passant devant. Elle symbolisait pour moi tous les dysfonctionnements de ma famille : une foi aveugle face à la violence et aux malheurs, la soumission à une autorité divine. Je lis tout haut la phrase qui l'accompagne : « Béni sois-tu, Jésus, et prie pour nous. » Dessous, de son écriture menue, ma mère avait tracé à l'encre bleue les prénoms de ses enfants – deux vivants, un mort –, de son mari et, en dernier, comme toujours, le sien.

Je foudroie du regard le saint homme au sourire angélique et l'invective : « Qu'est-ce que tu nous as apporté de bon ? » Ma voix résonne dans le vide. Quel est ce Dieu qui reprend la vie d'un fils ? Devant le prénom de mon petit frère, je me demande ce qu'il a ressenti en se noyant, quand il se débattait en hoquetant et en appelant sa mère, qui n'est pas venue. Je pense à un autre garçonnet qui n'a pas survécu et je ferme les yeux pour éloigner ces visions. Je retourne le cadre contre le mur. *Ça suffit.*

En entrant dans mon ancienne chambre, je tombe littéralement de sommeil. Quelqu'un – Paul, sans doute – a fait le lit et posé sur la commode une grande serviette moelleuse. La perspective d'un bain chaud est séduisante, mais elle n'est guère compatible avec les somnifères puissants que je viens de prendre. En revanche, une douche ne me fera pas de mal.

Quand j'éclaire la salle de bains, le grand miroir me renvoie un reflet qui me fait frémir. C'est moi, ça ? Je fais beaucoup plus que trente-neuf ans, j'ai le visage bouffi, les traits tirés et mes cheveux ressemblent à une pelote de laine grise. En ouvrant le robinet, je me dis qu'il faut absolument que je prenne rendez-vous avec Anton pour un balayage complet dès mon retour à Londres. Tout en me frottant sous l'eau brûlante, je me dis que je suis bien futile de me soucier ainsi de mon apparence. Qu'est-ce que quelques cheveux blancs par rapport aux horreurs de ces dernières semaines ? Ma vie est en miettes, et ma seule préoccupation, c'est une coupe et un brushing…

Du coup, je repense à mon amie Bridget Hennessey, une des journalistes les plus intrépides que j'aie connues. C'est elle qui m'a mis le pied à l'étrier à mes débuts. Je l'ai rencontrée alors qu'elle revenait d'une mission au Kosovo ; elle avait été kidnappée par une bande de rebelles, retenue en otage pendant dix jours avec un sac sur la tête et soumise à un simulacre d'éxécution – ses ravisseurs, après avoir tiré des coups de feu dans la pièce voisine, lui avaient annoncé qu'ils venaient d'abattre son chauffeur et son photographe et qu'elle était la prochaine sur la liste. La torture psychologique qu'on lui avait fait subir aurait rendu fou n'importe qui ; elle avait tenu bon jusqu'à sa libération. À son retour au journal, je l'avais vue taper calmement sur son clavier le récit de ce qu'elle avait vécu de ses mains parfaitement manucurées. Moi, avec mes cheveux en bataille et mes ongles rongés, je ne comprenais pas comment, après une telle épreuve, on pouvait avoir envie de se faire faire les ongles. Je lui avais posé la question un peu plus tard et elle m'avait répondu : « Tout est là justement ! La vie ne peut pas s'arrêter – elle ne *doit* pas s'arrêter –, sinon cela signifie que ces salauds ont gagné. »

Je sors de la douche et me drape dans la serviette blanche. Enveloppée dans cette chaleur, je m'imagine à Venise, dans notre hôtel préféré, avec Chris qui m'attend dans la chambre. Sa peau chaude et rêche contre la mienne, ses doigts qui pénètrent en moi, le goût du vin sur ses lèvres. Dès que je me glisse entre les draps en Nylon dans la pièce vide et froide, la sensation s'évanouit. Je ferme les yeux.

Quelques instants plus tard, je suis dans une boutique envahie d'une poussière qui tourbillonne et s'insinue dans tous les interstices comme du gaz empoisonné. Plus j'avance, plus elle devient opaque. Je ne vois rien, j'ai la bouche sèche tellement j'ai peur, mais je dois continuer.

C'était autrefois un magasin animé, fréquenté par de nombreux clients. Sur ses étagères s'entassaient des brochures touristiques et des cigarettes de contrebande. Un petit garçon courait dans les allées en racontant ses histoires à qui voulait l'écouter. Maintenant, il n'y a plus un bruit et je progresse sur des amoncellements de gravats. Le sol devient glissant. Mes bottes se couvrent de taches rouges. Je ne marche plus sur des décombres : je patauge dans un sang épais et collant.

Ensuite, il y a le déclic de l'appareil photo, dont le flash illumine la pièce. Surprise par l'éclair aveuglant, je perds l'équilibre et tombe la tête la première. En la relevant, je distingue un petit monticule de pierres, une sorte d'autel au milieu d'une mare sanguinolente. Je rampe dans sa direction, avec le pressentiment de ce qu'il y a dessous. Les battements de son cœur résonnent sous mon corps ; je me mets à dégager frénétiquement les débris à mains nues. Les pierres sont maculées de taches cramoisies ; mes mains saignent, pourtant je ne sens rien. Puis je l'atteins : il est sur le dos, yeux grands ouverts, bras levés comme s'il réclamait sa mère.

Je me penche pour le soulever en m'efforçant de ne pas fixer son visage. Derrière moi, le flash l'éclaire si puissamment qu'il s'efface, se dissout dans la lumière. Je hurle au photographe : « Arrête, tu ne peux pas prendre ça en photo ! » Alors que ma voix se répercute sur les murs éboulés, le sol se met à trembler. L'enfant me supplie du regard. Je voudrais prendre sa main ; elle glisse entre mes doigts. Il se transforme en poussière et crie, juste avant de s'enfoncer dans la terre : « Au secours ! » C'est la dernière image. Le flash m'éblouit et je me réveille en sursaut.

Accroupie sur le sol, je gratte la moquette avec mes ongles. J'ai beau savoir que je suis en sécurité, que ce n'était qu'un cauchemar – un cauchemar de plus –, le goût de poussière est dans ma bouche. En me redressant, je me rends compte que la chambre baigne dans une lumière froide et bleutée ; j'étais tellement épuisée que j'ai oublié de fermer les rideaux.

Je vais à la fenêtre. La voûte céleste est dégagée, si différente du ciel pollué que je contemple chaque nuit à Londres. J'observe la lune et les étoiles clignotantes en pensant à la Syrie. Chris avait l'habitude de dire que, là-bas, la nuit tombait aussi vite qu'une guillotine. J'ai l'impression de me déconnecter : la Syrie, Londres, Chris appartiennent à une autre vie. La seule qui soit réelle, c'est *cette vie-là*, dans cette station balnéaire. Je ne suis plus une journaliste risque-tout, je suis une adolescente terrorisée, tapie derrière les rideaux, effrayée par les cauchemars qui surgissent dès qu'elle s'endort.

3

Commissariat de Herne Bay
10e heure de garde à vue

Le Dr Shaw consulte ses documents.

– Nous allons remonter en arrière, à votre arrivée à Herne Bay. Apparemment, vous n'étiez pas venue depuis un certain temps. Qu'est-ce qui a motivé votre séjour ?

Je l'observe qui croise et décroise les jambes, boit une gorgée de thé dans son gobelet, s'essuie les lèvres et le repose à ses pieds. Le silence s'installe entre nous, uniquement rompu par le tic-tac régulier de la grande horloge ovale suspendue au mur, derrière elle. Je réfléchis à sa question, elle attend ma réponse – qu'elle connaît déjà, j'en suis convaincue.

Dans deux mois, j'aurai quarante ans. Je vois un gâteau recouvert d'un glaçage au citron et fourré de crème au beurre, ma mère qui s'affaire dans la petite cuisine, casse des œufs dans un grand bol. J'ai quatre ans, je suis perchée sur le plan de travail et j'épie ses moindres gestes. Je lui ai demandé « un gâteau de la couleur du soleil » et elle exauce mon vœu ; après ce que nous avons enduré toutes les deux, elle s'en voudrait de me décevoir.

Je veux un gâteau ensoleillé, elle va se débrouiller pour m'en préparer un.

Le Dr Shaw se gratte la gorge. Je lève les yeux et la figure de ma mère s'estompe sur la cloison.

– J'avais envie de respirer l'air de la mer.

Elle attrape dans sa sacoche un dossier cartonné, en sort une feuille.

– Nous avons eu un entretien avec M. Paul Cheverell. Votre beau-frère, c'est bien cela ?

J'approuve d'un signe de tête. Je me sens oppressée, tout à coup. Que leur a-t-il dit ? Elle la parcourt rapidement.

– Selon ses déclarations, vous êtes revenue en raison d'un deuil dans votre famille. Votre mère, si je ne me trompe ?

– Oui.

J'examine le mur pour effacer de mon esprit l'image de la tombe de ma mère. Sans succès.

– Étiez-vous proches ?

Je ramène mon regard vers elle. Plus vite on aura terminé cet interrogatoire, plus vite je sortirai d'ici. Je vais m'imaginer que je suis dans une salle de réunion au journal, et non dans une cellule de commissariat, et que cette conversation ne me concerne pas : il s'agit d'une mère abstraite, qui ne fait pas de gâteaux, n'appelle pas sa fille « ma puce », ne pleure pas en lisant les poèmes d'Elizabeth Barrett Browning. Si je pense à cette femme et non à ma mère, ça ira. Je souris.

– Oui, nous étions proches.

Souris. Mets-la de ton côté.

– Vous lui rendiez visite fréquemment ?

– Pas autant que je l'aurais souhaité.

– Pourquoi ?

– En raison de mon métier, il est rare que je sois plusieurs jours d'affilée en Angleterre, et quand j'y suis, je n'ai pas une minute à moi.

À mesure que je déroule ma phrase, je sens bien que mon explication est vaseuse. Je ne peux pas répondre que c'était trop difficile, que la perspective de voir ma mère intellectuellement diminuée dans une maison de retraite était au-dessus de mes forces.

– Elle souffrait de démence sénile ?

– Oui.

Je me raccroche à l'image de cette mère théorique, mais elle se fissure. À la place, il y a maman, penchée sur la table de la cuisine, cherchant parmi des petits bouts de papier celui où elle a noté le numéro de téléphone de ma tante. Ces pense-bêtes étaient sa mémoire, sa bouée de sauvetage ; elle les perdait souvent, ce qui aggravait sa confusion. Un jour, je lui ai acheté un Dictaphone ; je me souviens d'elle, assise dans le canapé, essayant de le faire fonctionner, l'air égaré, incapable de voir à quoi il pourrait lui servir.

– Combien de temps a-t-elle vécu en institution ?

– Quelques mois.

– Son état s'est détérioré rapidement ?

– Oui. J'ai su qu'elle s'est éteinte dans son sommeil. Sa fin a été paisible.

– Elle a succombé à une attaque ?

– À ce qu'il paraît.

Je préférerais qu'on change de sujet.

– Selon votre beau-frère, vous n'avez pas pu être là à temps pour la cérémonie.

Sa voix froide et mesurée ravive aussitôt ma culpabilité.

– En effet.

– Pourquoi ?

Ses mots m'atteignent comme des balles. Je me force à rester sur mon siège alors que je n'ai qu'une envie : me jeter sur elle et rendre coup sur coup.

– Je vous l'ai dit, mes missions me retiennent à l'étranger parfois plusieurs semaines. J'étais en Syrie.

– Vous ne pouviez pas faire le déplacement ?

– Non. J'aurais aimé… C'était compliqué.

– De ce fait, vous n'avez pu assister aux obsèques. Cela a dû être difficile ?

– Bien sûr.

Je ne veux pas penser à cet après-midi, aux hommes, au sang, au petit qui m'appelait au secours. Dans l'avion, en attendant qu'il décolle pour l'Angleterre, j'avais senti en moi quelque chose se briser net dans ma poitrine. J'avais eu mal, physiquement mal, comme lorsqu'on tire sur un élastique et qu'il claque entre ses doigts. À la peine d'avoir perdu ma mère s'ajoutait un tourment obsédant, la conscience que je fuyais une atrocité que j'avais en partie provoquée. J'avais commis un acte affreux, impardonnable.

Que je ne révélerai pas au Dr Shaw. Elle n'a pas à le savoir.

– Ça a dû être étrange de revenir à Herne Bay après tout ce temps.

Sa voix me ramène brutalement au présent.

– Oui.

– Si j'ai bien compris, vous vous êtes installée dans la maison où vous avez passé votre enfance.

J'approuve d'un mouvement de tête et, sans réfléchir, me gratte l'avant-bras. Mes coupures commencent à cicatriser et la peau me démange. Je rêve d'un antalgique avec un grand verre de chablis. Sans illusion : je n'aurai droit ni à l'un, ni à l'autre. Elle fronce les sourcils à la vue des lacérations.

– C'est douloureux ?

– Ce n'est rien.

– Comment vous êtes-vous blessée ?

Je replie mon bras sur ma poitrine.

– Je vous ai dit que ce n'était rien.

Elle m'observe quelques secondes, puis décide de poursuivre :

– Votre père est-il en vie ?

Elle le sait certainement.

– Non, et tant mieux.

– Pourquoi « tant mieux » ?

– Parce qu'il était alcoolique et violent. Je le détestais et il me détestait.

– Pourquoi le détestiez-vous ?

– Il frappait ma mère. (Je m'arrête. Je parle trop.) Bon, je vous remercie pour la séance de thérapie, mais quel rapport avec ce qui nous occupe ? Je sais comment ça marche, docteur Shaw : interroger les gens, c'est mon gagne-pain. Le problème, ce n'est pas moi – c'est *elle*.

Elle croise les bras.

– Mademoiselle Rafter, contentez-vous de me répondre avec franchise. Ces questions ont pour but de nous aider à établir aussi précisément que possible ce qui vous a amenée ici. C'est clair ?

Je hoche la tête, à contrecœur. Sur le ton qu'elle emploierait avec un gamin désobéissant, elle ajoute :

– Nous pouvons suspendre l'entretien à tout moment. Il suffit de le demander.

D'un ton sec, je réplique :

– Non, c'est bon. On continue.

– Très bien.

Elle change de position sur sa chaise. Elle semble un peu déroutée et cela ne me déplaît pas. Pendant un bref instant, j'ai eu le contrôle de la situation.

– Votre père était violent et vous haïssait. Pourquoi, selon vous ?

– Aucune idée. Peut-être que je lui rappelais ma mère, qu'il ne supportait pas non plus. Mes parents ont perdu un fils et ça les a brisés. Ma mère a surmonté son chagrin en me dorlotant ; mon père est devenu enragé. Il la tenait pour responsable de la perte de mon petit frère. Il buvait et, dès qu'il était soûl, il cognait.

– Pourquoi rejetait-il la responsabilité de ce décès sur votre mère ?

– Je l'ignore. C'était sa façon de réagir, je suppose.

– De quoi votre frère est-il mort ?

– Un accident. Il s'est noyé.

C'est l'explication que je fournis depuis des années chaque fois que des gens bien intentionnés m'interrogent.

– Votre mère était avec lui ?

Des cris. Viennent-ils du couloir ? Pas sûr. Elle semble ne rien avoir perçu. Mon cœur s'affole et j'essaie de me rappeler ce qu'on m'a conseillé. Respirer. Il faut que je me concentre sur mon souffle. Je ferme les yeux en expirant lentement. Elle attend.

– Mademoiselle Rafter ? Kate ?

Je prends une grande inspiration et lui réponds :

– Pardon. Peut-on parler d'autre chose ? Tout cela est très ancien et n'a rien à voir avec ma présence ici.

– OK. Votre père battait-il également votre sœur ?

– Non.

– Pour quelle raison ?
– Comment voulez-vous que je le sache ?
– Vous êtes proches, toutes les deux ?
– Non.
– Pourquoi ?
– Est-on forcément proche de sa sœur ? Vous, par exemple, vous êtes proche de la vôtre ?
– Je suis fille unique.
– Vous avez bien de la chance.
– Il est ici question de *votre* sœur.
– OK, OK. Pourquoi nous ne sommes pas proches ? C'est comme ça. Sans doute que nos vies sont trop différentes.

Elle gribouille sur son carnet en hochant la tête. La dernière fois que j'ai vu Sally, elle m'a apostrophée, le visage déformé par la colère : « Tu débarques ici alors que je ne t'ai pas vue depuis des années et tu te crois autorisée à me dicter ma conduite ? On n'a plus dix ans, Kate. Je prends mes décisions toute seule, maintenant. »

– En quoi sont-elles différentes ? reprend le Dr Shaw.
– En tout.

L'e-mail était apparu dans ma messagerie alors que j'étais terrée dans une cave en Syrie : *Maman est morte, j'ai pensé que tu devrais le savoir.* Une ligne. Une seule phrase lapidaire pour m'annoncer que ma mère, que j'aimais plus que tout, était décédée. *Salope.*

– Pardon ?

Je lève les yeux, le souvenir de ce message encore à l'esprit. Ai-je parlé tout haut ?

– Ma sœur n'est pas particulièrement sympathique et nos relations ne sont pas bonnes. Restons-en là, s'il vous plaît.

4

Lundi 13 avril 2015

Paul est sur le pas de la porte, tout sourire, un sac en papier à la main.

– Le meilleur *fish and chips* de Herne Bay ! Je parie que ça t'a manqué.

En fait, pas du tout. Mais ce matin, étrangement, je suis de bonne humeur : pour la première fois depuis une éternité, je me suis réveillée avec les idées claires. Les voix se sont tues – provisoirement.

– Je me suis débrouillé pour prendre une pause-déjeuner plus longue, et j'ai fait un saut chez Tellivers. Tu dois rêver de faire un vrai repas après ton séjour à… Où étais-tu, déjà ?

– Alep. (À son air, il est évident qu'il n'a aucune idée de l'endroit où ça se trouve.) C'est en Syrie.

– Oui, bon, j'imagine que là-bas on ne mange pas aussi bien qu'ici, déclare-t-il en posant le sac sur la table de la cuisine.

Pendant qu'il met le couvert, je me dis que *là-bas*, c'est la guerre, les gens sont au bord de la famine et combattent pour survivre. À Alep, le *fish and chips* était de loin la dernière de mes préoccupations.

– En fait, Paul, je n'ai pas très faim. Je viens de prendre mon petit déjeuner.

Il tapote la chaise à côté de la sienne.

– Allez, un petit effort ! Tu n'en mourras pas. Il faut te remplumer, tu n'as que la peau sur les os.

Après tout, il fait cela par gentillesse. Je m'assieds sans enthousiasme et il remplit mon assiette de grosses frites.

– Tiens, avale ça !

J'en mâchonne une lentement. À ma grande surprise, elle est délicieuse.

– J'ai appelé le notaire de ta mère à Canterbury. Nous avons rendez-vous mercredi à 13 heures pour signer les documents. Cela ne devrait pas être très long. Il faudra que tu apportes des papiers d'identité. Tu as un passeport ?

Je le regarde, éberluée.

– Tu me vois exercer mon métier sans passeport ?

– Oh, pardon ! admet-il en riant. Évidemment que tu en as un. Excuse-moi, j'ai la tête farcie de problèmes de boulot.

Il va chercher dans le placard une bouteille de vinaigre de malt poussiéreuse.

– Tu en veux ?

– Non merci, sans façon.

Il verse sur ses frites une grande rasade de liquide ambré ; j'en profite pour lui demander :

– Sally sera des nôtres ?

– Non, répond-il en posant sa fourchette, l'air grave.

– Qu'est-ce que tu as ?

– En fait… Elle n'est pas en grande forme.

– En clair, elle s'est remise à boire ?

Il tortille distraitement une frite entre ses doigts.

– Oui, elle a fait plusieurs rechutes.

– Vous êtes allés aux Alcooliques anonymes ?

– Elle y est farouchement opposée. Elle refuse d'admettre qu'elle a un problème. Ce serait bien que tu essaies de la raisonner. Moi, elle ne tient aucun compte de ce que je dis.

– La dernière fois que je l'ai vue, elle m'a clairement signifié que je n'étais pas la bienvenue et m'a pratiquement fichue dehors.

– C'était il y a longtemps, et tu sais à quel point les problèmes avec Hannah la rendent susceptible. Elle pensait que tu l'accusais d'en être responsable.

Je repousse mon assiette.

– Je voulais juste lui ouvrir les yeux. Peu importe qu'elle ait été blessée, il fallait qu'elle sache la vérité : sans son problème d'alcool, sa fille serait encore avec vous, c'est aussi simple que ça.

– Tu prêches un converti. Au moins, grâce à toi, on sait que la petite va bien. Tu nous as permis de la localiser et ça nous a rassurés.

– C'est ma nièce. Je voulais être sûre qu'elle n'était pas en danger. Ce que n'a pas fait Sally.

– J'ai bien compris que tu lui en veux, mais son état ne s'est pas amélioré. Tu ne pourrais pas oublier cette querelle stupide et te réconcilier avec elle ?

Je vais vider dans la poubelle le reste de *fish and chips*.

– C'est quand même dingue qu'elle ne s'en préoccupe pas plus alors qu'elle est sa mère. Franchement, elle s'en fout ?

Il s'essuie les lèvres avec un morceau d'essuie-tout.

– Ne sois pas injuste. Évidemment qu'elle ne s'en fout pas.

Le départ de sa fille l'a dévastée. D'abord, elle s'est mise à boire comme un trou, ensuite elle a perdu son boulot. Elle a complètement craqué. Au fond, elle est consciente que c'est son comportement qui l'a fait fuir – la boisson, les disputes – et ça la mine.

Debout devant la poubelle, je me souviens de ma sœur, angoissée, dans sa chambre à la maternité. C'était une gamine de quatorze ans quand elle a accouché. J'étais assise à côté d'elle et du bébé dans son berceau, et elle m'a demandé : « Qu'est-ce que je fais avec, Kate ? »

– Elles s'aimaient vraiment, toutes les deux, poursuit-il. Tu aurais dû la voir le premier Noël sans sa fille : elle était à ramasser à la petite cuillère. Il est vrai que tu n'as pas pu la voir : tu n'es jamais là. (Il va poser son assiette dans l'évier.) C'est ta sœur, Kate. Elle avait besoin de toi à ce moment-là, elle a encore besoin de toi aujourd'hui.

Il va et vient dans la cuisine ; on dirait un grand oiseau désorienté.

– J'ai essayé, je te jure. Elle n'a pas voulu m'écouter.

– Non, en réalité, tu as fait ton grand reporter : tu as mené une enquête, tu as activé ton réseau – ce qui était super : ça nous a aidés à retrouver Hannah. Il n'empêche que, plutôt qu'une interview, elle souhaitait que sa sœur la soutienne.

J'ouvre la porte de la cour ; ça pue le vinaigre dans cette cuisine et j'ai besoin d'air frais.

– Entendu. Une chose après l'autre. On règle d'abord les affaires de maman et ensuite… Je ne te promets rien, je vais y réfléchir.

– Merci. Ce serait important pour nous deux que tu enterres la hache de guerre, répond-il en attrapant sa veste sur le plan de travail. Bon, il faut que je file au boulot.

Au fait, tu n'as toujours pas vu la tombe de ta mère. Si tu veux, je peux t'y conduire demain à l'heure du déjeuner.

Cela me dérange qu'il associe dans une même phrase les mots « mère » et « tombe » et j'ai envie de le secouer, de lui expliquer qu'il se trompe, que maman est partie faire ses courses et qu'elle sera de retour dans cinq minutes.

– Kate, ça va ?

Je ne veux pas qu'il voie que j'ai les larmes aux yeux. Si je fixe assez longtemps la rose solitaire qui pousse au fond du jardin, elles s'arrêteront.

– Ça va. Oui, je veux bien aller au cimetière si ça ne te dérange pas trop.

– Pas du tout. Je passerai demain. Midi et demi, ça te convient ?

Je me retourne vers lui.

– C'est parfait. Et merci infiniment pour ce que tu fais pour moi. Ça me touche beaucoup.

– Je t'en prie. Allez, à demain.

La porte se ferme derrière lui et je pousse un soupir de soulagement. Je vais enfin pouvoir être seule avec mes pensées.

Je sors. Le jardin, envahi de mauvaises herbes et de pots cassés, est dans un triste état. Ma mère était passionnée de jardinage. Elle qui avait grandi dans une ferme a toujours regretté la vie à la campagne. Son potager était un refuge qui lui rappelait son enfance. Elle s'occupait pendant des heures de ses pommes de terre, de ses carottes, de ses haricots. Parfois, pendant les vacances d'été, on se promenait toutes les deux entre les planches de légumes en grignotant des petits pois. « Un pour la casserole, un pour nous », disait-elle, le regard pétillant. Délivrée pour quelques heures de mon père parti travailler, elle redevenait une jeune femme, riait, chantait. Parfois, on s'asseyait dans la cour pour lire ses recueils de poésie. Elle m'a transmis son amour des mots. Elle se destinait à devenir professeur de lettres, mais avait dû renoncer à son rêve quand elle avait rencontré mon père et était tombée enceinte de moi. « À l'époque, on ne pouvait mener de front une carrière et une famille, m'avait-elle expliqué un jour. C'était l'un ou l'autre, pas les deux. »

Je m'agenouille là où était son massif de rosiers et pose la main sur la terre sablonneuse. Elle avait planté une multitude de fleurs : roses thé aux pétales chiffonnés, pois de senteur escaladant des tipis de saule tressé comme autant de papillons fragiles, capucines aux feuilles en forme de pattes d'ours débordant d'une vieille bouilloire en fer-blanc, pivoines aux teintes de sucre d'orge. Le long de l'allée, les hautes tiges des delphiniums donnaient à l'ensemble une allure romantique : on s'attendait à voir apparaître des demoiselles en robe blanche et des hommes en canotier. Ma mère aimait ces fleurs, peu courantes dans les faubourgs de Herne Bay, parce qu'elles la distinguaient de ses voisins.

Elles ont disparu, remplacées par un amas de broussailles sur un sol desséché. Ce massif de rosiers me hante depuis toujours : je pense à lui en marchant dans les rues de Soho, lorsque je suis enfermée dans un hôtel sous les bombes ou que je prie pour que le sommeil vienne. Il est le symbole doux-amer de mon enfance.

Ce soir-là, j'avais treize ans et j'étais allongée sur la terre, grelottant de tout mon corps. J'avais commis la faute d'intervenir pendant un accès de violence de mon père. Il était rentré soûl et avait fait un scandale en prétendant que la tourte au poulet que maman avait cuisinée était trop sèche. Fidèle à mon habitude, j'avais pris la défense de ma mère. Sally n'avait pas moufté. En adoration devant lui, pour ne pas changer, elle avait abondé dans son sens. « Tu as raison, papa, elle est un peu sèche. » Quelle traîtresse ! Ce soir-là, il s'est déchaîné et j'ai vu rouge. Je me suis interposée entre lui et ma mère terrorisée.

Il s'est arrêté et, un court instant, j'ai cru que cela avait servi à quelque chose, qu'il avait compris. Au lieu de cela, il m'a attrapée par le bras, m'a traînée dans la cuisine et, après m'avoir administré plusieurs coups de ceinturon sur les jambes, a ouvert la porte de la cour et m'a flanquée dehors. On était fin novembre, il faisait nuit, la température était glaciale. Il y avait un sac de compost vide près de la palissade. Je l'ai déchiré par le milieu et m'en suis fait une sorte de châle en le drapant sur mes épaules, ce qui ne m'a pas empêchée de claquer des dents. J'ai tambouriné sur la porte, l'ai supplié de me faire entrer. J'ai appelé ma mère et ma sœur ; personne n'est venu pendant ce qui m'a paru durer une éternité. Les lumières de la maison se sont éteintes les unes après les autres, et je me suis roulée en boule devant le massif de rosiers.

Soudain, tant d'années plus tard, à cet endroit précis, j'éprouve une sensation étrange : un souvenir remonte, si net que j'en vacille presque. Une ombre à la fenêtre : Sally. Cette nuit-là, elle m'avait observée depuis sa chambre. J'ai agité les bras en criant : « Sally, s'il te plaît, descends m'ouvrir ! » Elle ne m'entendait pas, mais elle a vu que j'avais besoin d'elle. Le visage inexpressif, elle n'a pas bougé. Elle s'est contentée de secouer la tête, a fait un pas en arrière et a fermé les rideaux. Quelques minutes plus tard, mon père a déverrouillé la porte. J'avais eu mon châtiment, je pouvais regagner ma chambre. J'ai mis plusieurs heures à me réchauffer, emmitoufflée dans des couches de vêtements. Le lendemain, au petit déjeuner, ma sœur m'a dévisagée comme si j'étais un fantôme, comme si elle ne pouvait croire que j'aie survécu.

Je frissonne. C'est curieux qu'un souvenir demeure enfoui si longtemps et ressorte de façon aussi inattendue. Je n'ai pas envie de m'apesantir dessus pour l'instant. Ce n'est qu'un fragment du passé qui n'a plus sa place aujourd'hui. Je préfère me concentrer sur la tâche qui m'attend. Je suis nulle en jardinage, mais désherber est dans mes cordes. Cela m'occupera quelques heures et remettra de l'ordre dans cette jungle. Je prends plusieurs sacs-poubelle sous l'évier et un vieux balai-brosse dans le cellier.

La température est douce. Être dehors me fait un bien fou et cette activité, quoique fastidieuse, a des vertus purificatrices. À mesure que j'arrache les mottes d'herbe enchevêtrées, j'ai l'impression de me soulager d'un poids. Deux heures plus tard, le jardin a meilleure allure et moi aussi – même si je suis en sueur et que je crève de chaud.

En déposant le dernier sac dans la benne près du mur, j'entends les éclats de rire d'un enfant ; ils me suivent tout le long de l'allée et me font penser à… Je reviens près du massif et il est là, allongé sur le ventre, en train de lire sa bande dessinée préférée, un vieil album qu'il a déjà lu cent fois et dont les blagues idiotes le font s'esclaffer. Il avait un si joli rire.

En relevant la tête, j'aperçois dans le jardin mitoyen une femme d'une trentaine d'années. Elle a sur la tête un foulard bleu à motif de roses rouges qui ressemble beaucoup à celui que ma mère avait l'habitude de mettre sur ses épaules pour aller à l'église. Lorsque nous étions petits, nous l'appelions son « carré de roses ».

– Bonjour !

Elle sursaute, surprise, et pose dans l'herbe le verre qu'elle avait à la main.

– Je m'appelle Kate. Je suis ici pour quelques jours.

Elle se lève de son fauteuil.

– Vous êtes la fille de Mme Rafter ?

– C'est ça, oui.

Je m'appuie contre la palissade.

– Moi, c'est Fida. Votre mère me parlait souvent de vous.

– Ah, ça me fait plaisir. Elle me manque tellement.

– À moi aussi. Elle était si gentille. Elle avait l'habitude de me donner… Je ne connais pas le mot. Des gâteaux ronds fourrés de confiture…

En la voyant chercher ses mots, leur parfum me revient. Ma mère adorait faire de la pâtisserie. Elle préparait systématiquement des beignets quand mon père m'avait battue ; encore aujourd'hui, il m'est impossible d'en manger tant j'associe leur goût à la culpabilité de ma mère et à mon chagrin.

– Des beignets à la confiture.

– Voilà ! s'exclame-t-elle. Ils étaient délicieux. Elle déposait des petites boîtes à ma porte comme… le Père Noël.

– Votre fils les aime aussi ?

Je tends le cou pour le voir. Son sourire s'efface et je crains d'avoir gaffé.

– Je viens de l'entendre rire. C'était si mignon.

Il y a dans son regard une douleur que je reconnais.

– Je n'ai pas d'enfant. C'étaient sans doute des écoliers. Parfois, en fin de journée, ils prennent le raccourci à travers champs derrière chez nous.

– C'est ça, ou alors j'entends des voix, ajouté-je pour détendre l'atmosphère.

Elle rit sans conviction. Incapable de retenir la journaliste qui sommeille toujours en moi, je lui demande :

– Vous vivez seule ?

– Parfois. Mon mari est souvent parti.

Elle lève les mains vers le ciel.

– Il travaille à l'étranger ?

– Oui, à l'étranger.

– Ça doit être pesant.

– Oh, ça va, je suis heureuse.

Au son de sa voix, on dirait plutôt le contraire.

– D'où venez-vous, si je ne suis pas indiscrète ?

– De Fallujah, en Irak.

– Je connais ! J'y suis allée en 2004.

Ses yeux se perdent dans le lointain – une expression que j'ai vue très souvent chez les exilés : un mélange de désolation et de stupeur.

– En 2004, murmure-t-elle. Pendant la bataille ?

– Oui, j'y étais.

Elle croise les bras sur sa poitrine.

– Je suis partie juste après. Mon cousin s'en allait, mes parents m'ont conseillé de le suivre. Que ce serait mieux…

Elle laisse sa phrase en suspens ; une larme tombe sur sa robe, qu'elle se dépêche d'écraser.

– Excusez-moi.

– Ne vous inquiétez pas, je comprends. Fallujah était pour moi un lieu de reportage ; vous, c'est votre pays.

C'est bien plus dur.

– L'Irak n'est plus mon pays. Mon pays, désormais, c'est ici.

Elle sourit, sans parvenir à cacher sa tristesse. J'aurais tant de questions à lui poser ; clairement, le moment n'est pas bien choisi.

– L'Irak sera toujours votre patrie. Il est en vous, comme Herne Bay est en moi alors que je m'en suis éloignée depuis des années.

– Parfois, je rêve de Fallujah au temps de ma jeunesse. À mon réveil, j'ai envie de repartir, mais cela n'a plus rien à voir.

Je m'apprête à lui parler de l'article que je viens d'écrire sur sa ville quand un fracas énorme me stoppe dans mon élan.

– Qu'est-ce que c'était ?

Son sourire s'efface.

– Il faut que j'y aille, dit-elle nerveusement.

– Tout va bien ? Vous avez besoin d'aide ?

– Non, merci, ce n'est pas la peine, répond-elle d'une voix nouée. Je dois y aller.

Elle tire son foulard autour de sa figure et s'en va à pas pressés. Je reste médusée. Quelle étrange réaction ! En me retournant pour rentrer, je revois ma mère en train de lire dans son vieux fauteuil ; dès que la clé de mon père tournait dans la serrure, elle passait en une seconde du bien-être à l'effroi. Je pense à cette jeune voisine, à sa peur, et un frisson me parcourt des pieds à la tête.

5

Commissariat de Herne Bay
13e heure de garde à vue

– Depuis combien de temps prenez-vous des somnifères ?

Debout devant la petite fenêtre, je dessine du doigt un ovale sur la vitre. Je l'entends respirer dans mon dos. Ça la dérange que je me sois levée, que j'échappe à son regard.

– Pas géniale, la vue sur le parking. Ce n'est pas déprimant, à force, ce béton ?

– Répondez-moi, s'il vous plaît.

Malgré sa voix posée, elle s'impatiente, c'est clair. Je me tourne vers elle.

– Désolée. Vous pouvez répéter ?

– Depuis combien de temps prenez-vous des somnifères délivrés sur ordonnance ?

Je suis trop fatiguée pour mentir.

– Quinze ans.

Ses pupilles se dilatent imperceptiblement. J'ai l'habitude de remarquer ces détails.

– C'est très long.

J'articule lentement, comme si je m'adressais à un enfant :

– Avez-vous déjà essayé de dormir pendant une attaque au mortier ? (Elle secoue la tête, note dans son carnet. Je souris en pensant que, de sa petite écriture appliquée, elle inscrit « somnifères… attaques au mortier… diagnostic ».) Et il n'y a pas que les bombardements. Il y a aussi le décalage horaire, les dates limites pour envoyer les articles. Il m'est arrivé de rester quarante-huit heures sans fermer l'œil et d'être incapable de déconnecter mon cerveau au moment de m'endormir. Nous prenons tous des somnifères, docteur. Cela fait partie de la panoplie de base, au même titre que le gilet pare-balles ou un bon interprète. C'est tout à fait normal.

– Vous consommez d'autres médicaments ?

Elle pose son stylo et me dévisage. Je pivote vers la fenêtre. Dans la cour, un flic obèse essaie de monter dans sa voiture.

– Non, pas d'autres médicaments.

Elle s'éclaircit la gorge.

– On ne vous a rien prescrit contre les hallucinations ? Des neuroleptiques, par exemple ?

Je me tourne vers elle ; elle tient une feuille à en-tête. Soudain, j'ai peur.

– De quoi s'agit-il ?

Elle relève la tête.

– Les neuroleptiques ? On les emploie pour soigner diverses affections. Principalement la schizophrénie, mais aussi les troubles bipolaires, la dépression…

– Ne vous fatiguez pas, je sais ce que c'est, dis-je en revenant vers ma chaise. Je parle de ce papier. Où l'avez-vous récupéré ?

Elle le glisse dans son dossier bleu, croise les bras et prend une voix ferme.

– Je repose ma question : à part les somnifères, avez-vous un autre traitement ?

J'essaie de lire sur son visage. Est-ce qu'elle aussi souhaite en finir au plus vite afin de pouvoir être chez elle à temps pour dîner avec son mari et ses gosses, se détendre devant la télé ? Sûrement que oui. Je décide de jouer réglo. Tout est bon pour accélérer ma sortie.

– On m'en a prescrit un il y a plusieurs mois. Apparemment, vous le savez déjà.

– Bien. Vous le prenez toujours ?

Je mens :

– Oui.

– Il vous soulage ?

Je tressaille en me remémorant ma chute sur le trottoir, le goût de sang dans ma bouche et l'impression d'avoir la tête en feu. L'interne des urgences exténué qui m'a tendu un flacon de comprimés comme si c'étaient des bonbons. Ensuite, allongée sur le lit, l'étrange sensation d'apesanteur en attendant qu'ils agissent. Leurs effets secondaires étaient pires que la pire des hallucinations, que le pire des cauchemars : j'étais incapable de réfléchir, je pouvais à peine formuler une phrase, encore moins rédiger un article ou mener une interview. En deux semaines, je suis devenue une loque. Je n'avais qu'une envie : dormir, manger et ne penser à rien. J'ai fini par les jeter dans les toilettes. Les voix sont réapparues dès le lendemain ; après des semaines de vide abyssal, j'ai cru retrouver de vieilles amies.

– Oui, ça m'aide.

– Vos hallucinations ont diminué ?

– Oui, absolument. Ceci étant, je le prends avant tout pour calmer mes angoisses.

La vieille femme choisit cet instant pour se mettre à hurler. Je sursaute brusquement sur ma chaise. La pièce devient silencieuse. Est-ce que le Dr Shaw a remarqué ? Elle m'examine d'un œil froid et choisit un nouvel angle d'attaque.

– Diriez-vous que votre profession et les événements dont vous avez été témoin ont aggravé votre anxiété ?

– Évidemment. Je ne suis pas un robot. Je ne pourrais pas exercer mon métier si je n'étais pas touchée par ce que je vois.

Montre-lui que tu éprouves des sentiments, que tu es humaine…

J'essaie d'interpréter son expression. Elle hoche la tête, impassible, et poursuit, après avoir consulté à nouveau ses notes :

– Bien. Combien de voyages en Syrie avez-vous effectués ces deux dernières années ?

– Oh, mon Dieu, j'ai oublié ! Huit ou neuf.

– Huit ou neuf. Vous avez assisté chaque fois à des scènes éprouvantes ?

– Oui. Comme la plupart de mes confrères journalistes, des employés des associations humanitaires et des gens qui vivent sur place. Mon cas n'a rien d'exceptionnel.

– Certes. Il s'agit néanmoins d'expériences extrêmes. Des séjours fréquents dans des zones de guerre influent forcément sur l'équilibre mental. Si je devais travailler dans ces circonstances, je suis persuadée que je n'en sortirais pas indemne.

Son ton commence à m'agacer.

– Il faut croire que je suis plus coriace que vous.

Sans s'attarder sur mon commentaire, elle reprend :

– Quelle est la durée de vos missions, en moyenne ?

– Ça dépend. C'est toujours différent.

– Votre dernier reportage à Alep, par exemple ?
– Trois semaines.
– Vous logiez chez une famille ?
Je hoche la tête.
– Trois semaines au même endroit, dans des conditions difficiles. Suffisamment longtemps pour qu'une relation, un lien fort avec vos hôtes s'instaure.
Je vois où elle veut en venir et ça m'insupporte. Je secoue la tête, mais elle continue.
– Dans ce reportage, vous évoquiez un petit garçon. Ce qui lui est arrivé vous a marquée ?
Je me raidis. Pourquoi faut-il qu'on aborde ce sujet ? On pourrait se contenter de mes coupures, qui sont bien plus faciles à expliquer. Derrière la porte, je distingue l'ombre d'un policier. Je n'ai pas le choix, je suis coincée.
– Pouvez-vous me donner des détails sur lui ? Il s'appelait Nidal, n'est-ce pas ?
Elle se penche vers moi et je perçois son parfum douceâtre et bon marché, à l'image de cette ville ; il me pique la gorge et m'étouffe. Je me redresse.
– Excusez-moi. Cela devient ridicule. J'ai très mal à la tête ; je veux rentrer chez moi.
– Ainsi que je vous l'ai indiqué en préambule à notre entretien, vous avez été mise en garde à vue conformément à l'article 136 de la loi sur la santé mentale, qui nous autorise à vous retenir jusqu'à soixante-douze heures afin d'expertiser votre état psychologique.
– Je n'ai pas l'intention de moisir ici trois jours.
Il me semble que ma voix part dans les aigus. Je me lève pour arpenter la pièce. Le Dr Shaw est parfaitement immobile et j'ai envie de la gifler pour qu'elle comprenne. Je frémis en me souvenant que mon père disait cela

quand il levait la main sur ma mère. J'inspire à fond et me rassieds. Me mettre en colère ne servira à rien. *Garde ton sang-froid.*

– Voulez-vous faire une pause ou pouvons-nous continuer ?

– On continue. En revanche, je n'ai rien à déclarer à propos de la Syrie. Absolument rien.

6

Lundi 13 avril 2015

Je m'écroule à 21 h 30, assommée par les comprimés et un documentaire télévisé de deux heures consacré à Margaret Thatcher. Je me roule en boule sous les couvertures dans la position d'une créature préhistorique fossilisée, et la dernière chose que j'entends c'est la voix de la Dame de fer : « Là où il y a de la discorde, apportons l'harmonie. Là où est l'erreur, apportons la vérité. Là où il y a le doute, apportons la foi. Là où il y a du désespoir, apportons l'espérance. »

Mon lit a conservé l'odeur qu'il avait en 1979, quand ma sœur est née et que j'ai eu droit à un « lit de grande ». Mon enfance malheureuse est gravée dans le bois du sommier, dans les ressorts du matelas, dans le velours bleu du capitonnage. Je m'y allonge et je remonte les années : j'ai quatre ans, je suis assise sur le canapé avec maman et le bébé. Mon père rapproche son fauteuil du téléviseur, augmente le volume pour ne rien perdre du discours du nouveau Premier ministre. Je m'apprête à parler ; il me fait taire. « Boucle-la, tu ne vois donc pas que j'écoute ? » Sally se met à pleurer parce qu'elle a faim ;

ses vagissements étouffent la voix de la Dame de fer. Ma mère bondit sur ses pieds pour la calmer, mais trop tard : il a raté la déclaration et quelqu'un doit payer. Il lève le poing. « Quelle bonne à rien ! Tu préfères te vautrer sur ce canapé au lieu de t'occuper de ton bébé ! Tu n'es pas faite pour avoir des enfants. »

J'entends ma mère pleurer à mesure que je m'enfonce. Je me couvre les oreilles. Puis l'air se réchauffe et je reconnais l'odeur familière de la poussière de la mort. Je suis de retour à Alep et je sais ce qui m'attend : une rue déserte, du sang, des éboulis, un amoncellement de débris que je dois dégager pour parvenir jusqu'à lui. Ma pénitence.

Tu n'es pas faite pour avoir des enfants.

La voix perçante de mon père s'insinue à travers la poche d'air qui relie le passé au présent. Un présent déformé, une succession infinie de moments que je revis nuit après nuit. Je voudrais lui jeter à la figure l'héritage empoisonné qu'il nous a légué, cette gangue de culpabilité et de souffrance, mais il n'y a pas d'exutoire à ma colère : mon adversaire me fixe de ses orbites vides. Les morts ne peuvent pas répondre.

Au fond du tunnel, sa voix est presque inaudible. Je suis dans la boutique, le premier coup de feu vient d'être tiré et il n'est pas trop tard. Je peux l'atteindre si je me dépêche. À chaque tentative, un élément change. Ce soir, la rue est inondée. Je plonge, soulagée, parce que je suis une bonne nageuse et que l'eau évacue la poussière et le sang. Je peux y arriver, je vais le récupérer à temps. Sa peau est tiède ; une bouffée d'espoir m'envahit… *Là où il y a du désespoir, apportons l'espérance…* À l'instant où je le soulève, un bruit terrifiant troue l'air, un hurlement qui semble venir de moi.

Je le lâche, m'élève dans le clair de lune qui filtre sous mes paupières. Le silence recouvre la chambre d'une fine pellicule. Le temps est suspendu. Dehors, la banlieue retient son souffle. Moi aussi. J'attends que la membrane soit transpercée. Il ne se passe rien. Je me tourne sur le côté et me mets à compter. Il paraît que cela permet de juguler les crises d'angoisse. *Un, deux, trois, quatre...* Un nouveau hurlement. Je me redresse dans le lit, fébrile. On dirait la plainte d'un animal blessé, et elle ne vient pas de mon cerveau. Je lance à voix haute :

– Il y a quelqu'un ?

Je sors du lit et vais à la fenêtre. Le jour se lève à l'horizon et illumine la brume rosée qui s'est déposée sur les parterres vides. Rien non plus dans le jardin des voisins. Alors que je m'apprête à fermer les rideaux, une ombre sort de la cabane et prend forme petit à petit dans la lueur de l'aube : un homme vêtu de noir, le visage dissimulé par la visière de sa casquette, remonte l'allée dans la pénombre.

Il faut que je prévienne Fida.

Puis je la vois, en robe de chambre, devant la porte qui donne sur l'arrière. L'homme lui met quelque chose dans la main puis ils rentrent. Juste avant de fermer, elle regarde ma fenêtre. Instinctivement, je fais un pas un arrière. Est-ce qu'elle m'a vue ? C'est possible. Peu importe, je n'ai rien fait de mal. En me recouchant, je me souviens que son mari travaille à l'étranger. Il a dû regagner le domicile conjugal. Tout va bien, elle l'a retrouvé ; cette nuit, elle dormira dans ses bras.

Quand je m'allonge, des cris résonnent dans ma tête. À l'instant où je sombre dans le sommeil, je ne sais plus très bien d'où ils proviennent.

7

Commissariat de Herne Bay
17e heure de garde à vue

Le jour commence à baisser. Le Dr Shaw appuie sur l'interrupteur ; une lumière jaunâtre envahit la salle d'interrogatoire.

– C'est mieux, commente-t-elle en revenant s'asseoir. Cela me fatigue les yeux de lire dans le noir. Bien, je voudrais vous interroger sur votre travail.

Elle me lance un petit sourire, que je ne lui rends pas. Je rétorque, un ton au-dessus du bourdonnement des néons :

– Je ne dirai rien sur la Syrie. J'ai été claire sur ce point.

– Oui, j'ai entendu, répond-elle en feuilletant de nouveaux documents. Il ne s'agit pas de cela. J'aimerais qu'on évoque votre dernière journée au journal. Un incident dans la salle de rédaction. Pouvez-vous m'en parler ?

Je me fige. Comment l'a-t-elle appris ? Avec qui a-t-elle été en contact ? Harry ? Rachel ? Je m'apprête à répondre, mais ma voix se grippe et se transforme en quinte de toux. Elle lève la tête.

– Tout va bien ? Vous voulez un peu d'eau ?

Je fais signe que oui. Elle va remplir un gobelet à la fontaine et me l'apporte.

– Merci.

J'avale en grimaçant l'eau tiède qui a le goût de plastique et repose le gobelet sur la table à côté de moi.

– C'est bon, on peut reprendre ?

En regardant l'horloge au-dessus d'elle, je grommelle que oui. Je veux sortir d'ici, aller le voir.

– Votre pause-déjeuner a été longue ce jour-là ?

– Oui, assez.

Elle opine du chef, écrit dans son carnet. Je contemple le sol et c'est Chris qui m'apparaît, morcelé en fragments épars, à l'image des corps qu'il exhume – sa belle bouche, sa lèvre supérieure ourlée, son menton recouvert d'une barbe de plusieurs jours, ses cheveux châtains courts, ses yeux bleus en amande. Je ne parviens pas à les rassembler. Pourtant, il le faut.

– C'était un endroit sympathique ?

– Oui, un restaurant à Soho.

Je me revois dans la rue. Le bar Italia, le club de jazz Ronnie Scott's, le pub Dog and Duck : mes anciens repaires, devant lesquels je suis passée des centaines de fois. Et lui, de l'autre côté de la vitre, les mains croisées sur la table, qui prépare sa tirade en m'attendant.

– À quelle heure êtes-vous arrivée au journal ?

Sa voix tranchante me perfore le cerveau comme une aiguille à tricoter.

– Je ne sais plus… Un peu après 17 heures, je crois.

– En effet, commente-t-elle avec un sourire condescendant, ce repas s'est éternisé. C'était un déjeuner professionnel ou personnel ?

Je scrute le mur, mais c'est nous que je vois, assis l'un en face de l'autre, tels des étrangers.

– Un rendez-vous de travail.

– Pourtant, vous avez consommé de l'alcool ?

Je fais oui de la tête. Le goût acide du vin. La première fois que je buvais depuis des années. Verre après verre, dans mon club, après lui avoir dit au revoir dans Frith Street.

– Diriez-vous que vous étiez ivre ?

– Non.

– Vraiment ?

– Je n'ai bu que deux verres.

Elle lit ses notes.

– Selon Rachel Hadley, vous n'étiez pas fraîche à votre arrivée. En tout cas, pas en état de travailler.

Cette garce de Rachel Hadley ! Prête à tout pour me nuire.

– Pourquoi secouez-vous la tête ?

– La personne que vous mentionnez est un parasite, une petite conne qui rêve de me piquer mon poste.

Si seulement elle n'avait pas été la première personne que j'ai croisée, j'aurais pu finir mon article, tenir jusqu'au soir et partir sans faire d'histoires. Mais lorsque j'ai voulu entrer dans mon bureau, elle bloquait le passage, tel un douanier en faction, en braillant de sa voix de crécelle : « Eh ben dis donc, tu as pris ton temps pour déjeuner ! »

– Vous faites allusion à Rachel Hadley, la femme que vous avez agressée ?

– Oui.

Je suis aussi honteuse qu'il y a plusieurs semaines, et je rougis en me remémorant la suite. J'ai voulu me faufiler devant elle pour m'asseoir, elle a tendu le bras pour m'en empêcher en lançant à tue-tête que je ne tenais pas debout, qu'elle pouvait me préparer un expresso bien serré. Elle a posé la main sur mon épaule et, après, tout est devenu confus. Je n'avais plus devant moi qu'une entrave, un obstacle à écarter.

Le Dr Shaw consulte ses documents, où le moindre détail de cette journée atroce doit être consigné.

– Vous l'avez frappée au visage.

Je contemple la table sans ciller.

– Vos collègues ont dû intervenir…

– Je suppose, oui. J'étais énervée.

J'ai bien senti qu'ils s'empressaient autour d'elle, mais ils n'étaient que des points pas plus gros que des fourmis à la périphérie de ma conscience.

– Harry Vine considère que vous êtes l'une des meilleures journalistes avec qui il a collaboré.

Elle s'est donc entretenue avec mon rédacteur en chef.

– Il vous tient en très haute estime – malgré votre comportement ce jour-là.

Je bredouille :

– Oui, c'est un type bien. Un mec super.

J'essaie d'ordonner mes idées. Harry sait que je suis en garde à vue en vertu de la loi sur la santé mentale. Ma vie est foutue, ma carrière aussi. Qu'est-ce que je vais devenir ?

– Vous le connaissez depuis longtemps ?

– Une quinzaine d'années.

Elle hausse les sourcils.

– Quinze ans ? Aussi longtemps que les somnifères ?

– En effet. Je n'avais pas fait le rapprochement, réponds-je avec une moue désabusée.

– Que vous a-t-il dit dans son bureau, après votre crise ?

Il était très nerveux en me préparant un café serré. L'espace d'un instant, il m'a semblé qu'il avait peur de moi.

– Il m'a... simplement demandé si ça allait.

Elle ne saura pas qu'il m'a menacée de me suspendre et que je l'ai supplié de ne pas le faire parce que je devais partir en mission en Syrie tout de suite après. J'ai eu de la chance : il était coincé. J'étais la seule à pouvoir entrer dans Alep, il le savait. Il n'avait pas le choix.

– Rachel Hadley aurait pu appeler la police.

Elles se ressemblent un peu, ces deux-là : mêmes cheveux blonds au carré, même voix nasillarde. Elles pourraient être sœurs.

– Oui, elle aurait pu. Elle ne l'a pas fait.

– M. Vine vous a accordé un congé jusqu'à la fin de la semaine.

– C'est vrai. C'était généreux de sa part. Je suis désolée, pour Rachel. J'ai beau n'avoir aucune sympathie pour elle, je n'aurais pas dû la frapper.

– Qu'avez-vous fait en sortant du journal ?

Je fixe les papiers qu'elle tient à la main et ma bouche devient sèche. Elle ne peut pas savoir. Ce n'est pas possible.

– Mademoiselle Rafter ?

– Pardon... J'ai la tête qui tourne. Un instant...

Je me relève pour aller à la petite fenêtre ; la nuit est en train de tomber sur le parking. Je pose ma main sur la vitre. Derrière moi, le Dr Shaw s'agite sur sa chaise. Je cligne des yeux pour effacer le souvenir de cette soirée.

– Tout va bien ?

Sa voix se fond avec les autres dans ma tête. Devant l'étendue bétonnée, avec le gris de la mer en toile de fond, je pense à ma mère qui m'encourageait à quitter cette ville pour me construire une vie meilleure. J'ai fui, aussi loin que possible. Aujourd'hui, je suis à nouveau prise dans ses griffes. Cette fois, je sais qu'il n'y a pas d'échappatoire.

8

Mardi 14 avril 2015

Paul me précède pour franchir l'entrée du cimetière. Apparemment, nous sommes les seuls visiteurs.

– C'est par là, m'indique-t-il.

– Oui, je sais.

Debout au milieu de l'allée, je serre sur ma poitrine le petit bouquet de pois de senteur que j'ai apporté. Devant les hautes portes en fer forgé, mon appréhension grandit.

– Je déteste cet endroit, lui dis-je en arrivant à ses côtés. Je l'ai toujours détesté.

Il me tapote l'épaule en souriant et me lance d'une voix enjouée :

– On n'est pas obligés de s'attarder. On repart dès que tu veux.

– Je tiens à la voir.

Nous avançons au milieu des sépultures qui s'étalent à perte de vue. Tous les habitants de Herne Bay qui ont compté depuis le XIXe siècle sont réunis ici. On a du mal à imaginer qu'il y en ait eu suffisamment dans cette ville pour remplir un espace aussi immense.

Je frissonne en voyant l'église, un édifice trapu assez banal entouré d'un enclos gazonné. Quand j'étais petite, l'odeur qui y régnait me donnait la nausée et ce qu'elle renfermait m'oppressait – des bénitiers gluants où des centaines d'inconnus avaient trempé la main au tapis lie-de-vin qui remontait l'allée centrale jusqu'à l'autel. Lorsque enfin le prêtre prononçait la phrase : « Allez, la messe est dite », je me faufilais parmi les paroissiens, à court d'oxygène, pour sortir la première. J'avais l'impression d'être enterrée vivante. Ma mère, en revanche, y trouvait du réconfort, apaisait son chagrin grâce aux prières qu'elle enchaînait en égrenant les perles de son chapelet en ivoire, ce qui, pour moi, n'avait aucun sens.

Paul me voit observer cette horrible bâtisse.

– J'y amenais souvent ta mère avant son départ en maison de retraite.

– Elle avait toujours envie de venir et nous y traînait chaque semaine. Pas pour la messe dominicale, comme tout le monde, mais le samedi soir, le jour où le prêtre recevait les fidèles en confession.

– Tu as raison, c'était systématiquement le samedi soir. Je l'attendais des heures dans la voiture. Je me suis souvent demandé quel affreux péché elle avait commis pour vouloir se confesser si fréquemment. C'était une des femmes les plus douces et les plus affables que j'aie connues. Qu'est-ce qu'elle avait pu faire pour se sentir aussi coupable ?

Je hausse les épaules.

– Qui sait ? Ceci dit, elle a eu son comptant d'épreuves. Ça devait la soulager de se confier à un curé.

– Oui, peut-être.

Nous avançons entre les tombes. Les plus anciennes, à moitié écroulées, sont couvertes de lichens vieux de plus de deux cents ans.

– Je ne sais pas ce que tu en penses, me déclare-t-il avec sérieux, moi, à ma mort, je veux être incinéré. Au moins, c'est un départ clair et net.

– Tout à fait d'accord. Je l'ai d'ailleurs stipulé dans mon testament.

– Je devrais, moi aussi. Ça évite à ceux qui restent de se poser la question.

Soudain, sur un socle envahi par la mousse, je reconnais un nom et mon cœur se serre.

– Alexandra Waits. Elle est toujours là !

– De quoi parles-tu ? Qui est-ce ?

– La petite fille aux ailes d'ange. Gamine, je me faisais peur en imaginant que le cimetière était peuplé de fantômes. Cette stèle était ma préférée parce que Alexandra Waits avait mon âge. Je venais souvent lui raconter mes problèmes.

– C'est un peu bizarre, non ? répond-il avec un rire gêné.

– C'était sans doute à cause des romans gothiques que je dévorais à l'époque. Sérieusement, je me sentais plus calme quand je m'asseyais à côté d'elle : j'étais persuadée qu'elle m'écoutait.

– Comme ta mère avec son prêtre.

– Oui, sans doute. J'avais l'habitude de me cacher ici pendant la messe. Parfois, je fumais une cigarette en douce.

– Kate, l'éternelle rebelle ?

– Non, pas vraiment.

– Quel âge avais-tu ?

– À peu près onze ans. Je rêvassais pendant des heures en pensant à elle. Pour moi, elle avait des cheveux bruns et adorait écrire. C'était une fille, au début du XIXe siècle, et personne ne la prenait au sérieux ; alors elle s'était jetée à la mer parce que la vie ne valait pas la peine d'être vécue si elle ne pouvait devenir écrivain. Voilà l'histoire que j'avais échafaudée.

– C'est une belle histoire. Il y a cependant plus de chances qu'elle ait été emportée par la tuberculose, ce qui était très courant à cette période.

– C'est possible. La dernière fois que je lui ai rendu visite, j'ai eu une frousse bleue. Bêtement, j'avais envie qu'elle se matérialise et je répétais son nom en boucle : « Alexandra Waits, Alexandra Waits. » Soudain, quelqu'un a dit : « Kate Rafter. »

– Sans blague ?

Il fronce les sourcils, mal à l'aise. Je me souviens de ma terreur ce soir-là. J'étais repartie ventre à terre dans l'église, en regardant par-dessus mon épaule pour m'assurer qu'elle ne me poursuivait pas.

Paul frissonne.

– Je déteste ce genre d'histoires ! Elles me foutent les jetons.

En marchant vers la partie plus récente du cimetière, il trébuche à plusieurs reprises. Surprise qu'il soit aussi émotif, je lui souris pour le rassurer.

– Ne t'inquiète pas. Des années plus tard, Sally m'a avoué qu'elle m'avait suivie quand j'étais sortie, qu'elle s'était dissimulée derrière un arbre et que c'était elle qui m'avait fait flipper.

– Ça ne m'étonne pas. Elle nous fait encore flipper aujourd'hui !

En chemin, nous lisons les inscriptions sur les pierres : Helen Stamp, 56 ans ; Judy Turner, 78 ans ; Morgan Hyatt, 6 mois ; Ian St Clair, 30 ans. Certaines sont décorées des photos des disparus et, lorsqu'il s'agit de très jeunes enfants, de guirlandes et de personnages de dessins animés. Au-dessus d'une petite dalle immaculée, un ballon représentant Minnie Mouse se balance dans la brise.

– Tu as vu celle-ci ? me dit-il. Six mois ! Ce n'est pas un âge pour mourir, n'est-ce pas ?

J'essaie de ne pas repenser à cette nuit affreuse mais, tandis que nous traversons l'allée, je suis à nouveau dans l'ascenseur, en chute libre. Je m'appuie sur le bras de Paul pour reprendre mon équilibre et, en relevant la tête, j'aperçois un mûrier. Ma mère n'est pas loin. Elle est venue m'empêcher de tomber plus bas. Je murmure à voix basse :

– Enterrez-moi sous le mûrier.

– Qu'est-ce que tu dis ?

Rien. Un souvenir de maman.

Elle avait inscrit cette phrase au dos de son missel, ce qui m'avait toujours intriguée, au point qu'elle était restée gravée dans mon esprit. Aujourd'hui, tout s'explique : elle voulait être inhumée près de son petit garçon.

– C'est comme ça dans les cimetières, commente Paul. Toutes sortes de souvenirs refluent.

Après Rita Mathers, qui « repose en paix » depuis 1987, et Jim Carter, qui est « un ange au paradis » depuis trente ans, nous arrivons devant la dalle rectangulaire, simple et dépouillée qui marque la dernière demeure de mes parents et de mon frère. En voyant le nom de mon père, je me raidis. Pourquoi a-t-elle souhaité être ensevelie avec lui ? Puis je pense au mûrier. David était là. Elle n'aurait pas voulu être ailleurs.

Paul se recule pour que je puisse m'approcher.

– Nous y voilà. Le marbrier l'a terminée juste avant ta visite, heureusement.

Je serre les pois de senteur dans mes mains. Les couronnes qui ont été déposées le jour de l'enterrement sont fanées. Je vais les jeter un peu plus loin pour les remplacer par mon bouquet, dont le parfum délicat se mêle à celui de la terre. Je m'accroupis pour lire l'épitaphe – trois lignes qui résument le parcours terrestre de ma mère :

Gillian Louise Rafter
14 novembre 1945-26 mars 2015
Pour toujours dans notre cœur

Sans m'attarder sur la mention de mon père, je passe à celle du bas :

En souvenir de
David Robert Rafter
18 janvier 1977-23 août 1978
Dors dans les bras de Jésus, petit homme

À quoi mon frère aurait-il ressemblé s'il avait vécu ? Quelle existence aurait-il eue ? Aujourd'hui, à l'image d'Alexandra Waits, il n'est plus qu'un nom taillé dans la pierre. J'aimerais tellement me souvenir de lui. Je m'assieds dans l'herbe et suis du doigt les contours des lettres. Alors que je me relève, quelqu'un pousse un cri perçant.

– Qu'est-ce que c'était ?

Paul est debout, au-dessus de moi. Son visage, en contrejour, est dans l'ombre.

– Quoi donc ?

Je mets un doigt sur mes lèvres.

– Ce… bruit. Écoute.

– Je n'entends rien. À moins que ce soit ton amie Machine… ajoute-t-il avec un rire nerveux.

– C'était… Non, rien. Probablement une mouette.

C'était la vieille femme. Pourquoi ne me laisse-t-elle pas en paix ? Je m'agenouille près de la tombe et il s'installe à côté de moi.

– Sally m'a un peu parlé de ton frère.

– Qu'est-ce qu'elle t'a dit ?

– Pas grand-chose. Qu'elle avait eu un frère qui était mort accidentellement avant sa naissance.

– Oui, c'est ça. Je n'ai aucun souvenir de lui. J'avais trois ans et lui marchait à peine. Un jour, notre mère nous a emmenés à la plage et il est allé dans l'eau. Elle a tenté de le sauver mais le courant était trop fort et il a été emporté. Je n'en sais pas plus. Elle n'aimait pas qu'on aborde le sujet.

– Ça a dû être une terrible épreuve pour tes parents.

– Oui. Ils ne s'en sont jamais remis. Ma sœur et moi avons tout fait pour les réconcilier. En vain.

– Ce n'est pas évident d'être parent – beau-père, en ce qui me concerne.

– Ce n'est pas pareil : toi, tu reverras Hannah, tôt ou tard. Perdre un enfant, c'est juste…

La phrase reste coincée dans ma gorge. L'ambiance de cet endroit commence à me peser.

– Tu n'as jamais eu envie de te caser, de fonder une famille ?

Je fais non de la tête. Il poursuit, sur un ton taquin :

– Tu n'as personne dans ta vie ? Pas de mec qui t'attend dans ton bel appart' de la capitale ?

– Ne te fatigue pas. Tu sais pertinemment que je suis une célibataire plus qu'endurcie. Raconte-moi plutôt la cérémonie. Il y avait du monde ?

– Pas mal.

– Vraiment ?

– Oui, réplique-t-il sèchement. Je n'ai pas laissé tomber ta mère, on lui a dit adieu dans les règles.

En soupirant, il repousse une mèche sur son front. Il semble épuisé, tout à coup.

– Excuse-moi. Ce n'était pas délicat de ma part. Ces dernières semaines ont dû être pénibles pour toi. Je te suis très reconnaissante d'avoir été à ses côtés à la fin.

Je pose la main sur son épaule. Il tourne la tête vers moi et sourit.

– Ça n'a pas été facile, mais on a fait face. On a tenu le coup. (Il arrange les fleurs de mon bouquet dans l'urne en pierre près de la tombe.) Ses vieux amis sont venus, ta tante Meg a fait le déplacement depuis Southend et des copains de ton père, depuis le pub du quartier.

– Et Sally ?

Il ferme les yeux.

– Paul ?

– Elle… Elle ne se sentait pas bien. Et puis…

– Vas-y, n'hésite pas.

Il renonce à garder la réponse pour lui.

– En apprenant le décès de votre mère, elle a craqué. Depuis, elle s'est enfermée dans la véranda avec ses bouteilles et n'en sort pas, sauf pour aller se ravitailler quand je suis au bureau. Elle ne se lave pas, s'alimente à peine. Je ne sais plus quoi faire. Je suis très inquiet.

Je pose la main sur son épaule pour le réconforter.

– Ça va aller, tu n'es pas seul. Je ferai mon possible pour t'épauler.

– C'est vrai ? Sérieusement ? Tu sais, j'ai tout essayé : la gentillesse, la fermeté, j'ai voulu l'entraîner aux Alcooliques anonymes… Rien n'a marché. Elle a besoin de toi, même si elle te repousse.

En regardant le nom de ma mère sur la pierre tombale, je me dis qu'elle aussi aurait voulu que je fasse tout pour l'aider.

– J'ai demandé qu'on joue « Dans le creux de nos mains » à l'entrée dans l'église et ses cantiques préférés au cours de la messe.

Pendant qu'il me décrit le déroulement des obsèques, j'imagine le cercueil devant l'autel, tel un oiseau fragile suspendu en plein vol. Il entonne les premières strophes de l'hymne au soir qui tombe et, devant ce mûrier maudit, je pense que ma mère était un être bon qui n'avait pas mérité de subir cette violence.

Il se tourne vers moi.

– C'est ta sœur qui a choisi le texte qui a été lu. Si elle n'a pas pu assister à l'enterrement, elle a tenu à participer à sa façon.

– Duquel s'agissait-il ?

– Un verset de la Bible, que tes parents avaient entendu le jour de leur mariage. Lequel, déjà… ? Ah oui : « L'amour excuse tout, espère tout, supporte tout. »

Je me raidis. La compassion que je commençais à éprouver pour elle s'évanouit. Quelle idée de sélectionner celui-là ! C'est un véritable affront pour ma mère, dont la vie a été bousillée par cet homme.

– Tu vois, elle n'était pas indifférente. Elle a voulu s'impliquer.

– Tu sais pertinemment qu'elle ne s'entendait pas du tout avec maman.

– Non… Je n'irais pas jusque-là. C'est vrai que leur relation a été cahotique, mais au fond elles s'aimaient vraiment.

La colère me prend.

– C'est sans doute ce qui explique que c'est toi qui as tout organisé pour qu'elle soit admise en maison de retraite, qui la conduisais à la messe et l'accompagnais pour faire ses courses ?

– J'avais de l'affection pour elle. Cela ne m'ennuyait pas de le faire parce qu'elle était adorable. Elle m'a accueilli avec une grande gentillesse dans votre famille, surtout après le décès de ma mère. Cela me faisait plaisir de lui rendre service.

– Tu as été un gendre formidable, bien meilleur que ses filles. J'aurais aimé davantage profiter d'elle ces dernières années.

Je me souviens tout à coup de Ground Zero, où j'ai fait la connaissance de Chris, de l'équipe d'anthropologues médico-légaux en costume de cosmonautes qui retiraient les cadavres de leur tombe à ciel ouvert. La cruauté de cette image, ce qu'il y a de choquant dans ces corps qu'on exhume au lieu de les ensevelir, me pétrifie.

– Allez, on rentre, me propose Paul en voyant que je ne suis pas dans mon assiette.

Il me prend la main et me guide à travers les tombes. Nous repassons devant le ballon de Minnie, Alexandra

Waits et l'église qui renferme les secrets de ma mère. Tout à coup, je n'en peux plus. Arrivée au portail, je lâche son bras et m'assieds dans l'herbe. Les larmes que j'ai retenues ces dernières semaines se mettent à couler, je mets la tête entre mes mains et je pleure la mère que j'ai perdue.

9

Commissariat de Herne Bay
17e heure de garde à vue

– Vous avez assisté à des atrocités au cours de votre carrière, n'est-ce pas ?

Je n'ai pas envie de lui répondre. J'en ai marre de ses questions. Je baisse les yeux vers mon bracelet. Il est avec moi : la chaleur de sa main qui me caresse, ses lèvres douces sur mon cou… J'ai tellement envie de lui que j'en ai presque mal. Tandis que le Dr Shaw tourne ses pages, je me dis que le contact charnel est un besoin primaire. Ce qui me manque, ce n'est pas tant de faire l'amour, ni même l'amour en général, c'est le contact rassurant d'une peau sur la mienne. Sa peau à lui.

Chris avait les mains rêches, mais les sentir sur moi quand il se glissait dans mon lit au petit matin, sans un mot, me suffisait. Cela me donnait la force de faire mon sac pour repartir vers un nouveau champ de bataille. Le souvenir de sa peau, la perspective de la toucher à nouveau, c'est ce qui m'a fait tenir toutes ces années. Désormais, je vais devoir vivre sans.

– Des spectacles qui auraient fait craquer n'importe qui.

La voix du Dr Shaw me ramène au présent. J'ai l'impression d'être à nu devant elle ; pourtant, que cela me plaise ou non, je dois me concentrer et jouer le jeu.

– Moi, en tout cas, je n'ai pas craqué, lui réponds-je. Sinon, ma présence n'aurait servi à rien. L'impartialité est le principe de base du journalisme.

Elle écrit. Dans mes efforts pour me maîtriser, je dois lui paraître froide, détachée. L'absence d'affect n'est-elle pas caractéristique des psychopathes ? J'ai intérêt à changer de tactique, adoucir les angles pour la mettre dans ma poche.

– Il y a une rencontre que je ne peux effacer de mon esprit : celle de Layla, une petite fille qui avait été amputée des deux jambes à la suite de l'effondrement de son immeuble, touché par un obus. (Elle redresse la tête, surprise que je prenne la parole sans y avoir été poussée.) Elle a fait preuve d'un courage admirable. Elle souriait malgré la douleur. Je me souviens qu'elle avait pris ma main et répétait une phrase incompréhensible. Lorsque le médecin est entré, je lui ai demandé de me la traduire. Il m'a expliqué qu'elle voulait savoir où j'avais mis ses jambes et quand elle pourrait les récupérer. (La psy pousse un long soupir.) Elle se retrouvait seule, à quatre ans, dans un des endroits les plus dangereux de la planète. Toute sa famille avait péri au cours de l'assaut. Personne ne savait par quel miracle elle avait survécu. Assise au bord de son lit, je l'écoutais gémir… (Je bois une gorgée d'eau pour me calmer alors que les plaintes de Layla envahissent la pièce.) Ils étaient à court d'analgésiques et avaient dû cautériser ses moignons sans l'endormir. J'ai déniché au fond de mon sac trois boîtes de paracétamol, que j'ai remises au médecin. Il m'a remerciée comme si je venais de découvrir le traitement du cancer. Moi, je me demandais quel pouvait être l'avenir d'une petite orpheline infirme dans un pays ravagé par la…

Les gémissements, de plus en plus forts, m'empêchent de parler. Je me bouche les oreilles pour les étouffer.

– Mademoiselle Rafter ?

Les paroles du Dr Shaw sont noyées dans le vacarme.

– Assez ! Pitié !

Elle se lève, s'approche et pose doucement sa main sur mon épaule.

– Que se passe-t-il, Kate ? Expliquez-moi.

Je fais non de la tête. Elle ne peut pas être au courant.

Elle insiste :

– Vous êtes sûre que ça va ?

Mes mains tremblent.

– C'est juste… Je voudrais faire une pause. C'est possible ?

– D'accord. On suspend l'entretien cinq minutes.

Elle repart vers son siège, prend son sac et sort. Quelques instants plus tard, un flic baraqué se poste devant la porte. Les gémissements sont assourdissants. Sous l'œil sévère du policier, je suis aussi impuissante que la petite Layla qui se demandait où étaient ses jambes.

10

Mercredi 15 avril 2015

Pas de voix cette nuit, ce qui est plutôt bon signe. Elles font tellement partie de mon quotidien que, aussi étrange que cela puisse paraître, je m'y suis presque habituée. Pour autant, mon sommeil n'a pas été paisible : j'ai rêvé d'Alep avec une précision inhabituelle. J'ai beau être assise, une tasse de café à la main, devant ce jardin de banlieue luisant de rosée, je suis encore imprégnée de l'odeur de renfermé de la chambre et du bruit du petit garçon qui faisait rouler sa voiture dans le couloir.

J'enjambe Nidal assis en train de jouer et il me bombarde de questions.

– Comment c'est l'Angleterre, Kate ? Et les Anglais ?

– Oh, je ne sais pas… Certains sont gentils, d'autres, un peu grincheux.

– Ça veut dire quoi, « grincheux » ?

Je fais une grimace en pinçant les lèvres.

– Qui ne sourit jamais.

Il s'assombrit.

– Malheureux ? Pourquoi les Anglais sont malheureux ?

– Ils se plaignent beaucoup, généralement à propos de sujets sans importance.

– Lesquels ?

– Oh, les trains qui ont du retard, l'attente dans les restaurants... Et la météo. En Angleterre, personne n'est content du temps qu'il fait.

– Il fait froid ?

– Parfois, mais ils rouspètent aussi s'il fait trop chaud.

Son visage s'éclaire.

– Ils ont l'air drôles, ces Anglais !

– Oui, c'est vrai. Tu verras quand tu viendras me rendre visite.

– Peut-être.

Il hausse les épaules et me tourne le dos. Je m'accroupis à côté de lui. Il pleure.

– Qu'est-ce qui ne va pas, Nidal ?

– Tout ça ! hurle-t-il en me montrant le passage froid et humide. Avant, j'allais à l'école, je jouais au foot, je voyageais avec ma classe. On s'amusait, on faisait plein de choses. Maintenant, je suis coincé ici ! (Il attrape sa petite voiture et la jette contre le mur.) J'en ai marre de faire semblant, je veux vivre comme avant, pas être enfermé comme un prisonnier.

– Nidal, je sais que tu as peur, mais ça ne va pas durer toute la vie.

Il me repousse.

– Ma tante veut qu'on parte en Turquie avec elle. Elle connaît quelqu'un qui peut nous emmener. Papa dit que ce n'est pas possible. Il faut qu'on reste jusqu'à ce que ce soit fini, pour ne pas devenir des réfugiés.

Khaled est un homme fier. J'aimerais pourtant qu'il suive le conseil de la tante et qu'il rejoigne la Turquie.

– Maman pense qu'on devrait s'en aller, reprend-il d'une voix rauque. Que là-bas on sera à l'abri et que je pourrai jouer au foot.

Devant son regard rempli d'espoir, je me remémore le camp de transit installé à la frontière turque que j'ai visité il y a six mois. Il y régnait la plus totale confusion, il était infesté de maladies et plein à craquer de gens désespérés, dont les yeux vides témoignaient des épreuves qu'ils avaient traversées. Ce n'est certes pas le paradis dont rêve Nidal, mais ses parents y seraient en sécurité et auraient une chance de refaire leur vie. Ceci étant, je suis persuadée que Khaled ne reviendra pas sur sa décision et je voudrais rassurer Nidal.

– Ton père sait ce qui est mieux pour toi.

– Parce que ça, c'est mieux ? J'en ai marre, je veux être ailleurs !

– Un jour, tu viendras chez moi et tu verras les grincheux dont je t'ai parlé.

– Arrête avec ça ! Arrête de dire qu'ils ne sont pas heureux. Ils *doivent* être heureux. Ils vivent en Angleterre !

Je le serre dans mes bras.

– Nidal, calme-toi, s'il te plaît.

Il ne m'entend pas. Il a mis ses mains sur les oreilles et secoue la tête, furieux.

– Je ne veux plus discuter avec toi. Va-t'en, laisse-moi tranquille.

Je caresse son épaule en me relevant. Arrivée au bout du couloir, je me retourne. Il secoue toujours la tête. J'ai été bête, je n'aurais pas dû lui raconter que les Anglais ne sont pas satisfaits de leur sort : pour cet enfant pris au piège de la guerre, on ne peut pas être malheureux dans un pays aussi sûr.

Un coup à la porte d'entrée met fin aux souvenirs. Je vais déposer ma tasse vide dans l'évier. C'est sans doute Paul qui vient me chercher pour le rendez-vous chez le notaire.

– Tu as bonne mine ce matin, dit-il en me faisant une accolade. Bien dormi ?

Je mens :

– Oui, malgré les mouettes.

– C'est un des plaisirs de la vie au bord de la mer.

Il a beau rire, le cœur n'y est pas : il a les traits tirés et les yeux creusés.

– Tu vas bien ?

– Oui, oui, ça va, répond-il en jetant un œil sur sa montre. C'est juste que je suis un peu à la bourre. On est en sous-effectif au bureau. J'ai dit aux gars que je m'absentais moins de deux heures.

– Tu aurais dû me prévenir, j'aurais pris un taxi.

– Tu plaisantes ? C'est une bande de poules mouillées, et j'ai rempli mon quota d'heures sup'.

– Bon, si tu insistes…

– Absolument ! Allez, prends ton manteau, on file.

En attrapant mes affaires dans la penderie, je renverse mon sac.

– Ah, merde !

– Attends, je vais t'aider.

Il s'accroupit à côté de moi et commence à ramasser les objets éparpillés sur le sol. Il me tend une boîte de comprimés que je range en vitesse, et fronce les sourcils.

– Tu es obligée de prendre ça ? Ce n'est pas bon pour la santé. C'est même dangereux : il y a des risques d'overdose.

– Je sais ce que je fais, je suis une grande fille.

– Les grandes filles aussi font des bêtises ! Ce médicament est très puissant.

– Ne t'inquiète pas pour moi.

Juste avant de sortir, je me rends compte que j'ai oublié quelque chose.

– Attends-moi une seconde. Il faut que je récupère mon stylo porte-bonheur.

– Un stylo porte-bonheur ? On aura tout entendu !

Je vais le chercher sur la table basse du salon, où je m'en suis servie en dernier. Il n'y est pas.

– C'est bizarre. Je suis certaine de l'avoir posé là ce matin…

Paul m'a suivie dans la pièce.

– Dépêche-toi, on va être en retard. Je te prêterai mon Bic porte-bonheur.

Il fouille dans sa poche et me tend en souriant un vieux stylo au capuchon mâchouillé, que je glisse dans mon sac. Je suis contrariée. Où peut-il être ? Je suis certaine de l'avoir mis à côté du bloc sur lequel j'ai écrit.

– Je ne sais pas ce que je ferais si je le perdais.

– T'inquiète, il va réapparaître, affirme-t-il en verrouillant la porte. C'est courant avec les objets.

Un mauvais pressentiment me tenaille.

– Récapitule tous tes gestes, me conseille-t-il tout en pointant sa clé électronique vers la portière. C'est ma technique et elle est infaillible.

Pendant qu'il règle son rétroviseur et s'assure que sa ceinture est bien attachée, je vérifie sur mon portable que je n'ai pas reçu de messages. Rien. Je commence à composer un texto, mais j'ai tellement à dire que je ne sais par où débuter. Je l'efface et remets l'appareil dans mon sac.

– Un truc important ? me demande Paul en démarrant.
– Non. Cela peut attendre.
Il allume la radio et la voix grésillante du DJ envahit l'habitacle. Je suis obnubilée par mon stylo. C'est mauvais signe. Ma baraka est-elle en train de me lâcher ?

Un soleil pâle de fin d'après-midi fait miroiter quelques reflets à la surface de l'eau. Assise sur un banc, je regarde les bateaux de pêche rentrer au port. J'ai demandé à Paul de me déposer sur le front de mer après l'heure passée chez le notaire à lire le testament de ma mère en buvant du thé tiède. Une fois les documents signés, le clerc, une charmante jeune femme prénommée Maria, m'a tendu une enveloppe. Une lettre de maman. Ça m'a fait un choc. Je ne m'attendais absolument pas à ce qu'elle m'ait écrit.

Bien que Paul m'ait proposé de rester à mes côtés, j'ai préféré être seule pour en découvrir le contenu. J'ai décidé de m'installer sur le Neptune's Arm, qui m'a semblé l'endroit le plus approprié : avant la naissance de ma sœur, nous venions souvent toutes les deux sur la jetée pour contempler les allées et venues des embarcations. L'enveloppe est sur mes genoux, encore cachetée. Sur la grève, les pêcheurs remontent péniblement leurs filets chargés de flets et d'anguilles argentées, en repoussant les mouettes qui tournoient au-dessus d'eux, attirées par l'odeur de mort qui flotte dans l'air.

Leurs piaillements stridents se mêlent au sifflement des bourrasques de vent glacial. Cette cacophonie me rappelle la famine de 1984 en Éthiopie et les vautours qui fondaient pour arracher des lambeaux de chair sur les charrettes où s'entassaient les corps décharnés des enfants. Allongée par terre dans le salon, je regardais le journal télévisé ; derrière moi, Sally jouait avec ses poupées, indifférente aux images tragiques qui se gravaient déjà dans ma mémoire. À un moment, elle s'est arrêtée, a tendu le doigt vers l'écran où un petit garçon aux jambes squelettiques et au ventre gonflé éloignait les mouches de sa figure, et m'a demandé : « Elle est où, sa maman ? » D'une voix neutre, j'ai répondu qu'elle était probablement morte. « Morte de quoi ? » J'ai dit qu'elle était morte de faim ; le soleil avait asséché la terre, les pluies n'étaient pas venues et les cérérales nécessaires à leur survie n'avaient pas pu pousser. « Elle mourait de faim, maman, quand David est mort ? a-t-elle poursuivi. Nos récoltes étaient mauvaises ? » En entendant mon père s'approcher dans le couloir, je lui ai ordonné de se taire et j'ai changé de chaîne. Un homme en costume scintillant présentait à une femme en pleurs les cadeaux qu'elle avait failli gagner.

À mes pieds, les vagues se brisent sur les rochers avec un bruit sourd qui ressemble à de petites explosions – un *boum* suivi d'une pause. Apaisée par le ressac, je me décide enfin à ouvrir l'enveloppe. J'aplatis la feuille bleu lavande, où je reconnais l'écriture penchée de ma mère. Les rouleaux se succèdent au rythme de mes battements de cœur.

30 septembre 1993

Kate, ma chérie,

Je me suis assise à notre place favorite pour t'écrire : le vieux fauteuil vert où je te berçais lorsque tu étais bébé et où tu t'installais plus tard pour te plonger dans tes livres. Tu étais aussi immobile qu'une statue, et si sage que, parfois, je m'inquiétais. Je t'appelais pour m'assurer que tu étais là, que tu ne t'étais pas réfugiée dans une contrée lointaine.

La mort de ton père m'a contrainte à mettre de l'ordre dans mes papiers et à rédiger mon testament. Je voulais aussi te laisser cette lettre que tu liras après ma disparition.

Maintenant qu'il n'est plus là, je veux te demander pardon. Tu as été témoin dans tes jeunes années de scènes auxquelles un enfant ne devrait pas assister. Nous n'en avons jamais parlé et ton silence m'effrayait bien plus que ses coups. Je redoutais que cela ait provoqué en toi un traumatisme profond et irrémédiable.

Ton père était un monstre, mais il y avait une raison à sa violence : il avait perdu son fils, son cher petit David. Nous disions qu'il s'agissait d'un accident. Ce n'était pas la vérité. David est mort par ma faute et, depuis, je vis avec cette culpabilité.

Le vent, qui soulève les bords de la feuille, brouille ses mots et je dois plisser les yeux pour poursuivre ma lecture. Cette vieille blessure jamais refermée. Les explications, les supplications, la responsabilité et le chagrin, tout est là. Plusieurs décennies de pénitence résumées en quelques lignes à l'encre bleu pétrole.

Nous étions à la plage de Reculver, tu le sais. Toi, ton frère et moi. David s'est écrié : « Bateau ! Bateau ! » Il y en avait un, effectivement, au large. Je lui ai répondu : « Oui, il est très beau. » Dix minutes plus tard, il l'avait complètement oublié ; il construisait un château de sable pendant que tu ramassais des coquillages à côté de moi. Ce jour-là, j'étais exténuée ; vivre avec ton père n'était pas de tout repos. Il faisait très chaud et j'étais si fatiguée que je me suis assise à l'ombre des rochers. Je n'avais pas l'intention de piquer du nez, je te le jure. Néanmoins, je me suis assoupie. À mon réveil,

David n'était plus là. J'ai arpenté la plage de long en large sans cesser de crier son nom.

Je me lève, la lettre à la main, et vais me planter au bout de la jetée, face à la surface laiteuse de l'océan, pour digérer ce que je viens de lire. Elle se serait endormie ? Ma mère si scrupuleuse, surprotectrice, faisant la sieste alors qu'elle avait la charge de ses deux jeunes enfants ? Ça ne tient pas debout.

Tu t'étais rapprochée du rivage. Je suis passée devant toi en courant et en appelant David. Quelques instants plus tard, je l'ai repéré, qui flottait à la surface, la tête dans l'eau. J'ai voulu aller vers lui, mais mes jambes ne réagissaient plus. Tout s'est ralenti. Tu hurlais, un homme lançait des appels, et moi, j'étais figée sur place.

Le bateau est entré dans mon champ de vision ; à son bord, un homme agitait les bras. Il avait sorti ton frère de l'eau et tu étais aussi avec lui. Ce pêcheur avait fait ce dont j'avais été incapable : il avait secouru mes petits. Une fois sur la grève, il m'a regardée en secouant la tête. Quand je l'ai vu faire ce geste, mes jambes se sont remises à fonctionner et j'ai pu enfin courir jusqu'à lui. Trop tard. Il était mort.

Par ma faute, Kate. Je m'étais endormie alors que j'aurais dû être vigilante et prendre soin de vous. Je n'ai pas tenu mon rôle de mère ce jour-là. Je veux que tu saches que je me sens affreusement coupable pour les souffrances que tu as endurées de par ma négligence. Je m'en voudrais jusqu'à mon dernier souffle.

Je lis sa dernière phrase dans un état second. Je glisse la lettre dans ma poche après l'avoir repliée avec soin. Dans le ciel, un gros nuage floconneux filtre les rayons du soleil et gomme le nom des bateaux. J'agrippe la balustrade et mon regard se perd dans l'horizon moucheté. En quelques minutes, ce paysage a changé : ce n'est plus un lieu de détente et d'évasion. Au loin se dressent les tours de Reculver, dernières ruines d'un antique fort romain. Ma mère nous y traînait tous les dimanches pour nous promener sur l'étroite bande de sable qui s'étend en contrebas de la falaise. J'ai longtemps supposé que ces promenades dominicales étaient un prétexte pour échapper aux humeurs de mon père. Aujourd'hui, je comprends que leur explication était bien plus dérangeante.

Je m'assieds au bord du Neptune's Arm, les pieds pendant au-dessus des flots. Qu'espérais-je trouver dans sa lettre ? Des mots de réconfort ? Une tisane pour éloigner les cauchemars ? Je me glisse un peu plus près du bord et sors la feuille de ma poche. Devant moi, la coque vide d'un vieux canot danse sur l'eau. J'essaie de penser à la femme douce et gracile qui m'a donné la vie. En vain. Elle m'échappe. Je roule la feuille en boule, lève le bras et ouvre la main ; le vent l'emporte au-dessus du môle, où elle monte et virevolte dans l'air salé comme une mouette.

Alors que le ciel s'assombrit et que les feux de signalisation du port changent de couleur, je vois une rue déserte au crépuscule et les ombres de deux soldats, fusil levé, qui s'étirent sur le macadam. Je suis de retour à Alep, fixant l'abîme, hébétée. Je me mets à compter pour effacer cette vision. Il faut que je m'échappe.

Je repars vers le front de mer, près du kiosque à musique. C'est l'heure où la flotte rentre. Plusieurs pêcheurs, réunis sur le quai, fument une cigarette. L'un d'eux, un homme râblé vêtu d'un pull irlandais bleu marine, me fait un signe de tête. Je le reconnais : c'est Ray Morris, un ancien copain de mon père.

– Ray !

Il écrase son mégot et vient me rejoindre.

– Ça alors ! La fille de Denny ? La petite Kate ! Comment vas-tu ?

Il retire sa casquette et me serre la main. Il a la peau calleuse des gens qui sont en permanence au contact de l'eau. Son visage est tanné par les embruns et ses yeux, éclairés par les rayons du couchant, sont d'un bleu presque transparent. Je ne l'ai pas vu depuis la veille de mon départ à la fac : il était venu nous apporter du poisson et maman l'avait invité à dîner. Depuis la mort de mon père, un an plus tôt, nous évitions de nous asseoir à la table de la salle à manger, qui nous rappelait trop de mauvais souvenirs. Ce soir-là, ma mère avait fait un effort et sorti sa plus belle vaisselle. Ce fut notre premier repas digne de ce nom depuis des années. Et le dernier que j'aie pris à la maison.

– Je vais bien, merci.

– Que fais-tu dans le coin ? Aux dernières nouvelles, tu étais en pleine guerre.

– Je suis venue quelques jours pour régler les affaires de maman.

– J'ai appris la triste nouvelle. C'était une femme si gentille.

Je murmure, en essayant de ne pas penser à sa lettre :

– Oui, c'est vrai.

– Je m'en veux de ne pas avoir assisté à son enterrement, dit-il en remettant sa casquette. Tu sais, les églises, ce n'est pas trop mon truc.

– Ne t'en fais pas, je n'y étais pas non plus.

– Ah bon ?

– J'étais en Syrie.

Il hoche la tête. En me montrant les autres pêcheurs sur la plage, il ajoute :

– On lit tous tes articles. Ça ne doit pas être facile tous les jours…

Il me sourit et j'ai du mal à me retenir de pleurer. Quelque chose dans sa voix me rappelle maman.

– Ça me permet de faire un break, de mener une vie normale pendant quelque temps.

– Et ta sœur, comment va-t-elle ? Sally, c'est bien ça ? Elle vit loin, elle aussi ?

– Non, mais elle sort peu ces temps-ci.

– Elle ne travaillait pas dans une des banques de la grande rue ?

– Si. Elle a arrêté il y a quelques années. Elle avait sûrement envie de changer.

– Ce n'est pas moi qui la critiquerais ! En ce qui me concerne, ça m'étonnerait que je continue encore longtemps. Pas loin de cinquante ans que j'suis sur le pont. On chope moins que ça pour un meurtre ! Remarque, je ne me plains pas, ça m'a permis de gagner ma croûte correctement.

Je pointe du doigt les bateaux retournés sur la grève.

– C'est lequel le tien ?

– Le canot noir et blanc, là-bas, près des rochers.

Je plisse les yeux pour déchiffrer l'inscription sur la coque, mais elle est trop loin.

– Comment s'appelle-t-il ?

– *L'Achéron*, répond-il avec un sourire en coin.

– Le fleuve des Enfers ? Pas très gai, dis donc…

– Tu as raison. Pourtant, c'est la réalité. Les gens oublient à quel point la mer peut être dangereuse.

Ses yeux se perdent vers le large. Son corps noueux

semble avoir été taillé dans un bloc de grès et exposé plusieurs siècles aux éléments.

– Toi aussi, tu as choisi un métier rude.

– Parfois, oui. L'océan est une bête indomptable qui a le dernier mot, quoi qu'il arrive.

Je m'apprête à lui répondre, mais le vent avale mes paroles. L'un des pêcheurs appelle Ray, qui lève la main, puis se tourne vers moi et me tapote l'épaule en souriant.

– Bon, ils ont besoin de moi. Ça m'a fait plaisir de te voir, ma p'tite.

– Moi aussi, Ray.

Tout à coup, il me semble que je redeviens petite fille.

– Bien le bonjour à Sally quand tu la verras. Prenez soin l'une de l'autre. Maintenant que votre mère n'est plus là, il faut vous serrer les coudes. La famille, y a que ça qui compte dans la vie !

Il me regarde dans les yeux, hoche la tête, puis part rejoindre les autres pêcheurs. Tandis que je longe le front de mer, ses paroles m'accompagnent. *La famille, y a que ça qui compte dans la vie !* Un groupe d'enfants sont occupés à lancer des lignes à crabes par-dessus la rambarde. Deux gamines se chamaillent parce que leurs lignes se sont enchevêtrées, puis la plus grande prend les choses en main et commence à les démêler. Je sais ce que je dois faire. Tout en marchant, je sors mon téléphone et compose en vitesse un texto : « Je passe te voir. »

Je le range dans ma poche pour héler un taxi. Même si c'est difficile, je dois lui parler. Ray a raison : je n'ai plus qu'elle.

11

Commissariat de Herne Bay
18e heure de garde à vue

– Désirez-vous un verre d'eau ?

Je me détourne de la fenêtre. *Kate, ressaisis-toi.*

– Non, merci, ça va.

Je reviens vers ma chaise en plastique. Des images me traversent l'esprit. J'ai un mal de tête atroce, mais je ne veux pas qu'elle devine que je ne me sens pas bien, que je ne maîtrise pas la situation. Sinon, je suis foutue. Elle croise les mains.

– Bien. Nous en étions restées à votre dernière journée au journal. Sauf erreur de ma part, vous êtes partie à Alep deux jours plus tard ?

Je m'efforce de ne pas broncher, malgré la boule qui pèse sur mon estomac. Au fond, ce n'est qu'un entretien, et je suis une journaliste rompue à l'exercice. Si je suis attentive, je dois pouvoir réussir ce que j'ai toujours fait face aux difficultés : anticiper.

– Oui, c'est bien cela.

– C'était une mission dangereuse. D'après ce que j'ai

compris, on vous a fait entrer clandestinement en Syrie par la frontière turque.

Elle me harcèle alors que je me refuse à en parler. Au final, je vais sans doute devoir m'incliner, mais je ne dirai que ce que je veux, rien de plus.

– Comment savez-vous que je suis arrivée en Syrie incognito ?

Elle vérifie dans son dossier, tourne quelques pages puis relève la tête.

– Harry Vine l'a déclaré aux agents qui l'ont contacté.

Elle a en main une copie de mon ordre de mission, qu'Harry a dû leur transmettre. Je lance, avec un rire qui sonne creux :

– Il s'est montré coopératif, à ce que je vois.

Je soutiens son regard aussi longtemps que possible. Elle ne doit pas se douter qu'intérieurement je me lézarde. Sans baisser les yeux, elle poursuit :

– Le quartier où vous résidiez était assiégé, je crois, et lourdement bombardé.

Je hoche la tête.

– Vous passiez la plupart de vos nuits terrée dans le sous-sol d'un commerçant.

– Oui.

– Il avait un fils. Un petit garçon.

Malgré mon envie de hurler, je dois rester stoïque à tout prix.

– Vous vous êtes attachée à lui ?

Je le vois à la porte, un papier à la main. *C'est un cadeau pour toi. Tu l'emporteras en Angleterre pour mettre les gens grincheux de bonne humeur.*

– J'étais là-bas pour travailler, docteur Shaw.

Ça s'appelle « le livre des sourires ». Regarde.

– Avec les enfants, c'est différent, poursuit-elle. Ils sont plus vulnérables que les adultes et doivent être protégés.

Maman m'a dit que tu étais triste. Je vais te faire sourire.

Je me gratte la gorge pour effacer sa voix.

– C'est vrai.

– Vous mettez beaucoup l'accent sur eux dans vos reportages.

– Oui.

– Pour quelle raison ?

– Parce qu'ils sont des victimes innocentes. Au contact d'enfants qui ont connu la guerre, on comprend à quel point tout cela est dérisoire. Ils se moquent des frontières et des dissensions, ne sont tenus ni par des liens tribaux ni par des enjeux politiques. Ils désirent simplement jouer, aller à l'école, être en sécurité.

Elle incline la tête en souriant.

– Vous avez des enfants ?

– Non. Vous le savez sans doute.

– Pourtant, à l'évidence, vous avez beaucoup d'affinités avec eux.

– Cela n'a aucun rapport avec la maternité, docteur Shaw. Je suis un être humain, tout simplement.

– Vous aimeriez en avoir ?

– Non.

Ma voix n'a pas vacillé alors que j'aimerais hurler tellement j'ai mal. Qu'elle se taise, par pitié !

– Vous n'êtes pas mariée ?

Je fais non de la tête.

– Vous vivez avec quelqu'un ?

– Quel rapport avec ma présence ici ? (J'ai été trop sèche. Je reprends, un ton plus bas :) Pourquoi ne me prenez-vous pas au sérieux ? D'accord, j'ai quelques…

problèmes. Cela n'empêche qu'il faut absolument fouiller cette maison.

– Répondez-moi. Y a-t-il quelqu'un dans votre vie actuellement ?

Je m'assieds sur mes mains pour les empêcher de trembler.

– Non. Je n'ai personne dans ma vie.

12

Mercredi 15 avril 2015

Il est un peu plus de 15 heures quand j'arrive chez Sally. Elle habite dans un lotissement récent, où tous les pavillons sont identiques et collés les uns aux autres. Le sien est au fond d'une impasse, dans un virage. La rue est déserte.

Je frappe à sa porte. J'ai l'impression que tout le quartier m'observe. Pas de réponse. Pourtant, elle est sûrement là : d'après Paul, elle ne sort jamais. Je frappe à nouveau, plus fort. Elle ne vient toujours pas ouvrir. Au bout d'un moment, je me penche vers l'ouverture de sa boîte aux lettres.

– Sally, c'est moi, Kate. Ouvre-moi !

Par la fente, je constate que le couloir est vide et qu'il n'y a aucun mouvement. Je laisse retomber le clapet. En me relevant, j'aperçois une femme dans l'allée du pavillon mitoyen, qui vient à ma hauteur.

– N'insistez pas. Vous pouvez tambouriner autant que vous voudrez, elle ne bougera pas.

Elle est grande, avec des cheveux gris courts ; elle porte

un chemisier imprimé aux couleurs vives qui ressemble beaucoup à un modèle qu'avait ma mère. Question caractère, en revanche, elle n'a rien de l'amabilité de maman. Les bras croisés, elle m'examine des pieds à la tête.

– Je suis sa sœur. Je l'ai prévenue que j'allais venir. Je vais l'attendre.

– Elle ne sort qu'à la tombée de la nuit, répond-elle en soupirant. (À croire que sortir le soir est un péché mortel.) En cachette. Elle s'imagine qu'on ne la remarque pas. Si vous voyiez l'allure qu'elle a : ses vêtements sont pleins de taches, ses cheveux, en pétard… En plus de ça, elle se déplace en voiture et ça m'étonnerait qu'elle soit en état de conduire. Il paraît qu'elle passe ses journées à boire. J'en ai touché deux mots à son compagnon…Comment s'appelle-t-il, déjà ?

– Paul, réponds-je, les yeux sur la porte.

– Oui, c'est ça. Il n'est pas souvent là et il ne sait pas à quoi j'assiste. Il prétend qu'elle est déprimée. C'est parce qu'il ne la voit pas se traîner avec ses sacs de bouteilles. Une dépression ? De mon temps, on appelait ça autrement, et ça finissait mal. Alors, vous êtes sa sœur ? Je ne vous ai jamais vue.

J'essaie de ne pas lui faire sentir au ton de ma voix le mépris qu'elle m'inspire.

– Je vis à Londres et je travaille à l'étranger. Pardon de vous avoir dérangée en faisant du bruit. Ne vous inquiétez pas. Je vais entrer par-derrière.

Madame a d'autres révélations à faire et me décrit par le menu la dégradation du jardin au cours des derniers mois. Je l'arrête dans sa tirade :

– Excusez-moi, j'y vais. Elle a besoin de moi.

Elle grommelle dans mon dos pendant que je me dirige

vers la petite porte latérale. En pénétrant à l'arrière, j'ai un haut-le-cœur. Elle avait raison : c'est un vrai dépotoir. Le gazon clairsemé est envahi de mauvaises herbes, avec des meubles cassés dans tous les coins. Pourquoi Paul ne fait-il rien ? Il vit là, et ça m'étonnerait qu'il apprécie ce spectacle. Il ne souhaite probablement pas s'en mêler. Je repense à son teint blafard et à ses traits tirés quand il est venu me chercher pour aller chez le notaire. Au vu de ces détritus, je comprends mieux. On ne peut pas appeler ça un foyer.

L'allée disparaît sous la végétation. Une fois devant la véranda, je découvre ma sœur, assise toute droite à l'intérieur, le regard fixe. Qu'est-ce qu'elle a changé ! Elle a pris un sacré coup de vieux depuis ma dernière visite, il y a plusieurs années. Je lève la main. Elle ouvre la bouche de surprise. Je lui fais signe de m'ouvrir. Sans réagir, elle me dévisage, incrédule. Je tape au carreau. Elle finit par articuler :

– C'est ouvert.

Dès mon entrée, je suis agressée par une odeur nauséabonde, un mélange de pommes trop mûres et de transpiration. Sally est dans un coin, sur un fauteuil en osier qui n'est plus blanc depuis longtemps, vêtue d'un peignoir rose sale ; ses cheveux blonds, gras, pendent sur ses épaules. En m'approchant, je comprends que c'est elle qui sent mauvais.

– Que fais-tu ici ?

Je referme la porte.

– Je suis venue te voir. Je suis allée chez le notaire… à propos de maman.

Sans quitter des yeux la baie vitrée, elle bredouille :

– Maman est morte. C'est lui qui t'a accompagnée ?

J'en déduis qu'elle parle de son mari et lui réponds qu'en effet Paul m'a conduite au rendez-vous.

– Il m'a aussi emmenée voir sa tombe et m'a raconté la cérémonie.

– Il a toujours eu un faible pour elle, commente-t-elle froidement. Va savoir pourquoi… Elle disait qu'elle ne pouvait pas le supporter. De toute manière, elle détestait ce que j'aimais, pas vrai ?

– Tu me l'apprends. Elle adorait ta fille, par exemple.

Elle pousse un grognement et remonte ses genoux vers sa poitrine.

– C'est reparti, soupire-t-elle. C'est pour ça que tu es là ? Pour me déballer un de tes grands sermons sur l'éducation des enfants ? Tu n'as pas changé, Kate : depuis qu'on est gosses, tu te berces d'illusions.

Je choisis de ne pas relever sa pique et cherche un endroit où m'asseoir. Il n'y a rien, à part une table basse branlante sur laquelle je pose une fesse. Cette odeur écœurante me retourne l'estomac.

– Tu devais savoir qu'elle n'en avait plus pour longtemps. Pourquoi ne m'as-tu pas prévenue plus tôt ? Pourquoi t'es-tu contentée de m'envoyer un mail ? Tu aurais pu m'appeler pour que j'aie le temps de m'organiser.

Elle hausse les épaules. Une minute s'écoule avant qu'elle réponde, d'une voix basse, rendue hésitante par le remontant qu'elle s'est vraisemblablement administré ce matin.

– Je ne t'ai pas appelée parce que tu étais à Pétaouchnok ou je ne sais où. Je n'avais que ton adresse électronique.

– En Syrie. J'étais en Syrie.

J'ai répliqué sèchement. Nos vieux ressentiments n'ont pas mis longtemps à remonter à la surface.

– En Syrie ? Oh, pardon ! Non, je ne pouvais pas prévoir qu'elle casserait sa pipe si vite ni te prévenir à l'avance. Je savais que tu ne pourrais pas assister à l'enterrement, alors à quoi bon entrer dans les détails ? On ne t'a pas vue depuis des années. J'ai de tes nouvelles seulement quand je vois ton nom dans le journal.

– Tu es injuste. C'est vrai que mon métier m'oblige souvent à voyager loin. Mais si j'avais appris que sa santé déclinait, j'aurais tout lâché pour la voir, tu le sais.

Elle hoche la tête. Elle doit sentir qu'elle a poussé le bouchon trop loin. L'alcool la rend agressive mais, dès que ses effets s'estompent, elle a des remords. C'est systématique.

Elle finit par me demander :

– À part ça, tu vas bien ?

Je laisse sa question sans réponse, volontairement. Elle aimerait regagner mon attention. D'ici une minute, elle va me demander d'aller lui acheter à boire.

– Tu n'as pas bonne mine.

C'est ma petite sœur, que j'ai protégée toute mon enfance, et je brûle d'envie de lui raconter, mais en voyant ses mains trembloter, je renonce.

– Ça va, merci. J'ai juste été grippée.

– Faut dire que tu pars toujours dans des pays bizarres, dit-elle en faisant la moue. Dieu sait quelles maladies tu pourrais attraper. Ils en parlent sans arrêt aux infos. C'est quoi, la dernière ? Ebola ? Tu devrais être plus prudente.

Je prends une grande inspiration pour conserver mon calme. La puanteur est vraiment atroce.

– Je ne suis pas malade, je suis simplement crevée.

Elle hausse les épaules. Quelques instants s'écoulent dans un silence gêné, puis elle se lève.

– Je vais me resservir. Tu veux quelque chose ?

– Je veux bien un verre d'eau, si ce n'est pas trop compliqué.

J'ai pris un ton amical pour éviter toute confrontation, mais ma phrase sonne comme un jugement de valeur.

Elle ne semble pas s'en formaliser et me répond, en se dirigeant vers la porte :

– Suis-moi.

Le salon, en revanche, est bien rangé ; il y a un bouquet de fleurs sur le manteau de la cheminée et des documents sur le bras du canapé. Clairement, la véranda est sa tanière et le reste du pavillon, le domaine de Paul. En m'installant dans le fauteuil moelleux, j'ai une pensée pour lui : il doit se sentir seul dans cette grande bâtisse, sans enfant, avec cette femme aux allures de spectre…

– Tu as des nouvelles de ta fille ?

J'ai beau connaître d'avance la réponse, je veux néanmoins l'entendre. Elle me tend un verre d'eau et s'assied sur le canapé avec une tasse remplie d'un liquide qui sent le vin. Elle la porte à ses lèvres d'une main malhabile et la vide en une gorgée.

– La seule raison qui la pousserait à m'appeler ou à revenir, ce serait sa grand-mère. Maintenant qu'elle a disparu, ce sera comme si Hannah l'était aussi.

– Elle ignore que maman est décédée. Comment pourrait-elle l'apprendre ?

Sans tenir compte de ma remarque, elle continue, d'une voix amère :

– C'est la première question qu'elle m'a posée lorsqu'elle a téléphoné. « Comment va mamie ? » Pas : « Je te demande pardon pour le souci que tu t'es fait. » Non, elle s'est uniquement préoccupée de sa grand-mère.

– On peut le comprendre, elles étaient très proches. Il faut qu'elle le sache. Maman l'aurait souhaité.

Elle secoue la tête.

– J'aurais aimé que tu connaisses notre mère telle que je l'ai connue. On dirait qu'on n'a pas eu la même. Elle m'a rendu la vie infernale. Rien de ce que je faisais ne lui convenait. Il faut dire que toi, sa fille chérie, tu as réussi tes examens haut la main et tu es devenue une grande journaliste, alors que moi j'ai juste été capable de faire un môme ; en plus, d'après elle, je me suis aussi arrangée pour rater ça.

– Tu as Paul. C'est un homme gentil.

– Qu'est-ce que tu en sais ? Lui et moi, c'est fini. Il n'est jamais là. Il ne supporte pas de me voir.

Elle m'exaspère à s'apitoyer ainsi sur son sort.

– Comment lui en vouloir ? Tu crois que c'est facile de vivre avec une alcoolique ? Tu es pourtant bien placée pour le savoir. Pourquoi ne cherches-tu pas à te faire aider ?

Elle se lève brusquement.

– Fous-moi la paix ! Tu débarques ici alors que je ne t'ai pas vue depuis des années et tu te crois autorisée à me dicter ma conduite ? On n'a plus dix ans, Kate. Je prends mes décisions toute seule, maintenant.

Elle repart dans la cuisine se réapprovisionner et ça me déprime. À son retour, je redémarre sur le sujet :

– Pourquoi tu n'essaies pas de te rabibocher avec Hannah ?

– Ah ! dit-elle avec un sourire qui ressemble tellement à celui de notre père que j'en ai froid dans le dos, tu penses qu'elle se soucie de moi ? Cette bonne blague ! Elle me déteste. Elle m'a accusée d'avoir gâché sa vie. La dernière chose dont j'ai besoin, c'est qu'elle vienne me balancer des reproches à la figure. Ce que je veux, c'est qu'on me foute la paix.

J'avale une gorgée d'eau pour me calmer.

– Enfin, Sally, c'est ta fille ! Tu as certainement envie de savoir comment elle se porte ?

– C'est reparti ! éructe-t-elle en tapant du poing sur l'accoudoir du canapé. Elle va bien, ne t'en fais pas. Elle bronze sur une île, ou un truc du genre. On le sait puisque tu as mené ton enquête en fourrant ton nez partout, tu te souviens ?

Le silence retombe. C'est vrai que j'ai fait des recherches après son départ parce que, contrairement à elle, j'étais inquiète. Certes, Hannah était une ado difficile, mais elle n'avait que seize ans et n'était pas particulièrement dégourdie. Je voulais me rassurer, savoir où elle était. Sally n'a rien voulu entendre, alors j'ai demandé à Paul de se renseigner auprès des copains d'Hannah. Au départ, ils ont fait la sourde oreille – normal, ils avaient peur de lui attirer des ennuis , puis l'un d'eux a fini par se montrer raisonnable et nous a transmis ses coordonnées : un squat à Brixton. J'ai annoncé à Paul que je m'y rendrais pour vérifier qu'elle allait bien. Quand je l'ai vue, fringuée comme l'as de pique, avec plusieurs kilos en trop, elle m'a affirmé qu'elle était heureuse, qu'elle vivait avec des amis et qu'elle souhaitait prendre des distances avec sa mère, ce que je pouvais parfaitement comprendre. Je lui ai glissé un billet de cent livres en lui demandant de ne pas nous laisser sans nouvelles. Je ne l'ai pas revue. J'y suis retournée à deux reprises ; apparemment, ils avaient déménagé. Alors que je commençais à m'inquiéter de nouveau, j'ai reçu une lettre dans laquelle elle m'annonçait qu'elle avait décroché un poste d'agent commercial à Ibiza.

– Tu n'as pas pu t'empêcher de remuer le couteau dans la plaie, hein ? (Elle postillonne en parlant – les effets de l'alcool.) De m'accuser d'être la raison de son départ parce que je buvais. Tu ne vaux pas mieux que notre peste de mère. Aussi hypocrites l'une que l'autre, toujours prêtes à donner des leçons de morale.

Elle repart dans la cuisine. Il est temps que je m'en aille. Il est presque 17 heures, Paul ne va pas tarder. Elle rapporte sa tasse qu'elle a remplie à nouveau.

– Pour maman, tout était ma faute : j'avais poussé sa petite-fille chérie à s'en aller, je ne me comportais pas normalement. J'ai halluciné ! J'ai répliqué que j'avais tout appris d'elle, qui n'avait rien fait pour empêcher son fils de se noyer ; qu'elle me faisait honte et que je ne lui adresserais plus la parole. Ce que j'ai fait.

Elle se renfonce dans son fauteuil.

– Comment as-tu osé lui dire ça ? La disparition de David a brisé sa vie… Dans sa lettre…

– Quelle lettre ?

J'hésite un peu à lui répondre.

– Une lettre qu'elle avait confiée au notaire.

– Ah, c'est charmant, marmonne-t-elle. Il y en avait une pour moi ?

– Aucune idée. S'il ne t'a rien transmis, c'est qu'il n'y en avait pas.

J'aurais préféré que maman soit équitable et lui remette aussi quelque chose – n'importe quoi.

– Quoi qu'il en soit, ça ne me surprend pas vraiment. C'est un comble : elle te préfère encore après sa mort ! Qu'est-ce qu'elle disait, dans sa lettre ?

– Qu'elle voulait s'expliquer au sujet du décès de David, qu'elle en était responsable. J'ignore pourquoi elle n'a voulu le révéler qu'à moi, pourquoi elle n'a pas adressé son message à nous deux.

Elle m'observe par-dessus le bord de sa tasse.

– Parce que tu étais sa chouchoute et qu'elle voulait t'apitoyer. Elle se fichait royalement de mon opinion. Moi, j'étais la fille mère qui l'avait déçue. Toi, tu étais son modèle, tu ne pouvais pas mal agir. Sa Kate chérie n'aurait pas laissé un enfant mourir. (Elle me fixe avec une telle intensité qu'on dirait qu'elle est au courant.) C'était une menteuse, et je pèse mes mots. Une mauvaise mère, négligente par-dessus le marché.

Elle vide sa tasse. Je mets ma tête entre mes mains. Je n'en peux plus.

– Désolée. Ça te perturbe ?

Je relève les yeux.

– À quoi ça sert, cette agressivité, ce venin ? D'accord, elle a fait une erreur, mais merde, elle l'a payée au prix fort ! Elle s'est fait tabasser pendant des années, soir après soir, et pas une fois tu n'as ouvert la bouche. (Elle se penche brusquement en avant en secouant la tête.) Pourquoi tu secoues la tête ? C'est la vérité. Je l'ai défendue, je me suis battue pour elle. Toi, tu as regardé notre père agir sans intervenir, et pour moi, c'est impardonnable.

D'une voix basse et menaçante, elle me rétorque :

– Tu veux que je te dise ? Tu te crois parfaite, tu te prends pour une sainte parce que tu voles au secours de l'humanité dès qu'une guerre éclate. Quelle mascarade ! J'en sais long sur toi. Je sais de quoi tu es capable.

– Qu'est-ce que tu me chantes ?

Elle appuie la tête en arrière sur le coussin et ferme les yeux.

– Sally, à quoi fais-tu allusion ?

– Va-t'en, bougonne-t-elle sans relever les paupières.

– Mais…

– Fous le camp, tu m'entends ! Casse-toi !

– OK. J'ai ma dose. Je pourrai au moins dire à Paul que j'ai essayé.

Je sors de chez elle en vacillant, oppressée, mon sac collé sur ma poitrine comme un bouclier. Je veux m'éloigner au plus vite de ma sœur et de ses propos venimeux, l'effacer de mon esprit, penser à des sujets agréables. Mais sa phrase tourne en boucle, de plus en plus fort, au point que j'ai l'impression que ma tête va exploser : *Kate n'aurait pas laissé un enfant mourir.*

13

Plus tard dans l'après-midi

Sur le paillasson m'attend une pile de courrier que je parcours rapidement : le *Reader's Digest*, une circulaire d'une association de protection des chats et la publicité d'une compagnie d'assurances-vie qui promet un stylo en argent si l'on souscrit à une police dans les dix jours. Voilà ce qui subsiste de la vie de ma mère.

Je rumine ma dispute avec ma sœur et ses paroles blessantes. *Tu te berces d'illusions.* Ce sont ses termes. Est-ce vrai ? Je repense à mon stylo porte-bonheur, aux déclarations d'amour de Chris. J'y ai cru, persuadée qu'un stylo pouvait me protéger et que Chris et moi étions faits l'un pour l'autre et ne nous séparerions jamais. J'y ai cru mordicus, stupidement, parce que je refusais d'accepter la réalité. Sally a peut-être raison, me dis-je en jetant les enveloppes dans la poubelle de la cuisine, je me raconte des histoires.

J'ai mal à la tête. Je retire mon manteau et fouille le placard à la recherche d'antalgiques. Les cris de la vieille femme, supportables pour l'instant, vont s'intensifier à mesure que la soirée va avancer. Je suis trop nerveuse pour faire les exercices de respiration profonde qui m'ont été recommandés en cas de montée d'angoisse et il est trop tôt pour prendre un somnifère et m'endormir avant que cela empire. Je remplis la bouilloire. Pendant que l'eau chauffe, j'avale deux comprimés de paracétamol. L'un d'eux se colle au fond de ma gorge. Pour le déloger, je bois directement au robinet d'eau froide. En me relevant, je sens une présence, un mouvement dehors, devant la fenêtre. Puis j'entrevois une silhouette près de la palissade.

Il y a quelqu'un dans le jardin.

Je secoue mes mains mouillées et court à la porte. Elle n'est pas verrouillée. Mon sang se glace. Comment est-ce possible ? J'avais beau être préoccupée par la perte de mon stylo, je suis convaincue de l'avoir fermée à clé en partant tout à l'heure. Dehors, tout est calme, étrangement calme ; on dirait le silence qui précède l'explosion d'une bombe. Le cœur battant, j'avance avec précaution en essayant de distinguer à travers la végétation.

– Qui est là ?

Au fond, là où des pots de fleurs cassés ont été empilés contre le mur, il n'y a rien. Si une personne ou un animal est entré, il est reparti. Je monte sur une brique pour voir par-dessus la palissade. La ruelle qui court à l'arrière de la rangée de maisons est déserte, à l'exception de quelques vieilles poubelles un peu plus loin. Dois-je appeler la police ? Cela n'a duré que le temps d'un éclair. Je ne pourrai leur offrir ni indice, ni description précise. Je serais incapable d'affirmer qu'il s'agissait d'un homme ou d'une femme. Non, inutile de porter plainte, c'étaient sans doute des enfants. Il vaut mieux que je m'assure que toutes les serrures sont bien fermées à clé. En revenant vers la porte, je bute sur une bille, semblable à celles avec lesquelles je jouais avec ma sœur quand nous étions petites. J'en avais toute une réserve, que j'entreposais dans une boîte en fer. Je la ramasse. Elle est magnifique, avec un œil d'un bleu laiteux en suspension dans le verre. Soudain, mon téléphone vibre dans ma poche. C'est un SMS de Paul :

> J'ai su que tu étais venue voir la patiente. ☹ Me suis dit que tu aurais peut-être envie de boire un coup pour te requinquer. Je serai au pub The Ship, sur le front de mer, vers 20 h. Rejoins-moi si tu veux. Merci d'avoir essayé. C'était important pour Sal que tu lui rendes visite, même si elle ne l'a pas montré. P x

Je rentre avec la bille et mon téléphone, en prenant soin de verrouiller la porte derrière moi. Est-ce que ça me tente d'y aller ? Il voudra discuter de Sally et je n'ai rien à ajouter. À la réflexion, devant la perspective de la longue soirée qui m'attend dans cette baraque sinistre, ce ne serait pas une si mauvaise idée de sortir. Je mets la bille dans mon sac et monte à l'étage enfiler des vêtements décents. Assez de fantômes pour aujourd'hui. Un verre de vin, de la compagnie et quelques heures de normalité me feront du bien.

C'est un pub chaleureux à l'éclairage tamisé. Assis à une table basse, tournant le dos au bar, Paul boit sa pinte de bière. Je lui donne une petite tape sur l'épaule.

– Ah, te voilà ! s'exclame-t-il en se levant pour me faire la bise. Qu'est-ce que tu prends ?

– Je t'en prie, c'est ma tournée.

Je sens son regard sur moi pendant que je vais

commander. Il doit s'inquiéter à propos de sa femme, se demander de quoi nous avons parlé. Quand je rapporte les boissons, il semble pensif. Je m'assieds, pose ma bouteille de vin blanc et le rassure :

– Ne t'inquiète pas, je ne vais pas la vider cul sec. En fait, ça revient moins cher que plusieurs verres de suite.

Je lui passe sa pinte de bière et me sers.

– C'est bon, Kate, tu n'as pas à te justifier. Certaines personnes tiennent bien l'alcool et d'autres – on ne citera personne – boivent trop. À ta santé.

– À la tienne.

Il boit une gorgée, puis pose son verre.

– Hum, c'est bon, dit-il en remontant ses manches.

J'acquiesce en sirotant mon vin. J'ai des picotements dans les jambes, probablement dus à la fraîcheur de l'air marin cet après-midi. Lorsqu'il reprend son bock, je remarque sur son avant-bras une série de zébrures violacées, comme s'il avait reçu des coups de couteau. Voyant que je l'observe, il tire sur ses manches. Je préfère ne pas insister.

– Ça me fait drôle de me retrouver ici, dis-je en contemplant la salle. Rien n'a changé.

Sous le plafond bas aux poutres noircies par les ans, on se croirait dans la grotte d'un ermite. Ce pub, le plus ancien édifice de Herne Bay, date des guerres napoléoniennes. Les marins qui fuyaient l'armée française venaient s'y réfugier. Je les imagine tapis dans l'ombre, cherchant à échapper à cet univers de violence et d'alcool frelaté. Mon père y avait ses habitudes. Chaque dimanche, après avoir soulevé des carcasses d'animaux toute la semaine, il posait sur le zinc ses bras musclés pendant qu'à quelques minutes de là, sa femme et ses filles faisaient leur promenade rituelle, sur la plage. Alors que, derrière nous, la serveuse place une grosse bougie allumée devant la fenêtre, je me dis que lui venait se terrer là. C'était son mausolée.

Soudain, j'aperçois Ray à la place qu'il occupait rituellement : dos au mur, à l'extrémité du bar. Il me fait un signe de tête et lève son verre dans ma direction. Je lui souris et le salue de la main.

– Qui est-ce ? me demande Paul.

– Un ancien copain de mon père.

Il plisse les yeux.

– Jamais vu. Il est du coin ?

– Oui, c'est un pêcheur. Il vient ici depuis des années.

Ray se tourne vers le bar pour discuter avec le jeune barman. Une vive douleur me vrille le plexus. Pourquoi papa ne m'aimait-il pas, pourquoi me détestait-il autant ? Paul coupe court à mes interrogations :

– Alors, comment ça s'est passé avec ta sœur ? Elle était très agitée hier soir.

– Il n'y a rien à dire, réponds-je, ravie de la diversion. J'ai voulu la brancher sur son problème d'alcool. Elle n'en avait pas envie. Elle est agressive, amère, et je ne suis clairement pas la personne appropriée pour la raisonner.

Il soupire, vraisemblablement déçu. J'ai de la peine pour lui. En entrant dans notre famille, il ne s'attendait certainement pas à tant de drames, d'addictions, de secrets coupables. Il se tourne vers moi en souriant.

– Lorsque je l'ai connue, c'était une fille super. Pleine d'énergie, toujours prête à rigoler. J'appréciais qu'elle soit sociable, ça me faisait du bien parce que j'étais timide. Grâce à elle, je me suis épanoui.

– C'est vrai que c'était une force de la nature. Je me souviens qu'après l'école elle arrivait toujours à la maison en braillant à tue-tête. Elle était optimiste, voyait le bon côté des gens, y compris de mon père. Surtout de mon père, à vrai dire…

– C'est curieux, car elle n'en parle jamais. Absolument jamais. Dès que j'effleure le sujet, elle se ferme.

– Ils étaient très proches. Elle a été folle de chagrin à sa mort. C'est là qu'elle a commencé à dérailler. Elle est tombée enceinte quelques mois après son décès.

– Elle en a bavé, soupire-t-il à nouveau. Devenir mère si jeune, ce n'est pas évident. Elle s'est forgé une carapace, mais je ne suis pas dupe. Je la connais mieux que quiconque et, crois-moi, elle a trinqué. Ma mère me disait que, petit, je réparais tout le temps des objets. Avec les femmes, c'est pareil : j'ai toujours été attiré par celles qui avaient besoin qu'on leur remonte le moral.

Quelqu'un fait tomber un verre. Le bruit nous fait sursauter et Paul met une main sur sa poitrine et respire fort. Pour une fois, ce n'est pas moi qui suis la plus sensible.

– C'est bon, dis-je en posant ma main sur son bras, ce n'est qu'un verre.

Il dégage son bras et le frotte.

– Je sais. J'ai les nerfs en pelote, excuse-moi.

– Ne t'excuse pas. Je comprends ce que tu vis.

– Merci, Kate. Merci d'être revenue. Elle n'a plus que toi, désormais.

– Elle a aussi Hannah. Quoi qu'il arrive, elle ne peut pas l'abandonner. Ce n'est ni pour toi ni pour moi, mais pour sa fille qu'elle doit aller mieux. Il faut qu'elle se réconcilie avec elle.

Il blêmit.

– Désolée. Ce n'est pas simple pour toi. Tu étais proche d'elle, toi aussi.

– Hum, dit-il d'un air sceptique, autant qu'on peut l'être d'une ado en rupture de ban. Elle avait treize ans quand on s'est mis ensemble avec Sal. Tu te rappelles qu'elles logaient toutes les deux chez ta mère ?

Je souris.

– C'est vrai. Un jour, Sally m'a appelée pour m'annoncer qu'elle avait rencontré un super beau mec au fond du jardin. J'ai cru qu'elle perdait les pédales parce que le seul voisin que je connaissais était un dénommé Matthews, qui approchait les quatre-vingt-dix ans. (Il éclate de rire.) Tes parents avaient acheté son pavillon, c'est ça ?

– Ouais. M. Matthews a été placé dans un foyer d'hébergement et son fils nous l'a vendu. C'était en 1994, juste après ton départ. Mes parents ont eu quelques belles années, puis ils sont morts à quelques mois d'intervalle.

– Je suis désolée.

– Oh, ils étaient très âgés. Le fait qu'ils me lèguent cette maison a été un bienfait autant qu'une calamité. Je n'aimais pas vraiment Herne Bay : ce patelin me déprimait. Ils me traînaient ici en vacances tous les ans alors que je rêvais de rester chez nous à Bethnal Green avec mes potes. Eux adoraient la région et voulaient y passer leur retraite. Ils ont exaucé leur vœu.

Je me ressers un verre de vin.

– C'est bizarre que tu sois resté alors que tu avais horreur de cette ville. Tu aurais pu vendre. Qu'est-ce qui t'a décidé ?

Il se penche vers moi, les yeux brillants à cause des lumières et de l'alcool.

– C'est Sally qui a tout changé. J'avais décidé de mettre le pavillon en location et de garder mon appartement à Londres. Le jour où j'ai visité le jardin avec l'agent immobilier, j'ai entendu quelqu'un siffler, je me suis retourné et je l'ai vue. Mon projet est tombé à l'eau.

Il boit une gorgée de bière. C'est dur pour lui de remuer tout ça, je le vois bien.

– Je me souviens qu'elle était surexcitée. Elle me disait que tu ressemblais à Liam Neeson, en plus petit.

Il s'étouffe dans son verre, puis s'essuie la bouche.

– Liam Neeson ? Elle déconnait ?

– Elle était heureuse, tout simplement.

– Oui, on était heureux. Ceci dit, j'ai vu tout de suite que sa fille lui donnait du fil à retordre. Je me souviens, la première fois que j'ai déjeuné chez elle un dimanche, elles ont commencé à s'engueuler dès le plat principal. J'ai oublié à quel propos… trop de sauce sur ses patates, je ne sais plus. J'étais soufflé. Si j'avais traité ma mère des noms d'oiseaux qu'elle adressait à Sal, j'aurais reçu une belle raclée. Ce n'était pas ma fille, ce n'était pas à moi de la punir.

– À ton avis, son problème avec la boisson a joué un rôle dans leurs difficultés ?

– Possible. Ceci dit, elle buvait moins qu'aujourd'hui.

– L'alcoolisme peut modifier l'humeur des gens. Les rages de mon père étaient bien pires lorsqu'il avait bu.

– A posteriori, j'ai sans doute eu des œillères : je ne voulais voir que ses qualités.

– C'est ce qu'on a tous fait.

J'ai fini mon verre ; machinalement, je m'en sers un autre.

– C'est ta mère qui m'a informé de son addiction, reprend-il. Elle considérait que je devais être au courant. Elle m'a raconté que, lorsque Hannah était petite, Sally l'emmenait au pub et l'installait dehors pendant qu'elle se soûlait.

Je hoche la tête. Me reviennent en mémoire les appels affolés de maman, m'apprenant d'une voix catastrophée que ma sœur et sa fille étaient injoignables – suivis d'un second coup de fil pour m'informer qu'on les avait retrouvées et que Sally n'était pas dans son assiette, tout bêtement.

– C'était avant notre rencontre. J'avais envie de croire que j'avais réussi à la stabiliser et qu'elle ne retomberait pas dans ses travers. Pour Hannah, ça a eu des effets bénéfiques. Dès que j'ai su ce qu'elle avait subi enfant, je lui ai lâché les rênes et j'ai conseillé à Sally d'être plus cool avec elle. L'atmosphère s'est détendue. Je m'entendais bien avec la petite, on avait une vie de famille. C'était super. (Sa voix se brise et il serre ses mains l'une contre l'autre.) Je les ai fait déménager de chez ta mère et on a acheté le pavillon dans le lotissement. Sally travaillait à la banque, l'argent tombait tous les mois. Et puis tout est parti en sucette.

– À cause de quoi ?

Je me rends compte que je ne lui ai jamais demandé sa version de l'histoire. Je n'avais eu que celle de maman.

– Hannah a commencé à poser des questions sur son père, auxquelles Sally a refusé de répondre, certainement pour lui éviter de souffrir. Je lui ai dit que c'était normal qu'elle souhaite le rencontrer. À sa place, j'en aurais fait autant. Il me semblait que la situation s'était apaisée et puis, un soir, quand je suis rentré du boulot, Hannah était dans tous ses états. Sal l'avait surprise en train de chercher le nom de son père sur Internet, s'était mise dans une rage folle et lui avait jeté des horreurs à la figure.

– Du genre ?

Il hausse les sourcils.

– Tu la connais quand elle se lâche. Elle lui a balancé que ce type, le père, avait exigé qu'elle se fasse avorter. C'était sans doute vrai, mais elle n'était pas obligée de le révéler. Hannah était effondrée. Il y a de quoi : personne n'a envie d'apprendre que son père ne voulait pas qu'on existe.

– Je crois que c'étaient surtout les parents qui y tenaient. Lui était un gamin du même âge que Sal. Toute la famille a déménagé peu après.

– Eh bien, ça devait être des gens sympas, commente-t-il en sirotant sa bière. On peut difficilement être plus lâches, non ?

– Pour eux, c'était sans doute la meilleure solution. Je te l'ai dit, il était très jeune. Ils sont partis sans laisser d'adresse et elle n'avait aucun moyen de les contacter à la naissance du bébé. À mon avis, il y avait peu de chances que Hannah retrouve sa trace sur Internet.

– Possible. Quoi qu'il en soit, Sally s'est affolée, est devenue parano à l'idée que sa fille rencontre son père et se barre. Ça l'a rendue super jalouse. Elle s'est remise à boire et son autre visage est apparu.

– Son autre visage ?

– Comme si elle était deux personnes différentes, répond-il la voix un peu pâteuse. Elle me disait qu'elle m'aimait à la folie et, la minute suivante, se transformait en furie.

– Elle était violente ?

– Quoi ? Non, pas vraiment, répond-il brusquement.

Je me penche vers lui.

– Paul, franchement, ce que tu as sur le bras, ça a un rapport avec elle ?

Il baisse la tête, soupire bruyamment.

– Allez, je t'en prie.

Il la relève.

– OK. Oui, c'est elle qui l'a fait. Ça va, t'es contente ?

– Pas du tout ! C'est affreux !

– Et pour moi, qu'est-ce que tu crois ? Je suis un mec, je devrais être capable de m'occuper de mes affaires, ajoute-t-il en détournant le regard.

– Comment est-ce arrivé ?

Il baisse la voix pour ne pas être entendu des clients qui nous entourent.

– Ce n'est pas sa faute. Il y a quelques semaines, elle était en panne de vin. Je l'ai surprise à son retour de chez le caviste, les clés de la voiture à la main. Je les lui ai confisquées en lui disant qu'elle était folle, qu'elle aurait pu tuer quelqu'un en conduisant dans son état. Elle était tellement ivre qu'elle a fait tomber les bouteilles et là, elle a pété les plombs : elle en a attrapé une par le goulot et s'est jetée sur moi. Elle m'aurait frappé si je n'avais pas levé les bras pour me protéger.

– Mon Dieu ! Pourquoi ne m'as-tu rien dit ?

– Je pensais pouvoir gérer la situation… Pour être franc, depuis, je ne suis pas tranquille. Je ne sais pas de quoi elle serait capable une fois qu'elle a bu.

Je repense à ma visite cet après-midi, à son regard haineux en parlant de maman, à son rictus grimaçant. Paul finit son verre. Je ne peux m'empêcher de regarder ses bras. Me cache-t-il d'autres épisodes semblables ?

– À ton avis, elle frappait Hannah ? Elle s'en prenait à elle physiquement ? (Il pose son verre et me dévisage.) Vas-y franco.

– Je l'ignore. Tu m'aurais interrogé l'an dernier,

je t'aurais ri au nez et affirmé qu'il n'y avait aucun risque qu'elle ait touché à sa fille. Après l'épisode de la bouteille… c'était une autre personne. Elle m'a fait penser à un monstre. Sa rage ne ressemblait à rien de ce que j'avais vu jusque-là.

S'il ne l'avait pas vu, moi, si. Ce qu'il m'avait décrit aurait pu s'appliquer à mon père, à ces nuits où je me pelotonnais dans ma chambre après une dérouillée et où il s'acharnait ensuite sur ma mère pendant des heures. Le lendemain, quand je demandais à Sally si elle l'avait entendu, elle me regardait comme si je débloquais. Je pose ma main sur celle de Paul.

– Il faut que tu boives quelque chose. Une autre bière ?

Lorsque je rapporte sa pinte, il n'est plus là, mais son manteau est accroché au dos de sa chaise. Ma bouteille est presque vide. C'est incroyable : après des années d'abstinence, l'alcool redevient vite une habitude. En pensant à Sally, je me promets qu'à partir de demain j'arrête. Paul se rassied à notre table.

– Désolé. Un besoin pressant.

– À la tienne !

– Santé ! Et merci pour la pinte.

Je vide mon verre, m'en verse un autre. Je suis pompette. Demain, j'arrête, mais ce soir, je veux profiter de cette griserie, de ce cocon où rien ne peut m'atteindre – ni les cauchemars, ni les voix, ni les images de lui. Paul embraye sur ses problèmes de boulot. D'une oreille distraite, je capte des bribes de phrases – Calais, paperasses, migrants –, que je ponctue de grognements de sympathie. Il m'explique que les chauffeurs routiers français ont déposé un préavis de grève pour les deux prochains jours.

– Ça va être compliqué, ajoute-t-il. Je vais devoir travailler tard toute la semaine.

J'ai la tête qui tourne ; la sensation n'est pas désagréable. Je l'écoute dérouler son histoire en buvant jusqu'à ce que sa voix se love tel un serpent dans ma tête et m'entraîne vers le passé. Je sens que Ray m'observe depuis le bar et, tout à coup, j'ai à nouveau dix-sept ans ; je sirote une limonade-vermouth avec un garçon peu recommandable pendant que l'ami de mon père me surveille du coin de l'œil.

Au fond, je sais pourquoi je bois : je pense à lui. Je murmure à la pièce qui tourbillonne : « Chris, où es-tu ? » et, l'espace d'une seconde, il est au bar, à côté de Ray. Puis l'image se dissipe et je suis avec Paul, qui m'annonce que si la grève dure il devra peut-être « rester à Douvres jusqu'à ce que la frontière rouvre ».

– Rouvre à Douvres : ça rime ! Rouvre à Douvres : c'est drôle, non ?

Ma voix est hachée, les mots se bousculent sur ma langue. Je veux porter un toast à mon beau-frère, à la grève des routiers et aux charmes de Douvres, mais je rate mon verre et un liquide tiède se répand sous mon bras.

– Oh là ! Fais gaffe ! Il est temps d'appeler un taxi.

Ensuite, dans un brouillard, je perçois la voix de Paul, le tintement d'une cloche, une main qui me prend la taille, une bouffée d'air glacé sur mon visage. Je suis sur le sol, je rampe vers les hommes, la bouche pleine de sang, qui coagule et m'étouffe. Le bruit des détonations m'assourdit. Je baisse la tête, ferme les yeux et commence à compter. Quand je les ouvre, c'est son visage que je vois.

14

Commissariat de Herne Bay
30e heure de garde à vue

– Avez-vous bien dormi ?

Le Dr Shaw est pimpante ce matin : elle a remplacé son tailleur-pantalon bleu marine par une jupe crème et un pull noir à col roulé. Elle a dormi dans son lit avec son mari, a pris un café dans sa cuisine, s'est douchée dans sa salle de bains. Moi, je porte les mêmes vêtements qu'hier, l'odeur de la cellule s'est incrustée dans mes cheveux et sur ma peau, le matelas dur m'a cassé le dos. J'essaie de me souvenir de ce que c'est que d'être libre comme elle. J'ai l'impression d'être enfermée depuis toujours.

– À votre avis ? Ce n'est pas tout à fait le Ritz, ici.

Avec un sourire un peu gêné, elle ouvre un nouveau classeur et entame son interrogatoire.

– Vous pouvez me donner des précisions sur l'incident qui s'est produit à Soho ?

– Quel incident à Soho ?

– Le Star Café, dans Great Chapel Street.

Je me raidis. Ça aussi, on lui a raconté ?

– Qu'est-ce que… ?

– C'était le lendemain de l'altercation avec Rachel Hadley, c'est bien ça ?

Elle est aussi imperturbable que si elle portait un masque. Je murmure : « Oui » et je sens qu'elle prépare une nouvelle batterie de questions. Ce soir-là, à peine sortie de l'hôpital, abrutie par les médicaments, j'ai erré sans but dans les rues, tel un zombie.

– Que s'est-il passé ?

– Je voulais boire un café.

– Vous vous êtes arrêtée avant, si j'ai bien compris.

Je baisse les yeux vers le linoléum et je revois le grand trou, devant le Star, qui grognait comme un gigantesque monstre marin.

– Qu'est-ce qui vous a empêchée d'entrer ?

– Les panneaux d'affichage.

Elle me regarde, déconcertée.

– Pour les travaux d'agrandissement de la station de métro de Tottenham Court Road, ils ont creusé des trous partout, et notamment une énorme excavation devant le café.

– Et les panneaux ?

– Ils ont été installés pour dissimuler les tranchées, rendre le chantier moins disgracieux. Dessus, ils ont placardé le calendrier des travaux et les plans de la nouvelle station.

– Qu'est-ce qui vous a attirée vers eux ?

– Je ne sais pas. Probablement l'os de mammouth.

Elle fronce les sourcils.

– La photo d'un os de mammouth qu'ils avaient déterré le mois précédent. Pour les promoteurs, c'est une façon de prouver que ces perturbations ont des effets positifs. « Vous voyez qu'on ne fait pas que défoncer les rues et défigurer le quartier : on restitue des trésors chargés d'histoire. Un os de mammouth. »

À l'évidence, le Dr Shaw n'a aucune idée de ce dont je parle. Je parie qu'elle n'a jamais mis les pieds dans cette partie de Londres.

– Excusez-moi. Ce genre de choses me fout en rogne.

Elle hoche la tête, gribouille sur son carnet.

– Vous étiez devant ces panneaux. Ensuite ?

Ce soir-là, j'ai senti que la terre bougeait sous mes pieds et que j'étais happée par le vide. Puis les bruits ont commencé. Des hurlements, assez faibles au début, puis de plus en plus perçants, au point que j'ai dû me boucher les oreilles. Ensuite, une explosion, *bang*, et tout a sauté en l'air : une tête, un pied, un bras, un torse. Un amas sanguinolent s'est abattu sur moi.

Le Dr Shaw coupe court à mes réminiscences.

– Alors ?

– Je suis tombée. Et... cette fille a essayé de me relever.

– Rosa Dunajski ?

Comment sait-elle son nom ?

– Je crois, oui.

– Une serveuse du Star Café ?

J'acquiesce en silence.

– Elle est sortie parce que vous faisiez du tapage : vous criiez aux passants de courir se mettre à l'abri.

– Non, c'est faux, dis-je d'une voix chevrotante. Je me suis étalée et elle m'a tirée par le bras en faisant tout un foin.

– Comment avez-vous réagi ?

– Je... Je l'ai écartée.

Elle jette un œil sur ses papiers et lit à voix haute :

– Vous l'avez poussée si brutalement qu'elle a été projetée sur le sol et que sa tête a heurté le trottoir.

– Je n'avais pas l'intention... Je me suis expliquée ensuite... Elle m'a foutu la trouille, c'est tout.

– C'est ce que vous avez déclaré plus tard aux policiers que le patron du café a appelés et qui vous ont interrogée. Mlle Dunajski n'a pas souhaité porter plainte. Apparemment, elle vous aime bien.

La moutarde commence à me monter au nez.

– Il n'y avait aucune raison d'alerter les flics. Le gérant a fait du zèle. La serveuse a compris que ce n'était pas ma faute et les agents ont tout de suite vu qu'il s'agissait d'un malentendu. Merde, des délits bien plus graves sont commis dans ce quartier ! Ils n'avaient pas de temps à perdre pour un incident aussi banal qu'une femme qui se casse la figure.

Elle pose ses feuilles par terre.

– À mon avis, vous avez agressé cette jeune femme parce que vous étiez paniquée. J'ai raison, n'est-ce pas ? Vous n'êtes pas tombée, vous avez eu une hallucination ?

Pourquoi insiste-t-elle ainsi ? Pourquoi cette obsession ?

– C'était un souvenir fugace. Rien de grave.

Elle hoche la tête.

– Vous en avez eu d'autres depuis ?

Je soutiens son regard.

– Non, ça n'a pas recommencé, je vous assure.

– Vous êtes franche avec moi, mademoiselle Rafter ?

– Oui.

Elle ouvre son carnet à une page vierge. Je regarde l'horloge. Combien de questions a-t-elle en réserve ? Y a-t-il d'autres épisodes de ma vie que je vais devoir déballer devant elle ? Tant qu'on ne va pas en Syrie, je suis prête à affronter n'importe quoi.

15

Jeudi 16 avril 2015

J'ouvre les yeux. La chambre est plongée dans l'obscurité. J'ai trop chaud et les draps me collent à la peau. Impossible de me rappeler comment j'ai regagné la maison. J'ai le cerveau en bouillie. J'étais dans un bar, en train de discuter d'une grève de routiers. Ensuite, le noir complet. Mes paupières brûlent et j'ai horriblement soif mais je ne peux pas soulever la tête. Peu à peu, des fragments de la soirée remontent à la surface : un grand verre de vin avalé d'un trait… une bouteille vide… Comment ai-je pu m'enivrer à ce point avec une seule bouteille ? À moins qu'il y en ait eu deux ? Je suis incapable de me concentrer.

Je m'assieds dans le lit. La pièce se met à tourner et une douleur lancinante me vrille les tempes. Il faut que je prenne un comprimé. Je me lève, titube jusqu'à la porte, trébuche sur quelque chose. En me penchant, je découvre mon sac par terre ; son gros fermoir en argent est dégrafé et son contenu, éparpillé. J'allume ma lampe de chevet et m'agenouille péniblement pour vérifier que tout est là : téléphone, médicaments, porte-monnaie grand ouvert. Je ne crois pas qu'il manque de l'argent. Je remets à l'intérieur les pièces et les billets de vingt livres. Parmi eux, il y a un papier froissé : un reçu de la société Marine Taxis pour un montant de 3,50 £.

Paul a dû me fourrer dans un taxi pour le trajet de cinq minutes jusqu'ici. J'essaie de me remémorer son visage ; j'ai l'esprit tellement embrouillé que je ne peux suivre une idée. Ce doit être lui qui m'a aidée à rentrer ; j'espère vraiment que c'est lui. Dois-je l'appeler pour lui expliquer que c'est un incident exceptionnel, dû à mon extrême fatigue, et qu'en temps normal je ne bois pas – pas plus d'un verre, en tout cas ? Non, je l'ai déjà suffisamment sollicité hier soir.

Mon mal de crâne empire quand je passe à la station debout. Je descends à la cuisine pour prendre dans le placard deux pilules, que j'avale avec un verre d'eau. Face à l'évier, je sursaute en voyant au carreau une femme émaciée et hagarde me jeter un regard noir. Je recule d'un pas… avant de réaliser qu'il s'agit de moi. J'ai une tête à faire peur. Si je ne me repose pas, je ne tiendrai pas le coup. Je remonte à l'étage, enfourne deux somnifères, éteins la lampe et me recouche.

À l'instant où je pose la tête sur l'oreiller, un cri perçant me ramène à la réalité. On dirait le miaulement de souffrance d'un chat qui se fait marcher sur la queue. Je me redresse pour écouter. Il recommence, moins fort – maintenant une sorte de jappement déchirant qui se termine par des gémissements et des sanglots. Des renards ?

Je me relève pour aller à la fenêtre. Des nuages moutonnent dans le ciel, traversés, au loin, par les lumières de la jetée qui dessinent un réseau de veinules dorées sur la voûte céleste. Le bruit a cessé ; tout est calme. *Rendors-toi.*

En tirant les rideaux, je distingue une forme anormale.

Il y a quelqu'un dans le jardin.

Je suis réveillée, ce n'est donc pas un cauchemar. La silhouette est devant moi, éclairée par la lune. Ce n'est pas une hallucination : un enfant est accroupi dans l'herbe. Que faire ? Il ne bouge pas et, pendant un court instant, je me demande s'il est vivant. Puis il relève la tête. Je tressaille : c'est un petit garçon. En toute hâte, j'attrape mon portable par terre.

– Bonsoir, dis-je lorsque quelqu'un finit par décrocher. J'appelle pour signaler un cas d'enfant maltraité. C'est le fils de mes voisins et il… Il est dans mon jardin, il doit être mort de froid. J'ai entendu crier il y a quelques instants, je suis allée à la fenêtre et… Pardon ? Mon nom ? Je m'appelle Kate Rafter, j'habite 46, Smythley Road. Je vous l'ai dit, c'est le fils de mes voisins. Ils sont au 44… Seul, oui, apparemment. Où je suis ? Dans ma chambre, et lui est dans la plate-bande. Merci beaucoup. Quoi ? Mon code postal ? Oh, ciel, désolée, je ne m'en souviens pas… Je suis chez ma mère, qui vient de mourir et je… Smythley Road est près du… D'accord, c'est parfait. Pardon ? Vous en avez besoin ? Ah bon. 16 juin 1975. Oui. Faites vite, s'il vous plaît, il ne bouge pas…

Je ne peux pas attendre. Je raccroche et descends l'escalier quatre à quatre après m'être m'arrêtée sur le palier pour attraper dans le placard une couverture épaisse. Même si elle pue la poussière et la naphtaline, elle lui tiendra chaud. Avant que j'aie eu le temps d'atteindre la cour, j'entends du bruit à l'avant du pavillon. Je me précipite. Il y a deux flics à ma porte : un homme râblé et une jeune femme au visage pointu, les yeux dissimulés par une lourde frange, qui semble ébranlée. Ils ne doivent pas recevoir souvent ce genre d'appels à Herne Bay.

– Madame Rafter ?

– Oui, c'est moi. Entrez vite, il est dehors. Je m'apprêtais à sortir… Il est dans le parterre…

Je les entraîne à la cuisine. Avec mon cerveau embrumé, j'ai du mal à ouvrir la serrure et la policière soupire pendant que je me bats avec la clé, qui finit par tourner.

– Il est par là, leur dis-je à voix basse pour ne pas l'effaroucher. Il est…

À la vue de la plate-bande, mes jambes se dérobent : il n'y est plus.

– Je ne comprends pas. Il y a deux minutes…

L'agent prend la parole :

– Madame Rafter…

– Mlle Rafter. Je ne suis pas mariée, réponds-je, les yeux toujours sur la plate-bande.

– Mademoiselle Rafter, vous avez déclaré à la personne qui a reçu votre appel que cet enfant vit à côté, c'est bien ça ?

Je reprends espoir.

– Oui, c'est leur fils. Je ne connais pas son prénom. La mère s'appelle Fida… Ils sont originaires d'Irak. Allez fouiller chez eux. Il essayait d'attirer mon attention. Je vous en prie, retrouvez-le.

Ils hochent la tête, semblent me prendre au sérieux. Peut-être le connaissent-ils. Ou alors, il est inscrit dans un fichier de personnes « à risque ». Pourvu qu'il soit là-bas…

– Très bien, mademoiselle Rafter. On va voir de quoi il retourne.

– Je l'entends tous les soirs, c'est horrible. Il faut les empêcher de continuer.

Ils repartent dans l'allée et je vais m'asseoir dans le salon. *Mon Dieu, je vous en supplie, faites qu'il aille bien.* Après une attente qui me paraît interminable mais qui ne dure probablement que quelques minutes, un coup de sonnette me fait bondir de mon fauteuil. Sur le seuil, devant leur air grave, je m'écrie :

– Oh, mon Dieu, est-il… ? S'il vous plaît, dites-moi qu'il est…

Le policier tend le bras devant lui comme pour dompter un cheval ombrageux.

– Mademoiselle Rafter, pouvons-nous entrer ?

– Bien sûr. Tout va bien ?

Nous allons dans la cuisine, accompagnés par le grésillement de voix désincarnées de leur radioémetteur. La panique me gagne. Je leur fais signe de s'asseoir, mais ils restent debout.

La policière inspecte la pièce avec son air sérieux, s'arrête sur la boîte de somnifères posée sur le plan de travail et m'annonce avec un accent traînant du Kent :

– Mademoiselle Rafter, nous sommes allés chez vos voisins. La femme qui vit là nous a affirmé qu'elle n'avait pas d'enfant.

– Quoi ? Alors, c'est qu'elle ment… Elle ment, c'est évident.

Tout en parlant, je me rends compte que mes vêtements empestent le vin et que mon haleine est repoussante. Je recule jusqu'à l'évier en espérant que ces odeurs ne flottent pas jusqu'à leurs narines.

– Elle vous a menés en bateau. J'ai vu et entendu ce petit à plusieurs reprises. Il était dans mon jardin il y a cinq minutes. Avez-vous fouillé les pièces ? Elle a pu le cacher dans son grenier. (Malgré mes vertiges, je veux leur donner un maximum de détails pour leur faire comprendre la gravité de la situation.) Cette voisine, elle est charmante, souriante, elle bavarde avec moi, mais je ne suis pas idiote. Je l'ai *vu*, je vous assure. C'est un garçon… un petit garçon.

Ils se regardent, gênés, puis l'homme prend la parole :

– Madame Rafter…

– *Mlle* Rafter, je vous l'ai déjà dit.

– Excusez-moi. Mademoiselle Rafter, je vous assure que nous avons fait ce soir tout ce qui était en notre pouvoir en fonction des éléments que vous nous avez communiqués au téléphone. Rien ne nous a paru suspect. Il n'y a aucun signe concret de la présence d'un enfant : ni jouets, ni petit lit…

Avec tout l'alcool que j'ai absorbé, j'ai du mal à m'exprimer.

– À mon réveil, il y avait pourtant un signe de lui très concret. J'ai entendu hurler… un enfant qui semblait dans une grande détresse… Je suis allée à ma fenêtre et il était là, aussi clairement que je vous vois, recroquevillé dans la plate-bande.

La policière relève les yeux du carnet sur lequel elle note mes déclarations.

– Vous veniez de vous réveiller ?

J'essaie de réfléchir, mais mon cerveau grince comme une vieille brouette.

– Oui, c'est cela. L'avant-dernière nuit, je l'ai déjà entendu ; le jour précédent, un gosse a ri dans le jardin, mais je ne l'ai pas vu. Vous devriez lancer une alerte générale et demander à vos troupes de rechercher un petit garçon aux cheveux bruns. En cas de disparition de mineurs, les premières heures sont cruciales. Je sais de quoi je parle, je suis journaliste.

J'ai parlé d'une traite et je suis essouflée. Je m'adosse au plan de travail pour reprendre mon équilibre.

– À quelle heure êtes-vous allée vous coucher ? intervient l'agent avec un sourire paternaliste qui m'exaspère.

On dirait qu'il s'adresse à une vieille dame désorientée.

– Je ne sais plus. Je suis rentrée un peu avant minuit.

– Vous étiez sortie ?

– Oui, deux heures, pas plus.

– Vous aviez bu ? demande la femme, imperturbable.

– Deux verres de vin. Ce qui n'enlève rien à ce dont j'ai été témoin tout à l'heure.

Elle hausse les sourcils, lance un coup d'œil à son collègue. J'ai envie de hurler. Je signale un incident grave et c'est moi qu'on traite en délinquante ?

– Bien, commente-t-il. On ne peut rien faire de plus ce soir. Nous sommes convaincus qu'il n'y a pas d'enfant chez vos voisins. Ceci étant, je comprends que vous vous soyiez inquiétée. Vous avez bien fait de nous appeler.

J'essaie de garder une voix ferme :

– Attendez… Vous me regardez comme si j'étais à moitié dingue et cela ne me plaît pas du tout. Croyez-moi, j'ai l'expérience de ce genre de situations. Je… Je…

Mon cerveau est comme paralysé. Je me tape le front du plat de la main pour m'éclaircir les idées, mais elles m'échappent complètement. Le policier hausse la voix pour qu'elle ne soit pas noyée dans le brouhaha de sa radio.

– Mademoiselle Rafter, vous avez fait votre devoir en nous appelant. Personne ne remet en cause votre discernement. À votre place, je me ferais un bon lait chaud et j'essaierais de dormir un peu.

Au lieu d'hurler que je ne suis pas folle et que ce petit garçon existe bien – ce que j'aimerais faire –, je me contiens et leur souris poliment : je n'ai pas le choix.

– Je vous raccompagne.

Dans le couloir, ils échangent à nouveau un coup d'œil. Je me dépêche d'ouvrir la porte et de les faire sortir dans l'air humide.

– Bonne nuit, me dit l'agent en souriant. Nous avons fait un rapport sur notre intervention. N'hésitez pas à reprendre contact avec nous si vous êtes à nouveau inquiète. En attendant, je vous conseille de vous reposer. La nuit a été longue.

Il descend l'allée pour rejoindre sa collègue.

Non, je ne vais pas lâcher ma voisine. Je vais aller lui expliquer que je sais ce qui se passe et lui répéter ce que j'ai déclaré aux policiers : j'entends des plaintes tous les soirs. En allant chercher mon manteau, je découvre dans le miroir du couloir le témoin que les deux flics ont eu en face d'eux : mes paupières sont maculées de mascara, qui a coulé jusque sur mes tempes ; mes cheveux, que j'avais coiffés en chignon en début de soirée, sont tout défaits, et des mèches sont collées sur mon front ; je porte encore la robe portefeuille, les collants et le gilet que j'avais au pub, et ils puent la fumée de cigarettes et la vinasse. Ils ont parlé à une pocharde accro aux somnifères. À leur place, aurais-je accordé du crédit à mes affirmations ?

Je m'avance dans le jardin. Par-delà la clôture, les rideaux sont tirés ; tout est éteint. Ils n'ont rien vu d'anormal, c'est donc qu'il n'y a rien. Je fais demi-tour et referme derrière moi. De retour dans la chambre, je me déshabille et me glisse sous les draps. J'essaie de reconstituer les pièces du puzzle. Cet enfant était réel, je le revois nettement avec ses cheveux bruns. Il était là, et ensuite il n'y était plus. Cela ne tient pas debout.

J'ai la tête lourde et je suis en colère. Qu'est-ce qui m'arrive ? Est-ce que ça va s'arrêter ? Je pense à la lettre de ma mère, aux paroles de Sally. Est-ce elle qui a raison : je ne suis qu'une sale fouineuse ? Comment savoir ? Je ne peux pas fixer mon attention assez longtemps pour réfléchir. Je voudrais simplement retrouver ma vie d'avant, mon lit et mon beau Chris.

J'appuie sur la touche « rappel » de mon portable. La communication bascule automatiquement sur sa boîte vocale et une voix m'informe que Chris O'Brien n'est pas joignable. Je le jette à l'autre bout de la chambre et laisse retomber ma tête sur l'oreiller. En attendant le sommeil, je récapitule ce que j'ai perdu. À partir de maintenant, ma vie va se résumer à un long cauchemar entrecoupé de voix et de cris.

16

Je suis en train de ranger la vaisselle du petit déjeuner quand on frappe à la porte. Le cœur battant, je me précipite. La police a peut-être découvert quelque chose. Tout en m'énervant sur la serrure, je me promets de ne plus toucher à une goutte d'alcool : mes excès de la veille m'ont donné une sérieuse migraine.

– Oh, c'est toi, Ray ?

– Bonjour, ma petite. Je peux entrer ?

– Bien sûr ! Suis-moi.

Décontenancée par cette visite surprise, je l'entraîne dans la cuisine. J'ai toujours aussi mal à la tête ; il faut absolument que je prenne quelque chose pour me soulager.

– Assieds-toi. Tu veux du thé ?

– Ce n'est pas de refus, répond-il en tirant une chaise. Avec un peu de lait et deux sucres.

Je prends une tasse dans le placard et verse le fond de la théière.

– C'est sympa de passer à l'improviste. Qu'est-ce qui t'amène ?

L'air soucieux, il retire sa casquette et la pose sur la table.

– Qu'est-ce que tu as, Ray ?

– Je voulais m'assurer que tu allais bien. Hier soir, au pub, tu étais… dans un triste état.

Hier soir ? Au pub ? Je me creuse les méninges. Puis je me souviens qu'il y était, effectivement. Qu'a-t-il vu ? Je souris nerveusement.

– Ah, c'est ça ! J'ai un peu forcé la dose, c'est tout. Ce n'était pas la peine de te tracasser.

Il boit une gorgée de thé, le front creusé par de profondes rides.

– En sortant, le mari de ta sœur te mettait dans un taxi. Tu hurlais à pleins poumons. Un drôle de spectacle, je t'assure. D'abord, j'ai cru qu'il te tapait dessus, puis j'ai pigé que tu avais un sérieux coup dans le nez. Ce matin, je me suis dit que je ferais mieux de venir voir si tout était normal.

J'ai la tête qui tourne, tout à coup. Je m'assieds à côté de lui.

– Franchement, Ray, ce n'est pas dans mes habitudes. En principe, je ne bois pas : je ne tiens pas l'alcool.

– Ce n'est pas bon pour la santé, tu sais. J'en ai connu, des braves types qui ont foutu leur vie en l'air à cause de la boisson.

– Moi aussi, bien que ce ne soit pas l'adjectif que j'emploierais à propos de mon père.

– Allons, allons. Il en a bavé.

Je réplique sur un ton acerbe :

– On en a tous bavé. Tu savais qu'il frappait ma mère, n'est-ce pas ? Moi aussi, d'ailleurs…

– Il y avait des rumeurs en ville… répond-il mal à l'aise. Ce n'était pas à nous de…

– De quoi ? De réagir ? De nous aider ? C'est quoi déjà, la phrase ? « Il suffit, pour que le mal triomphe, que les hommes de bien ne fassent rien. »

Je sens que je l'ai blessé et je regrette aussitôt d'avoir été si brutale. Je reprends sur un ton plus conciliant :

– Excuse-moi, Ray. Tu n'étais pour rien dans son comportement. Simplement, ça me met en colère quand je repense à tout ça, et surtout à ce qu'il a fait à ma mère.

– Je te comprends. Moi, je connaissais une autre facette de ton père, plus humaine.

– Ah oui ? J'ai du mal à le croire.

Il pose sur moi ses yeux délavés.

– Tu sais comment on s'est rencontrés, tes parents et moi ?

Je fais non de la tête. En fait, je n'ai jamais cherché à le savoir. Pour moi, Ray fait partie de notre vie depuis toujours, ou en tout cas aussi loin que je me souvienne.

– Cette maudite journée où ils ont perdu ton petit frère… (Sa voix s'éraille.) C'est moi qui l'ai récupéré.

La lettre de ma mère encore à l'esprit, je bredouille :

– Le pêcheur… ? C'est toi qui l'as ramené à terre ?

Il hoche la tête. Je suis à court de mots.

– Oh, Ray !

– Je ne m'en suis pas remis. Ce bambin qui flottait entre deux eaux devant moi… J'ai tout tenté : le bouche-à-bouche, les gestes de premiers secours que j'avais appris. Peine perdue. Il ne respirait plus.

Les larmes me montent aux yeux. Nous restons assis, sans rien dire, l'esprit plongé dans le passé. Il y a tant de choses que j'aimerais lui demander. Par où commencer ?

– Si cela m'a autant secoué, finit-il par ajouter, imagine l'effet que cela a eu sur ton père.

Je m'essuie les yeux du revers de la main.

– Il n'était pas avec nous ce jour-là.

– Justement ! Je vais te dire : pendant des années, après qu'on est devenus copains, quand on était devant notre pinte au Ship, il revenait sans cesse sur cette journée pour savoir les moindres détails. Il s'en voulait de ne pas avoir été présent.

– D'accord. Cela n'excuse pas ce qu'il nous a infligé, à maman et à moi. Pourquoi nous l'avoir fait payer ?

– C'est l'alcool, soupire-t-il. Combien de fois je suis allé au pub boire un demi et ton père en était déjà à sa troisième pinte alors qu'il n'était pas 18 heures ! Je finissais mon verre et je repartais en le laissant là. Dieu sait combien il en descendait chaque soir.

Pendant ce temps-là, nous étions mortes de peur à la maison en attendant son retour.

– C'est la boisson qui le mettait en rage, reprend-il en posant une main sur la mienne. S'il avait assisté au drame, les choses auraient été différentes.

– Peut-être.

Au fond, je n'en crois rien. Papa me détestait autant quand il était à jeun. Je retire ma main.

– D'accord, c'était ton ami mais, crois-moi, du jour où il a fait sa crise cardiaque et qu'il est mort, notre vie, à maman et à moi, a changé du tout au tout. C'est dur à entendre, pourtant, c'est la vérité. (Il hoche la tête.) Tu es au courant que ma sœur est alcoolique ? Encore un héritage dont on se serait bien passées.

– Oui, j'ai cru comprendre qu'elle n'allait pas bien. Quel gâchis ! Petite fille, elle était adorable, bavardait du matin au soir. Mignonne comme un cœur, en plus. C'est curieux, quand je pense à vous deux je vous vois avec votre maman sur la plage, où elle vous emmenait pique-niquer.

Un souvenir remonte brusquement à ma conscience : nous sommes à Reculver, je creuse le sable à la recherche de dents de requin, Sally construit un château et ma mère, assise sur une serviette, lit un roman. Au lieu de tomber sur une dent acérée, mes doigts dégagent un gros objet creux. Je m'assieds pour l'admirer. Sa surface noire est quadrillée d'un motif complexe que je caresse du doigt ; on dirait du papier de verre. C'est mon secret ; pendant quelques minutes, je le serre contre moi comme un bébé endormi. Soudain, ma mère se met à hurler : « Qu'est-ce que tu fabriques avec ça ? » Elle me l'arrache des mains et court vers la mer, sans entendre mes protestations : « Rapporte-le, il est à moi ! » Impuissante, je la vois jeter mon trésor dans les flots, refaire le trajet en sens inverse et s'écrouler à bout de souffle sur sa serviette. « Tu aurais pu te tuer ! » Elle m'explique alors que mon précieux objet est en réalité une grenade – probablement une des célèbres bombes rebondissantes qui avaient été testées sur cette plage pendant la guerre. « Ce sont des engins explosifs. Et si cela se produit, tu n'as pas le temps de faire ta prière… » Elle se remet à lire, ma sœur termine son château de sable, l'incident est clos. Moi, je suis figée sur place, obsédée par cette bombe. Pendant longtemps, je me suis demandé comment un objet si beau pouvait provoquer autant de dégâts. Ma rêverie est interrompue par Ray.

– Quel dommage ! Elle ne peut pas se faire aider quelque part ?

Il en est resté à Sally.

– On a tout essayé. En vain. Je suis allée la voir hier.

Elle est vraiment mal en point. J'ai tenté de discuter avec elle mais elle est intraitable, et agressive : elle a insinué qu'elle en savait long sur moi.

– Ah bon ? Quoi ?

– Elle n'a pas voulu en dire plus. Ce n'est sans doute rien. Juste une façon de détourner l'attention. Mon père faisait pareil. Dès qu'il buvait, il devenait brutal et nous lançait des injures.

– Tu as raison, ne le prends pas trop à cœur. Ce sont sans doute des paroles en l'air. C'est bien triste… (Il vide sa tasse, se lève et remet sa casquette.) Bon, je me sauve. Je ne veux pas te faire perdre ton temps. Je suis content que tu ailles bien. Avec l'âge, j'ai tendance à m'inquiéter.

– Ça va, Ray. Merci de ta visite. Maintenant que maman n'est plus là, personne ne se fait plus de souci pour moi.

Je le raccompagne à la porte.

– Merci pour le thé, et transmets mes amitiés à ta sœur.

– Entendu. Ceci dit, ce n'est pas certain que je la revoie avant mon départ.

– Essaie, me dit-il en me serrant la main. Débrouille-toi pour la voir. Si tu la laisses tomber, tu t'en voudras toute ta vie. (J'acquiesce.) Au revoir. Prends soin de toi.

– Au revoir, Ray.

Il redescend la côte. Je m'apprête à rentrer et je vois Fida arriver avec ses courses, l'air dégagé. Comment peut-elle être aussi décontractée alors que son fils est en danger ? Je bous de colère. Il faut que j'en aie le cœur net. Dès qu'elle est à portée de voix, je l'interpelle :

– Qu'est-ce qui vous a pris de mentir aux policiers ? (Elle essaie de passer mais j'insiste.) Enfin, Fida, c'est ridicule !

– Non, c'est vous qui êtes ridicule !

Elle remonte l'allée à grands pas, déverrouille sa porte, pose ses sacs à l'intérieur.

Je hausse la voix :

– Fida, expliquez-moi : qu'est-ce qui vous effraie autant ?

Elle revient se planter devant moi, hors d'elle, en me montrant son hijab.

– C'est à cause de ça ? Vous croyez que je mijote un mauvais coup ? Vous n'êtes pas la seule. Ils sont nombreux, dans cette ville, à ne pas vouloir de gens comme moi.

Je suis horrifiée qu'elle puisse penser cela.

– Ne racontez pas n'importe quoi ! Je fais des reportages au Moyen-Orient depuis que je suis journaliste et j'ai aussi porté le hijab. Cela n'a rien à voir. Ce que je veux, c'est savoir où est votre fils.

Elle secoue la tête en levant les mains au ciel.

– Je ne comprends pas. Je vous ai affirmé que je n'en avais pas, je l'ai répété aux policiers. Qu'est-ce que vous avez, à la fin ? Si j'en avais un, vous pensez que je le cacherais ? Vous me prenez pour une folle ?

– Pas du tout. Je crois que vous avez peur. C'est votre mari qui fait ça ?

– Mon mari ? répond-elle en hurlant. Maintenant, vous accusez mon mari ?

J'ai toujours aussi mal à la tête ; il faut absolument que je prenne un comprimé.

– Je dis simplement que je sais ce que c'est : j'ai eu un père violent et j'ai été témoin de ce que ma mère a subi.

Elle s'adoucit.

– Votre mère était très gentille, elle s'intéressait à mon pays.

Je ne peux pas lui répondre : la voix de Nidal s'est faite de plus en plus insistante au cours de ces dernières minutes. Il m'appelle, me supplie de venir à son secours.

– Chut !

– Ne me dites pas de me taire ! Votre mère n'aurait jamais agi comme vous. Elle n'aurait pas mis en cause mon mari, ni prévenu la police. Vous avez une idée de ce que j'ai subi en Irak aux mains de la prétendue police ?

Ma poitrine se serre et je murmure :

– Je peux me l'imaginer.

C'est tout ce que je réussis à exprimer alors que j'aimerais tant lui dire que l'Irak m'est familier, que je la comprends. Je pose la main sur le mur.

Elle s'approche.

– Vous n'avez pas l'air bien. Vous devriez vous reposer.

– Oui.

Elle me raccompagne dans mon salon, m'installe sur le canapé, cale des coussins derrière ma tête, qui n'est plus qu'un grand trou noir.

– Je vais vous préparer une boisson chaude.

Les paupières mi-closes, je la vois qui disparaît dans la cuisine, puis me rapporte une tasse de thé sucré, que je sirote à petites gorgées.

– Le sucre, c'est bon en cas de… commente-t-elle en cherchant ses mots.

– De gueule de bois ?

– Oui, c'est ça. C'est un état qu'heureusement je ne connais pas.

– Non, bien sûr. Vous avez raison.

Je l'observe remettre son foulard en place. Elle est très belle, très bien élevée. Elle me rappelle maman, qui s'excusait pour tout et souriait trop, comme toutes les femmes battues. Qu'est-ce qui la pousse à nier l'existence d'un enfant ? Je dois avancer avec prudence pour obtenir la vérité. Je repose la tête sur les coussins.

– Fida, c'est un joli prénom.

– Merci. C'était celui de ma grand-mère.

– Ah, c'est aussi mon cas. Je ne l'ai pas connue. (Elle me sourit, mais ses mains tremblent.) Fida, si vous voulez vous confier, vous pouvez compter sur moi.

Elle me fait un sourire qui ressemble à une grimace.

– Je n'ai rien à déclarer, mademoiselle Rafter. Je vais m'en aller. Essayez de dormir un peu et n'appelez plus la police, s'il vous plaît. Ne mentionnez plus ce petit garçon.

Lorsqu'elle se lève pour partir, je surprends sur son visage une expression résignée. J'essaie une dernière tentative.

– J'ai grandi avec un homme comme lui, Fida. Je sais comment ils fonctionnent. Ils détruisent tout là-dedans. (Je me tapote le crâne. Elle me fixe, le visage vide.) Il faut que vous soyez forte pour votre fils. Vous le lui devez. Ma mère, que Dieu la bénisse, aurait dû quitter mon père. Elle ne l'a pas fait, elle s'est tue, et par son silence, elle l'a autorisé à continuer.

Ma voix se brise et l'odeur suffocante de l'hôpital – sang et eau de Javel – remonte dans mes narines.

– Mademoiselle Rafter, je vous en prie, arrêtez.

Je me redresse brusquement en renversant mon thé.

– Non, je n'arrêterai pas ! C'est mon devoir de continuer. Il pleure nuit après nuit. (Je baisse la voix en voyant qu'elle est sur le point de s'en aller.) C'est sûrement difficile à admettre, mais vous pouvez obtenir de l'aide pour vous éloigner de cet homme. Je pourrais vous épauler, je connais des gens dans ce secteur. Il existe des refuges pour femmes battues, des assistantes sociales. Il le faut, Fida, pour son bien !

Épuisée, je retombe sur le canapé, tourne la tête sur le côté et enfonce mon visage dans le tissu poussiéreux.

– Vous divaguez. Vous n'êtes pas dans votre état normal. Je vous en supplie, laissez-moi tranquille, lance-t-elle avec un dégoût à peine voilé.

Elle sort de la pièce d'un pas traînant. La porte d'entrée claque. Je suis seule, dans un silence pesant.

– Tu es morte ?

Nidal. J'ai reconnu sa voix à travers le brouillard de mon cerveau. J'ouvre les paupières.

– Ah, tu es vivante ! s'écrie-t-il.

Il est assis par terre. Ses cheveux sont collants de poussière et de crasse.

Je murmure :

– Bonsoir. Quelle heure est-il ?

– Il est tard, mais je n'arrive pas à dormir. Les bombardements ont recommencé.

Il est pâle et les cernes sous ses yeux se sont creusés. S'il ne se repose pas, il va tomber malade.

– Où sont les autres ?

– Ils dorment. Je n'ai pas sommeil.

– Va te coucher, Nidal. Arrête de me réveiller sans arrêt.

Il secoue la tête et reprend :

– Raconte-moi une histoire sur l'Angleterre.

– J'ai trop sommeil, Nidal. Tu n'as qu'à m'en raconter une.

– Tu es une grande personne, moi, je suis petit ! Les adultes n'ont pas besoin d'histoires.

– On en a tous besoin, Nidal.

– D'accord. Je vais t'expliquer comment c'était, Alep. Avant.

Il s'approche et pose sur ma tête une main aussi fraîche et douce que celle de Fida. Je marche avec lui dans une belle ville qui n'existe plus.

17

Je me réveille deux heures plus tard, le dos moulu par les ressorts du canapé. Il y a dans la pièce la même odeur qu'à Alep. En reprenant conscience, je murmure : « Nidal ? » avant de réaliser où je suis. Mon rêve était si précis qu'une fois debout j'ai encore en tête la phrase qu'il prononçait rituellement en me quittant :

– *Tusbih 'alá khayr*, Kate.

– Bonne nuit, Nidal.

J'ai besoin d'air frais. Si je reste enfermée, je vais continuer à penser à lui et les cauchemars vont recommencer. Je serai mieux dehors. Je me verse un verre d'eau dans la cuisine, l'emporte dans la cour et m'assieds sur un siège de jardin devant le ciel qui s'assombrit, en me frottant les bras pour me réchauffer.

Soudain, j'aperçois un triangle lumineux à travers la palissade. Je vais voir de plus près. Une des lattes, déclouée, pend de guingois. Je marmonne : « Un truc de plus à réparer » et m'apprête à rejoindre ma chaise quand j'entends une voix. Faible.

– Kate ?

Je me fige sur place, épouvantée. Elle provient d'une

direction inattendue, d'un endroit en principe vide et silencieux : la maison. Pas celle des voisins : la mienne. Il y a quelqu'un chez moi et je suis à l'extérieur, seule. Les pas se rapprochent.

– Ah ! Tu es là !

Je soupire de soulagement.

– C'est toi, Paul ! Que fais-tu ici ?

– La porte d'entrée était ouverte. J'étais inquiet.

Dans la lumière crépusculaire, sa silhouette en contrejour devant la cuisine ressemble, l'espace d'une seconde, à une photo dans un bain de révélateur. Peu à peu, ses traits se précisent.

– La porte était ouverte ? Comment est-ce possible… ?

C'est incompréhensible : Fida l'a claquée en partant, puis j'ai dormi deux heures et je suis sortie dans la cour. Je ne suis allée nulle part ailleurs… pour autant que je sache.

– Il faut que tu sois plus prudente. Il y a eu plusieurs cambriolages dans la rue. Ce n'est pas qu'il y ait grand-chose à voler, mais…

– Qu'est-ce que tu tiens, des sacs de courses ?

Il les soulève jusqu'à sa poitrine comme une paire d'haltères.

– Des victuailles ! J'ai pensé que ça te ferait plaisir de dîner ici. Tu peux m'envoyer me faire voir, je ne m'en formaliserai pas.

J'aimerais bien qu'il ne se sente pas obligé de prendre de mes nouvelles sans arrêt alors que j'ai envie de réfléchir, de faire le point. Ce qui me ramène à mon comportement de la veille… Je l'entraîne vers la cuisine.

– Non, c'est moi qui devrais aller me faire voir. Excuse-moi pour hier soir. Je dors très mal depuis quelque temps, et je n'ai pas l'habitude de boire. Le vin a dû me monter à la tête.

– Ne t'en fais pas, répond-il en posant les sacs sur la table. Ce n'est pas un crime de picoler un peu trop. En plus, tu étais assez drôle, surtout à propos de Douvres.

Je donnerais cher pour me souvenir des détails.

– Qu'est-ce que j'ai bien pu dire sur Douvres ? Oh, et puis non, je préfère ne pas savoir. Je n'ose imaginer les conneries que j'ai pu proférer. Je suis morte de honte.

– Ne dis pas de bêtises ! Tu étais très gaie, voilà tout.

Il vide les sacs : un poulet rôti, de la salade en sachet, des tomates cerises, des citrons, du vinaigre balsamique, de l'huile d'olive, un pain aux céréales… et deux bouteilles de vin.

Je pousse un gémissement.

– Ah, non, pitié, plus de vin !

– Allez, juste un verre.

Je suis un peu gênée. J'aurais préféré être seule pour clarifier mes idées – et éventuellement téléphoner à Harry. L'idée de passer une nouvelle soirée à discuter de ma sœur, outre que cela ne servira à rien, ne m'enchante guère. En même temps, je ne voudrais pas le froisser.

Il pose un journal sur le plan de travail.

– Je l'ai pris au cas où tu voudrais te tenir au courant de l'actualité.

Le nom de mon patron s'étale en caractères gras à la une du quotidien ; c'est bien la dernière chose qui m'intéresse. Je le remercie d'un sourire.

– Buvons un coup.

Pendant qu'il fouille dans le placard à vaisselle, je repense à la visite de Ray, tout à l'heure.

Je donne un coup de sonde :

– Hier soir, en sortant du pub… je t'ai fait une scène ?

Il me tend un verre avec un sourire gêné.

– Tu étais paf, rien de plus. Pas de quoi t'inquiéter.

Je sens qu'il cherche à me protéger. Moi, j'aimerais savoir.

– S'il te plaît. Vas-y franchement.

Son sourire s'efface. Avant de répondre, il boit un peu, frotte distraitement le pied de son verre.

– On attendait le taxi. Tout à coup, tu es devenue bizarre. J'ai cru que tu allais tourner de l'œil : tu avais les yeux dans le vague, tu étais très agitée, tu ne m'écoutais plus. Tu étais ailleurs.

Je me fige : il décrit ce que je vis toutes les nuits. On dirait qu'il s'est introduit dans mon cerveau pour étudier mes cauchemars. Nerveusement, j'avale une petite gorgée – et avec elle mes promesses d'abstinence.

– Le taxi est arrivé, reprend-il. J'aurais aimé monter avec toi et te raccompagner jusqu'à ta porte, mais j'étais inquiet à propos de Sally et je ne voulais pas rentrer trop tard. Le chauffeur était une femme, ce qui m'a rassuré. Je lui ai demandé de t'amener à bon port et, très gentiment, elle m'a promis qu'elle le ferait… En fait, c'est ce que tu as dit en t'asseyant qui m'a surpris.

Mes mains se mettent à trembler. Je voudrais qu'il se taise… et qu'il continue.

– Qu'est-ce que j'ai dit ?

Il se met à tambouriner sur la table. Je lui répète, la gorge serrée :

– Paul, c'était quoi ?

– Tu avais probablement trop bu, il n'y a pas de quoi se formaliser… En te penchant pour fermer la portière, tu m'as regardé fixement et…

– Vas-y, je t'en prie.

Il baisse la tête.

– Tu as répété plusieurs fois : « Je l'ai tué. »

Je contemple les reflets rubis du vin, dont les arômes se sont ouverts. J'aimerais pouvoir me dissoudre dedans. J'ai oublié le nom du prince qui avait choisi d'être exécuté par noyade dans une barrique. En tout cas, s'il existe une bonne façon de mourir, c'est bien celle-là. Je finis mon verre ; l'alcool anesthésie l'une après l'autre mes terminaisons nerveuses.

– Qu'est-ce qui t'arrive ? me demande-t-il. Tu peux m'expliquer ?

N'y compte pas. Jamais.

– Ça va. Tu avais raison, c'est un bon plan de boire un peu pour éliminer la gueule de bois. À part ça, tu le découpes, ce poulet, ou je m'y colle ?

– OK. Je veux simplement te dire, et je n'y ferai plus allusion, que tu peux te confier à moi. Tu le sais, n'est-ce pas ? Si tu veux de l'aide, je suis là.

– Oui, merci. Bon, quelque part dans cette cuisine, il y a un couteau électrique. Tu te souviens où il est ? Si on met la main dessus, on pourra manger.

Une heure plus tard, nous sommes assis sur le canapé en Skaï vert, en train de finir la bouteille, vaguement éméchés.

– En ce qui me concerne, je ne serai pas mécontent de me séparer de cette bicoque sinistre, déclare Paul en regardant autour de lui. J'ai toujours pensé qu'elle dégageait de mauvaises vibrations. Dis donc, à m'entendre, on croirait ton amie du cimetière, non ?

Je le chatouille dans le cou.

– Alexandra Waits ? Attention, elle est là. Je crois qu'elle t'adore…

Il repousse ma main en riant.

– Arrête, tu vas me foutre les jetons. Et lorsque je serai parti, tu seras toute seule avec elle.

– Pardon, je n'ai pas pu résister. Ça fait du bien de rire un peu ! Je suis d'accord avec toi à propos de cette baraque. On dirait que les malheurs et la violence de toutes ces années ont imprégné les murs.

– S'ils pouvaient témoigner…

– Ils diraient : « Pourriez-vous demander à votre père d'arrêter de cogner la tête de cette femme sur nous, ça abîme le plâtre. »

Je ris, sans conviction. Il me frotte l'épaule.

– J'ai de la peine pour toi. Tu as dû vivre un enfer.

Son visage est un peu trop près du mien. Je me redresse pour attraper la bouteille.

– Assez parlé de moi. Quelle enfance as-tu eue ? Tu t'entendais bien avec tes parents ?

– Plutôt, oui. Avec mon père, c'était moyen, mais ce n'est pas mon style d'analyser ce qui m'arrive. On a des emmerdes, on grandit, on s'endurcit et on passe à autre chose.

Je souris en avalant une gorgée de vin.

– C'est une bonne philosophie. Je devrais m'en inspirer.

– Pour moi, en tout cas, elle a fonctionné.

Je repose mon verre sur la table.

– En parlant de tes parents, tu connais tes locataires, les voisins ? Fida et son mari ?

– Pourquoi ?

– Simple curiosité.

– Ce sont des gens convenables, très discrets, jamais en retard pour payer leur loyer.

– Ils ont un enfant ?

– Je ne crois pas. En fait, je ne les connais pas vraiment. C'est l'agence immobilière qui est en relation avec eux. La femme est originaire du Proche-Orient, il me semble.

– Oui, elle est Irakienne.

– Qui te l'a dit ? Tu lui as parlé ?

– Oui, l'autre jour, elle était dans son jardin. Elle m'a posé des questions sur maman. Apparemment, elles s'étaient liées d'amitié.

– Ah ? Je l'ignorais. C'est vrai que ta mère était très sociable.

– Tu sais, je crois qu'il se trame des trucs très bizarres dans cette maison.

Il se penche vers moi en fronçant les sourcils.

– Qu'est-ce que tu veux dire ?

– Juste avant qu'on engage la conversation, j'ai entendu un petit garçon rire de l'autre côté de la clôture. Je l'ai mentionné, et elle m'a affirmé qu'elle n'avait pas d'enfant.

– C'est curieux. Ce n'était pas un aboiement ou la radio ?

– Je t'en prie, je sais reconnaître un rire d'enfant. Non, je t'assure, c'était chez eux.

– C'est étrange, en effet. Ceci dit, c'est une rue fréquentée et une famille vit en face. Ça venait peut-être de là.

– Ça se peut.

J'étouffe un bâillement. Je n'ai aucun doute sur ce que j'ai entendu, mais je suis trop fatiguée pour argumenter. De toute façon, il n'en sait pas plus que moi sur les voisins. Il se renfonce dans le canapé.

– Tu sais ce qui te ferait du bien ?

– Non. Quoi ?

– Un grand bol d'air. Regarde-toi : tu es crevée. Tu es enfermée depuis des jours dans cette baraque poussiéreuse et avant cela, dans une cave en Syrie. Il faut que tu te requinques. Si on allait se promener quelque part ? Trouve-nous une destination sympa et je t'y emmènerai.

Ses tentatives de me remonter le moral m'attendrissent. J'ai une fois de plus trop bu, mais cet état cotonneux est assez plaisant.

– Où pourrions-nous aller ?

Je ferme les yeux et, tout à coup, je me rappelle ma mère qui disait : *C'est l'heure d'aller pique-niquer, les filles.* Est-ce à cause du vin ou de mes tendances morbides ? Toujours est-il que je ressens soudain le besoin d'y retourner.

– Alors, Kate ?

Quand je rouvre les yeux, Paul me paraît différent, moins épuisé que d'habitude, presque beau. L'alcool doit me tourner la tête. En soutenant son regard, je réponds :

– J'irais bien à Reculver.

– À la plage ou aux tours ?

– Les deux.

– Marché conclu ! Je n'y suis pas allé depuis une éternité. En tout cas pas depuis que j'étais môme. Pour une raison que j'ignore, mon père les adorait. Il faut dire que c'était un grand sentimental. Ces tours sont hantées, je crois.

– À ce qu'on prétend.

Je sirote mon vin. J'ai sommeil. Je suis si fatiguée. La voix de Paul me parvient assourdie.

– D'accord pour Reculver. On emportera un pique-nique. Tu dors ? reprend-il en me poussant du coude.

J'étends devant moi mes jambes raides.

– Quelle heure est-il ?

– Presque minuit.

– Excuse-moi, je crois que je vais aller me reposer.

– Oui, tu devrais. (Il se lève.) C'est d'accord pour notre projet ?

– Quel projet ?

J'avance en chancelant vers la porte. Mon cerveau est engourdi. Je suis peut-être en train de couver quelque chose. Quand ai-je pris mon dernier somnifère ?

– Reculver. Ce week-end.

Qu'est-ce qui m'a pris d'évoquer cet endroit maudit ?

– Oh, je ne sais pas. Il vaut peut-être mieux ne pas trop remuer le passé.

– Allez, ça sera sympa, répond-il en refermant son blouson. C'est une affaire de quelques heures, pas plus. Cela nous fera du bien.

À le voir, je me dis qu'il a certainement plus besoin de prendre l'air que moi. Les week-ends chez les Cheverell ne doivent pas être des plus distrayants. Il a bien mérité une pause. Je déverrouille la porte d'entrée.

– D'accord. Maintenant, file, que j'aille me coucher.

Il rit, m'attire vers lui et me serre dans ses bras en me murmurant à l'oreille :

– Merci, Kate.

– Bonne nuit. Et pas d'imprudences au volant, tu as pas mal picolé.

Il sort sur le pas de la porte.

– Ça ira, on n'habite pas loin. Demain, j'appellerai l'agence pour savoir s'ils ont des renseignements sur mes locataires. Repose-toi bien.

– Je vais essayer.

La table de la cuisine est jonchée d'assiettes sales. Je les empile dans l'évier, verse du produit dessus, fais couler de l'eau chaude. On verra ça demain. Le vin m'a abrutie et j'ai tellement envie de dormir que je me demande s'il est nécessaire que je prenne un somnifère. Mieux vaut ne pas prendre de risques. J'en avale deux avec un peu d'eau. En sortant, je remarque le journal sur le plan de travail et le déplie distraitement. J'aurais mieux fait de m'abstenir.

LES ENFANTS PERDUS DE SYRIE

REPORTAGE EXCLUSIF DE NOTRE ENVOYÉE SPÉCIALE
RACHEL HADLEY
DANS LE CAMP DE RÉFUGIÉS DE KAHRAMANMARAS

Chaque mot m'atteint comme un poignard. La garce est parvenue à ses fins. Après s'être acharnée pendant des mois à me discréditer, elle a enfin obtenu sa grande mission. Sur les photos illustrant l'article, on la voit minauder devant l'objectif, coiffée et maquillée, avec dans les bras un petit enfant qui semble mal à l'aise. À l'évidence, la prise de vue a été mise en scène. *Merde, Rachel, tu es censée faire du journalisme.* Je lis les premières lignes du papier et je suis accablée par son manque d'impartialité. « Je suis tellement en colère que je peux à peine parler », poursuit-elle dans le paragraphe suivant. Je tourne la page. À la fin de l'article, il y a un renvoi à son compte Twitter : « Pour plus de détails sur le récit de Rachel, suivez le lien @rachely88. »

Harry avait lourdement insisté pour que je crée un profil Twitter afin que les lecteurs puissent suivre mon fil d'actualité. Je lui avais répliqué sans ménagement que les réseaux sociaux n'étaient pas ma tasse de thé et que, s'ils voulaient s'informer, il leur suffisait de lire mes papiers dans le journal. Comment est-on censé alimenter un compte sur les réseaux sociaux lorsqu'on est coincé dans une ville assiégée, sans eau courante et encore moins de wi-fi ? Je ne peux pas me retenir de déchirer les feuilles et la photo de cette niaise de Rachel Hadley en commentant tout fort :

– Quel tas de conneries, de la première à la dernière ligne !

Il faut que je rentre au journal convaincre Harry que je suis remise des événements d'Alep et prête à repartir.

Mon cœur bat tellement vite que j'ai peur d'avoir une nouvelle crise de panique. En m'asseyant pour récupérer une respiration normale, je repère sur une étagère du cellier une bouteille de vin rouge. Ce cher Paul ! Je me lève, prends mon verre vide, la bouteille et monte me coucher.

18

Il pleut des gouttes de sang. J'avance en rampant au milieu des corps. Je ne sais pas d'où ils viennent. Quelques minutes plus tôt, la pièce était plongée dans un silence à peine rompu par le ronronnement des frigos et le tic-tac de l'horloge.

Au-dessus de moi, les explosions se succèdent. À chaque détonation, du sang s'égoutte sur mes cheveux, mes vêtements, ma peau, et des membres tombent du ciel, tels des quartiers de viande jetés dans la cage d'un fauve.

Je ne le vois pas mais je sais qu'il est proche, serrant son album contre lui, pressé de me montrer son image favorite. Je dois l'atteindre avant qu'il étouffe sous le poids des cadavres ; je les repousse sur le côté pour progresser vers lui.

– Kate…

J'ai perçu sa voix plaintive malgré le barrage d'obus qui éclatent dans le ciel. Comment le discerner dans l'amas qui m'entoure ? Je m'essuie la figure. Une odeur de chair décomposée flotte dans l'air.

– Kate…

Il gémit. Je n'ai pas beaucoup de temps. Je continue à creuser dans le noir.

– J'arrive, Nidal. Ne bouge pas, j'y suis presque.

Je déblaie jusqu'à ce que j'aperçoive une mèche de cheveux bruns et son visage, à la fois effrayé et rempli d'espoir.

– Je te vois, Nidal, je te vois. Attrape ma main.

Il la saisit et la serre.

– Maintenant tire de toutes tes forces !

J'ai beau m'égosiller, cela ne sert à rien : le ciel vient d'exploser et nous sommes aspergés d'une pluie rougeâtre.

– Kate…

Je l'entends mieux. Comment est-ce possible puisqu'il est enfoui profondément ?

– Kate…

Tout à coup, la porte de la boutique s'ouvre. Un soldat en sueur entre, couvert de sang et d'excréments, avec dans les bras un cadavre dont les entrailles pendent derrière lui comme des fils de soie. Il grommelle : « C'est ce que vous cherchez ? », s'avance vers moi, qui suis face contre terre, et laisse tomber sa charge, qui se disloque et m'éclabousse de taches cramoisies en touchant le sol.

– Kate…

La voix faiblit. Je me protège du liquide putride, me mets en boule en criant :

– Non ! Non, non, non !

J'ouvre les yeux et m'étire lentement. Je suis fébrile et j'ai dans la bouche un goût de viande avariée. À mesure que les contours de la chambre se précisent, j'expire par à-coups pour contenir la nausée qui monte dans ma gorge. Deux bouteilles. Qu'est-ce qui m'a pris ? Je me lève pour aller chercher de l'eau et mes médicaments. Le vin rouge provoque toujours des cauchemars remplis d'hémoglobine. Ce sont ceux que je redoute le plus parce qu'ils sont terrifiants et qu'il n'y a pas moyen d'y échapper.

Il fait froid. Je tire mon sac de sous le lit, prends un gros gilet et l'enfile avant de descendre. Dans l'escalier, j'entends un tapotement assourdi qui rappelle le martèlement lointain des tirs d'obus. Je m'arrête pour écouter. Il recommence. Une fois au rez-de-chaussée, je reste immobile dans le couloir. Silence. C'était probablement de l'air dans les canalisations du chauffage central. Décidément, la liste des réparations à prévoir est longue, me dis-je en allant à la cuisine.

Je bois plusieurs verres d'eau fraîche pour effacer l'arrière-goût de mon cauchemar et avale deux comprimés rectangulaires qui m'assureront quelques heures de sommeil sans rêve. Je suis épuisée et j'ai mal partout. Le bruit recommence, plus fort, insistant ; plus qu'un tapotement, ce sont des coups, maintenant, à l'extérieur. J'ouvre la porte de la cour : on dirait que ça vient de chez les voisins.

Je vais dans le cellier prendre le rouleau à pâtisserie de ma mère. Je frissonne au souvenir de son ancien usage : mon père s'en servait de matraque pour appliquer sa technique personnelle de maintien de l'ordre.

Je m'emmitoufle dans mon gilet car l'air est glacial dans le jardin. La chaise est toujours au même endroit ; je monte prudemment dessus. Il n'y a plus de bruit et rien à voir, à part un étendoir à linge vide et une paire de bottes près d'une rocaille colonisée par les mauvaises herbes. La cabane est dans la pénombre. Le pavillon semble fermé ; à l'étage, les rideaux de la chambre sont tirés et on ne voit pas de lumière. Je redescends de la chaise en me demandant si je ne suis pas à nouveau victime d'hallucinations auditives. Dès que je touche le sol, le bruit reprend à un rythme plus rapide, de l'autre côté de la palissade. Je remonte pour évaluer sa provenance précise. Et là, mon cœur fait un bond dans ma poitrine.

Au vasistas de la cabane, il y a un visage.

Un visage pâle, presque translucide, encadré d'une masse de cheveux noirs en broussaille. Un enfant terrorisé qui tape au carreau.

Il faut absolument que je le sorte de là. Je me hisse à califourchon sur la palissade, lance les jambes en arrière et atterris sur l'herbe. Le rouleau, que j'avais coincé sous mon bras, rebondit douloureusement sur mon genou. En me relevant, je cherche des yeux quel objet pourra me servir de marchepied au retour, car nous devrons faire vite. Sur la terrasse, une chaise branlante pourrait convenir, mais elle est si près de la porte que je crains de réveiller Fida. Pendant que je tergiverse, le petit garçon frappe à nouveau. Tant pis, je prends le risque. Je m'avance à croupetons sur la pelouse et tire la chaise vers la palissade.

Je repars vers la cabane en agitant les bras pour qu'il comprenne que je viens à sa rescousse. Il a l'air d'avoir très peur. Un gros nuage passe devant la lune et plonge le jardin dans le noir. Le verre devient opaque. Je ne le vois plus. Je dresse le rouleau devant moi et tourne la poignée. La porte est fermée à clé mais ne semble pas très solide : le bois grince quand je donne un coup d'épaule. Elle cédera sous une bonne poussée. Je recule d'un pas, me jette dessus de tout mon poids. Elle s'ouvre d'un coup et je m'écroule par terre. À l'intérieur, il fait nuit.

– Je suis venue t'aider, tout va bien.

Ma voix me revient en écho.

Je me relève, le dos endolori, regarde autour de moi. La lune ressort et fait apparaître une échelle contre le mur, une tondeuse, des sécateurs ; au fond, des pots de peinture empilés sur des étagères à côté d'outils de jardin en rangs d'oignons. Pas d'enfant. Je répète :

– Ne t'inquiète pas. Je sais que tu as peur mais tu peux me faire confiance. Je m'appelle Kate. J'habite à côté.

Où est-il ? Je pousse des cartons, regarde derrière l'échelle. Rien. Pourtant, il était là, il n'y a aucun doute. Du vasistas, où une araignée a tissé une toile argentée, je distingue la fenêtre de ma chambre, en partie celle de la cuisine, et les pots de fleurs près de la porte, dans la cour. Il pouvait me voir. Il m'a appelée à l'aide. D'ailleurs, j'ai senti sa présence : depuis que je suis chez ma mère, j'ai l'impression d'être observée.

Je déplace les cartons, fouille parmi les outils. Un enfant ne peut pas disparaître aussi rapidement, ce n'est pas possible, je n'ai pas rêvé. Je suis certaine de l'avoir vu taper à la vitre. Tout en remuant des détritus, je lance à haute voix :

– Tu peux sortir. Ce n'est pas la peine de te cacher.

Soudain, du coin de l'œil, j'aperçois une lumière. Je vais au vasistas : la cuisine est allumée. Si Fida ou son mari me trouvent, je suis dans la merde. Je jette un dernier regard autour de moi. Rien. Au moment de sortir, j'entends des voix dans le jardin. Merde. Je ferme la porte, recule vers le fond, m'accroupis. Des pas se rapprochent ; mon cœur s'affole. Ils sont devant. Ils vont entrer. Après quelques secondes de silence intenable, ils repartent vers la maison. J'expire lentement. J'ai failli me faire prendre. Comment auraient-ils réagi s'ils m'avaient surprise ?

J'attends quelques minutes avant d'aller à la vitre. La cuisine est éteinte. Ils ont dû se recoucher. Je sors et traverse le jardin en courant. Personne en vue. En montant sur la chaise, qui vacille sous mon poids, je repense à l'expression de frayeur du petit garçon, à deux pas de moi.

Je retombe là où ma mère avait planté son parterre de fleurs ; mes pieds nus s'enfoncent dans la terre. En me redressant, je me revois avec Chris lors de notre dernier séjour à Venise. Nous nous promenions dans un petit marché quand l'un des vendeurs s'est mis à pousser des cris : son gril venait de prendre feu. Alors que tout le monde s'enfuyait en hurlant, Chris s'est dirigé vers lui et l'a aidé à éteindre l'incendie. Il avait toujours les bons réflexes. Je l'aimais en partie pour sa résilience et sa force. S'il était présent, il saurait comment secourir cet enfant, quelle décision prendre. Sans lui, je vais devoir me débrouiller avec ce que me souffle mon instinct, suivre mon intuition. Être courageuse.

19

Commissariat de Herne Bay
33e heure de garde à vue

Après dix minutes d'interruption, pendant lesquelles on m'a apporté une tasse de café et un panini fourré d'un fromage orange filandreux, le Dr Shaw entre et me fait un signe de tête. J'ai bu le café mais je n'ai pas touché au sandwich, qui sèche sur la table. Elle s'assied. On dirait que son humeur a changé. Elle semble plus triste. Elle sort une feuille de son porte-documents et la pose sur ses genoux. En lisant l'en-tête – « University College Hospital » –, je sais ce qui m'attend avant qu'elle ouvre la bouche.

– Kate, pourrions-nous parler du bébé ?

L'espace se contracte autour de moi pendant que je contemple les derniers instants de mon fils, qui se résument à un bref paragraphe sur un compte-rendu médical.

– Que voulez-vous savoir ? Vous avez tous les renseignements, manifestement.

– Je suis désolée. Cette épreuve a dû être terrible.

Sa voix manque tellement d'empathie que je suis aussitôt sur mes gardes.

– Pourquoi ? C'est relativement banal, non ?

Elle ne réagit pas. Elle doit penser que j'ai un cœur de pierre. Je fouille dans mon sac. Cette femme me prend pour une psychopathe, il faut que je lui montre que je suis un être humain qui éprouve des sentiments, que je ne suis pas indifférente à tout. Je prends dans mon portefeuille la petite photo carrée et la lui tends. Elle plisse les yeux devant l'image floue.

– Voilà. La première échographie. Apparemment, c'était un garçon.

Je la range.

– J'ai bien conscience que tout cela est extrêmement pénible, débite-t-elle comme une automate. Néanmoins, cela m'aiderait beaucoup que vous m'en disiez un peu plus. D'après mes informations, vous avez perdu cet enfant le jour de votre altercation avec Rachel Hadley.

– Oui, je venais de partir du bureau…

Je me tais en repensant à l'ascenseur qui se met en marche, aux taches sombres sur mon pantalon. Lui non plus, je n'ai pas pu le maintenir en vie.

– Quelqu'un vous a accompagnée à l'hôpital ?

– Non.

– Vous avez vécu cela toute seule ?

Je fais oui de la tête. J'essaie de me remémorer les détails de la soirée ; je n'en ai conservé aucun, à part l'odeur âcre de l'hôpital. Le reste est confus. Je souffrais tellement que tout était flou. Les médecins et les infirmières évoluaient sur ma rétine comme des feux follets bleutés.

– Vous étiez enceinte de combien ?

– Quatre mois. D'après le gynécologue, le fœtus ne grossissait plus depuis deux semaines.

Ma culpabilité est aussi forte aujourd'hui que ce jour-là. J'ai beau savoir qu'il était déjà mort et que c'était sans rapport avec Chris ou la bouteille de vin que j'avais bue, le fait de n'avoir pu le garder me ronge toujours autant. J'aurais dû être forte pour lui et je ne l'ai pas été.

– Vous avez dormi à l'hôpital ?

– Oui.

Ou plutôt dans une alcôve, séparée du couloir par un rideau. On m'a apporté un pot de chambre en carton, dans lequel je devais uriner pour qu'ils puissent contrôler le déroulement de la fausse couche. C'était atrocement gênant mais j'étais tellement abrutie par les calmants que j'ai à peine remarqué l'infirmière qui est venue le chercher. J'ai expulsé le fœtus mort au lever du jour ; le soleil venait d'apparaître derrière les rambardes du parking de l'hôpital. J'étais debout à la fenêtre et j'ai senti quelque chose bouger en moi. J'ai couru aux toilettes avec le pot et j'ai vu la minuscule créature grise sortir. Mon fils.

Je retiens mes larmes. Le Dr Shaw passe à la question suivante.

– Le père vous a-t-il rendu visite ?

– Non. Il ignorait que j'étais enceinte.

– Pourquoi ne l'a-t-il pas su ?

– Je n'ai pas eu le temps de lui dire. J'avais prévu de lui annoncer ce jour-là, au cours du déjeuner. Avant que j'aie pu aborder le sujet, il m'a annoncé que c'était fini entre nous.

Il m'attendait, les mains croisées sur la table, fixant un tableau sur le mur – une reproduction de Chagall représentant une femme nue suspendue comme un fruit à un arbre en forme de cœur.

– Un moment difficile, j'imagine.

– Oui. Ceci dit, je m'y attendais plus ou moins depuis des années.

– Pourquoi ?

– Il était marié.

Quand je suis entrée dans le restaurant, il a levé vers moi des yeux si mélancoliques. Il a voulu m'embrasser mais il a manqué ma bouche et ses lèvres se sont posées sur ma joue. Je me suis penchée à mon tour, et il a détourné le visage. Je me suis dit qu'il était fatigué. Comment imaginer… ?

Le Dr Shaw interrompt mes pensées.

– Marié. Vous le voyiez depuis combien de temps ?

Le verbe qu'elle emploie m'insupporte : il sous-entend qu'entre nous ce n'était qu'une passade, alors que c'était tellement plus.

– Dix ans. En réalité, on se connaissait depuis beaucoup plus longtemps.

Je veux qu'elle comprenne que notre histoire était sérieuse. Que je suis capable d'aimer et d'être aimée, que je ne suis pas une toquée qui délire. Alors je lui parle de Chris, mon amour, l'homme sans lequel je ne peux vivre – et sans lequel, désormais, je dois vivre.

– On s'est rencontrés à New York, juste après le 11-Septembre. Il est anthropologue médico-légal. Il était avec son équipe en train d'exhumer des restes humains à Ground Zero. J'enquêtais sur leur mission.

J'étais littéralement fascinée par ce beau brun aux cheveux blanchis par la poussière, qui maniait une pelle de ses mains puissantes. Il était très grand – près d'un mètre quatre-vingt-dix – et athlétique, sans un gramme de graisse. Avec ses pommettes saillantes, ses yeux bleu pâle et sa barbe fournie, il ressemblait à un pionnier du far west. Je n'avais que vingt-six ans, c'était l'un de mes premiers grands reportages et j'étais assez stressée. Il s'est présenté, avec son accent prononcé du Yorkshire, et je me suis aussitôt sentie à l'aise ; il me semblait qu'on se connaissait déjà. Nous avons discuté plus d'une heure et il a fait de son mieux pour répondre à mes questions. Il était poli, professionnel, mais j'ai su tout de suite – nous l'avons su l'un et l'autre – qu'entre nous passait un courant qui n'avait rien à voir avec les paroles que nous prononcions.

Par-delà le Dr Shaw et le mur grêlé de trous, je nous vois assis à la terrasse d'un bar à vins, près de Victoria. Ce n'est que trois ans après notre première rencontre que nous sommes sortis ensemble. Il était venu à Londres assister à une conférence, on s'est croisés par hasard dans la rue, il m'a proposé d'aller boire un verre, et voilà. Le regard pétillant, il m'a détaillé ce qu'il avait l'intention de me faire quand on serait chez moi. Il murmurait : « Chaque centimètre carré de ton corps », caressait les mots en me tenant la main.

– Vous saviez qu'il était marié au début de votre relation ?

La voix du Dr Shaw me ramène au présent. Je remarque un reflet doré à son annulaire ; soudain, son stylo devient une arme.

– Oui, j'étais au courant.

– Cela vous dérangeait ?

Sa voix s'est durcie. Il faut que je me débrouille pour ne pas me la mettre à dos. Je ne vais pas lui exposer ma conception du mariage, mon refus viscéral d'avoir la même vie que mes parents, le fait que je n'attendais rien de Chris à part la certitude qu'il me reviendrait toujours. Savoir qu'il m'aimait plus qu'il n'aimerait jamais sa femme me suffisait. Depuis, j'ai appris que je me trompais lourdement. Je lui réponds ce qu'elle a envie que je dise :

– Bien sûr que cela me dérangeait.

– Comment avez-vous réagi à la nouvelle de votre grossesse ?

– D'abord, j'étais sidérée. Je ne m'y attendais pas. Ensuite, je me suis faite à l'idée – sans doute à cause d'une poussée d'endorphines.

Elle regarde son carnet. Elle me déteste, c'est clair. Je suis « l'autre », celle que redoutent les femmes comme elle. À cette minute, je paierais cher pour être à sa place, mener une existence douillette avec un mari et des gosses. Mon sentiment de solitude est si aigu qu'il en est presque douloureux.

– Vous aviez prévu de lui annoncer l'existence de cet enfant au cours du déjeuner ?

– Oui.

J'attends la suite. Le souvenir de ses lèvres sur ma peau lorsqu'il s'est levé de table pour m'accueillir est une plaie toujours à vif.

– Il a rompu avant que vous ayez eu le temps de le faire ?

– Oui.

– Vous a-t-il fourni une raison ?

– Sa femme était tombée sur un message. Elle a exigé des explications et il a tout avoué.

Ma voix se grippe. Chris est partout autour de moi. Je sens son eau de Cologne au cèdre quand il s'est penché vers moi, l'air soucieux, m'a pris la main et m'a annoncé :

« Helen est au courant. » En une phrase, j'ai su que c'était fini. Placé au pied du mur entre une épouse sur laquelle il savait pouvoir compter et une maîtresse instable, il était évident que ce n'était pas moi qu'il choisirait.

– Il a accepté de rompre pour donner une nouvelle chance à leur mariage.

Le Dr Shaw m'observe avec attention.

– Cela a dû être un choc.

– Pour être honnête, j'étais plutôt anesthésiée.

C'est la vérité. Il paraît que les effets des traumatismes psychologiques surviennent longtemps après l'événement qui les a provoqués. En l'écoutant parler, je me suis surprise à sourire. J'étais d'accord avec lui. Je ne suis pas sortie en trombe du restaurant, je ne lui ai pas lancé mon verre à la figure, je ne l'ai pas traité de salaud. Je suis restée gentiment assise, j'ai fini mon risotto en disant qu'en effet il n'y avait pas d'autre solution.

– Pourquoi ne l'avez-vous pas informé de votre grossesse ?

– Je n'ai pas pu.

À la réflexion, je suppose qu'en fait j'étais paralysée par le chagrin. J'aurais pu lui dire mais, soudain, cela m'a paru impossible, foutu d'avance. Il ne voulait plus de moi ; comment pouvait-il vouloir de notre enfant ?

– Qu'avez-vous fait ensuite ?

Je la soupçonne de le savoir déjà.

– Je suis allée à un club, dans Greek Street.

– C'est là que vous avez bu ?

– Oui.

– Quelle quantité ?

– Deux verres. Mais c'était la première fois depuis… longtemps.

Nous nous dévisageons un long moment – le médecin et la patiente. Nous envisageons toutes les deux les conséquences de mon aveu, sans parler des sujets plus graves, tels que les malformations des nouveau-nés provoquées par une consommation excessive d'alcool.

– C'est en rentrant au journal que vous vous êtes emportée contre Rachel Hadley ?

– Oui. Vous comprenez mieux, maintenant ?

Elle ne réagit pas.

– Combien de temps avez-vous été hospitalisée ?

– Juste une nuit. Les saignements se sont arrêtés dans la matinée et, à midi, il était clair que j'occuperais un lit pour rien en restant plus. Ils m'ont prescrit des antidouleurs puissants et je suis sortie.

– Pour aller où ?

– Je suis repartie chez moi à pied.

– En faisant un détour par le Star Café ?

– C'est ça. Je n'ai pas vraiment décidé d'y aller. Je voulais réfléchir.

– Vous vous êtes rendue directement chez vous après l'entretien avec les policiers ?

– Oui.

J'ai monté l'escalier, traînant derrière moi l'odeur d'hôpital qui imprégnait la toile de mon sac à dos. Je la sens aussi dans cette pièce. Dans les établissements hospitaliers et les commissariats flottent les mêmes relents d'eau de Javel et de désespoir. Quand j'ai ouvert la porte de mon appartement, le téléphone sonnait. C'était Graham, qui voulait vérifier que j'avais bien reçu notre feuille de route. J'ai fait comme si de rien n'était, comme si mon univers ne venait pas de s'effondrer, et je lui ai fixé rendez-vous le lendemain matin. Puis je me suis mise en boule dans mon lit et j'ai pleuré jusqu'à ce que je m'endorme.

– Je suis partie en Syrie le lendemain avec Graham, mon photographe.

– Le lendemain ! s'exclame-t-elle, stupéfaite. Alors que vous veniez de faire une fausse couche ?

– Cela arrive tous les jours que des femmes perdent un enfant. J'ai un métier. On comptait sur moi là-bas.

– Qui comptait sur vous ?

– La veille, j'avais reçu un message d'un ami proche, un interprète que je connais depuis des années, qui m'informait que la situation à Alep s'était considérablement aggravée. Si je voulais continuer à me regarder dans la glace, il fallait absolument que j'y retourne pour témoigner des événements.

– Sans compter l'interprète, vous n'étiez donc que deux à traverser la frontière syrienne : vous et le photographe ?

– Oui.

– Cela ne vous inquiétait pas ?

– Non. On l'a fait très souvent. Graham est un professionnel aguerri et nous avons très souvent travaillé ensemble ces dernières années.

– Et Chris ? Vous lui avez annoncé votre départ ?

– Non. Pourquoi l'aurais-je fait ? C'était fini entre nous.

– Comment décririez-vous votre état mental alors que vous vous apprêtiez à repartir en Syrie ?

– Mon état mental ?

– Comment vous sentiez-vous ? Heureuse, angoissée, nerveuse ?

– J'étais sonnée, docteur. Complètement sonnée.

20

Vendredi 17 avril 2015

Je suis assise à la table de la cuisine pendant que Paul prépare le déjeuner. Je ne lui ai rien dit des événements de cette nuit : je ne suis pas absolument certaine qu'ils se soient réellement produits – quoique la terre qui était sur le sol ce matin semble en être la preuve. Et malgré la porte de la cour grande ouverte, l'odeur métallique du sang de mon cauchemar et le chuchotement rauque de la mort sont encore présents.

Le visage embué par la vapeur qui s'élève de la casserole, Paul mixe la soupe. Il a réussi à prendre sa matinée et m'a proposé qu'on en profite pour choisir l'équipement de la salle de bains. Ce n'est pas ce qu'il y a de plus folichon pour un jour de congé, de mon point de vue, mais lui est convaincu que si l'on rénove cette pièce, cela fera toute la différence quand on mettra la maison en vente.

– Je t'en ai sélectionné quelques-uns.

Il installe son ordinateur portable devant moi et ouvre les pages Internet sur lesquelles il a mis des signets : l'ensemble « Sorrel », blanc pur, « Myriad », aux formes hexagonales dans un coloris crème, « Bartley », gris argenté, avec en outsider un modèle terre cuite, logiquement baptisé « Sienne ». Ils sont tous dans la même gamme de prix et me paraissent convenir. Je lui ai proposé de prendre ces frais de rénovation à ma charge. C'est la moindre des choses, compte tenu de ce qu'il a déjà fait. En poussant l'ordinateur sur le côté, je lui annonce :

– Je vote pour Myriad.

Il me sert un grand bol de soupe de légumes au doux parfum de noisettes. Je suis morte de faim car je n'ai rien pu avaler ce matin ; j'ai eu beau m'étriller sous la douche, je ne suis pas parvenue à me débarrasser de la puanteur de mon rêve. Il s'assied en face de moi et me coupe une tranche de pain aux céréales.

– Tiens, je l'ai acheté chez le boulanger à la mode.

J'en trempe un morceau dans ma soupe.

– Tu n'as pas peur que ce style rebute les acheteurs ? me demande-t-il.

– J'aime bien ses formes géométriques. Chez moi, il n'y a que des lignes sobres.

– Ça ne m'étonne pas. Je parie que ton appartement est entièrement blanc, avec une décoration minimaliste.

– Exactement. Ça me change des chintz fleuris de mon enfance.

– Il faudra qu'on vienne le voir un de ces jours, Sally et moi. Ça nous fera une sortie.

– Vous êtes les bienvenus, bien que je doute qu'elle fasse le déplacement. Je m'y suis installée il y a presque quinze ans et elle ne m'a jamais rendu visite.

– Moi, en tout cas, j'aimerais bien venir. Tu me feras visiter Soho.

Il a un rire gêné et un silence pesant s'installe. J'avale une gorgée de soupe. Elle a refroidi, et la soupe tiède m'écœure, quand ce n'est pas pire. Je repose ma cuillère et joue avec mon pain. Il tire l'ordinateur vers lui.

– Où en étions-nous ? Ah oui, le modèle Myriad. S'il te satisfait, j'ai confiance en ton jugement. Je le commanderai cet après-midi et on s'arrangera pour l'argent plus tard.

– D'accord. Je te ferai un chèque avant que tu partes.

– Tu n'en veux plus ? dit-il en indiquant mon bol à moitié plein.

– Non merci. C'était très bon.

Il pose le bol et les assiettes en équilibre sur son bras et les emporte dans l'évier.

– Tu veux un café ?

– Oui, je veux bien.

Je reprends l'ordinateur pour jeter un dernier coup d'œil à l'ensemble Myriad. J'essaie de l'imaginer dans la salle de bains de l'étage. Ce matin, dans la baignoire rose aux joints tachés de moisissures, je tenais d'une main la pomme de douche anémique tout en me frottant de l'autre avec une minuscule savonnette antibactérienne. Oui, Myriad fera parfaitement l'affaire.

Paul rapporte la cafetière, s'assied devant l'écran et ouvre sa page Facebook.

– Excuse-moi, je voudrais vérifier si j'ai des messages.

– Tiens… Je ne savais pas que tu avais un compte.

– Ce sont les gars du boulot qui m'ont inscrit. Je dirais que c'est idéal pour déconner. Ils m'envoient des vidéos humoristiques qui te paraîtraient sans doute débiles, mais qui nous divertissent.

Il se relève pour sortir la poubelle dans la cour.

Qu'est-ce qui peut bien pousser les gens à s'inscrire sur ces réseaux sociaux ? Quel est l'intérêt de s'exhiber ainsi devant le monde entier ? Je grince des dents en pensant à Rachel Hadley et au succès de sa page Twitter. Une fenêtre s'affiche en haut : « Vous connaissez peut-être ? » Je fais défiler des visages, soulagée de n'identifier personne. Par curiosité, je tape dans la barre de recherches le nom de l'homme que j'aime, convaincue que pour rien au monde il ne s'exposerait sur ce genre de site. Erreur : il est répertorié. J'appuie nerveusement sur la souris. Une seconde plus tard, la vie qu'il m'a préférée s'étale sous mes yeux.

Sa photo de profil a été prise à l'occasion d'une réunion familiale. Il est vêtu d'un costume élégant et tient par les épaules une belle blonde aux cheveux courts et au teint de porcelaine. Je zoome sur elle. Avec son pashmina lilas, ses dents blanches et ses joues roses, on sent qu'elle est née dans les beaux quartiers ; elle a des airs de Lady Di jeune. Je clique. L'écran se remplit de photographies qui marquent toutes un épisode de l'histoire que Chris n'a jamais osé me révéler.

Je les passe en revue pendant que Paul fait retomber bruyamment le couvercle de la benne. Il y en a tant que j'attrape une crampe à l'index. J'ai droit à la fête de leur anniversaire de mariage dans le restaurant de Mayfair où il m'a invitée un jour au retour d'une longue mission en Ouganda. Ma peau se hérisse lorsque j'agrandis un cliché de sa femme, le regard brumeux parce qu'elle a manifestement trop bu, langoureusement étendue sur une banquette verte. Le suivant la montre sur une plage déserte, levant une coupe de champagne face à l'objectif.

En Irak, il m'avait dit – nous étions au lit dans un hôtel à moitié dévasté par des tirs de roquettes – : « Les vacances, ce n'est pas pour moi. Comment peut-on avoir envie de voyager pour le plaisir ? Comment oublier ce qu'on a vu ? »

Cette voix perfide, qui aujourd'hui me perce les tympans, je voudrais la piétiner, l'écraser sur le sol de cette cuisine. Toutes ces années, il m'a menti – quand il affirmait qu'il n'aimait pas sa femme, qu'ils menaient des vies séparées, que personne ne le comprenait aussi bien que moi. Pendant que je me languissais de lui, il faisait la nouba avec Helen dans son paradis pour bobos.

Presque sans réfléchir, je clique sur le nom de sa femme, qui apparaît en bleu sous la photo. Pour son profil, elle a choisi un portrait en noir et blanc où elle pose en faisant la moue. Plus bas, un lien renvoie à un site intitulé Carrington & Miller ; j'apprends qu'elle possède, avec sa meilleure amie Della, un magasin de décoration intérieure. Une succession de guirlandes en tissu rose layette, de coussins ornés de drapeaux anglais et de posters nunuches recouvrent la page. Cet univers dégoulinant de sirop m'écœure.

Je retourne à sa page Facebook, agrandis son portrait et sursaute en découvrant Chris, flûte de champagne à la main, participant à une fête de rue. La légende annonce : « La ville d'Harrogate célèbre le mariage royal ». Les bras m'en tombent. Est-ce cet homme qui n'avait pas de mots assez durs pour critiquer l'establishment et qui appelait de ses vœux la république à venir ? Il est là qui parade, coiffé d'un chapeau en carton rose fuchsia, sourire niais aux lèvres… Plus loin, je tombe sur l'intérieur raffiné de leur maison de ville, puis sur ses filles à cheval, très BCBG avec leurs cheveux tirés en arrière et leur dentition parfaite. En contemplant son existence à travers les yeux de sa femme, je comprends que pendant dix ans j'ai fait l'amour avec un inconnu.

– Désolé, la poubelle débordait, annonce Paul, qui est de retour. Le café doit être prêt.

L'arôme du café, ajouté au goût acide que j'ai dans la bouche depuis mon cauchemar de la nuit, me pique la gorge et me donne des haut-le-cœur si violents que je crains de défaillir. Je repousse brusquement ma chaise, gravis l'escalier quatre à quatre et atteins la salle de bains juste à temps.

– Kate ?

Agenouillée par terre, je vomis tout : l'odeur de sang, le café, la soupe, la coupe de champagne dans la main d'Helen, les jeunes cavalières et l'expression d'amour béat de Chris à côté de sa femme. Les hoquets se succèdent jusqu'à ce qu'il ne reste plus rien, que l'amertume de mon désespoir.

– Kate, ça va ?

Il pose la main sur mon cou et je bondis sur mes pieds pour empêcher les larmes de monter. J'ai besoin d'air, de bruit, de vide pour faire cesser la douleur aiguë qui m'étreint la poitrine. Je me relève en titubant, murmure : « Ça va, ça va », m'essuie la bouche avec le morceau de papier toilette qu'il me tend.

– Il faut juste que je me repose.

Il se tient dans l'encadrement de la porte, le visage blême, l'air inquiet.

– Tu ne veux pas t'allonger un peu ? Je vais t'apporter un verre d'eau.

En silence, je le supplie d'arrêter d'être si gentil. Je

peux affronter n'importe quoi, sauf la gentillesse. Elle m'est insupportable. Je me glisse devant lui pour descendre l'escalier.

– Pas la peine. Je préfère être seule.

En bas, je prends mon carnet de chèques dans mon sac. Il me suit dans la cuisine.

– C'est bon, on fera les comptes plus tard.

– Non, je préfère. Si je ne le fais pas maintenant, je risque d'oublier.

Je le rédige en vitesse et le lui tends. Il le glisse dans sa poche de pantalon.

– Tu es certaine que ça va aller ? Je suis là, si tu veux te confier.

– Arrête de t'inquiéter.

Je l'entraîne dans le couloir.

– Tu sais où me contacter si nécessaire. Tu peux appeler n'importe quand.

Je lui marmonne « Merci » en ouvrant la porte.

– Au fait, si tu es encore partante, ajoute-t-il sur le seuil, on n'a qu'à se rejoindre au Neptune's Arm demain à 11 heures.

De quoi parle-t-il ? Je n'ai qu'une envie : qu'il s'en aille.

– La balade à Reculver.

– Ah, oui, j'avais complètement oublié.

Je le pousse doucement dehors. Le front plissé, il me dit encore :

– Tu es très pâle. J'espère que je ne t'ai pas empoisonnée avec ma soupe. C'était pourtant une recette de chef.

J'essaie de réprimer les sanglots qui montent dans ma gorge.

– Non, elle était parfaite. C'est simplement… moi.

Il me tapote le bras.

– Il faut que tu te reposes, d'accord ?

J'attends que sa voiture démarre. Devant les rangées de pavillons jumelés, avec leurs jardinets proprets et leurs bordures de buis, je me dis que c'est ça, la vie. Ce n'est ni la guerre, ni les épidémies, ni les hôtels incendiés ; ce sont des hommes et des femmes dans leur petite boîte, avec leurs enfants, leur machine à café et leurs congés payés. Voilà à quoi devrait ressembler la vraie vie – à quoi ressemble celle de Chris. Moi, je suis sur la touche, un fantôme sans racines. Je referme la porte de la maison lugubre de ma mère. J'ai l'impression d'être le dernier être humain de la planète.

J'ai posé le téléphone par terre, à côté de moi ; son écran s'éteint sur le message que je n'ai pas envoyé. Chris ne décroche toujours pas et je rumine ma rancœur et ma rage. Toute la soirée, j'ai cherché à les exprimer dans un texto sans trouver la bonne formulation. Mon premier jet était un déluge de reproches sur son hypocrisie, son manque de courage, sa duplicité et son goût calamiteux en matière de déguisements de fête. J'ai changé d'avis, rédigé une nouvelle mouture. Au troisième essai, j'ai abandonné. Le SMS est un moyen de communication trop limité pour transmettre ce que j'ai à lui dire. Par ailleurs, le silence ne manque pas d'une certaine dignité. J'efface le dernier texte.

La soirée est déjà bien avancée mais je n'ai pas le courage d'aller au lit, où m'attend la vieille dame. Je drape un pull chaud sur mes épaules et descends au salon. Une poignée de somnifères plus tard, je m'installe sur le fauteuil vert. Entre ses accoudoirs usés, je me sens près de ma mère, presque dans ses bras. Je me pelotonne dans ses replis ; la pénombre envahit la pièce. Je voudrais ne pas penser à Chris, qui est partout, jusque sur ce fauteuil, avec le parfum de sa peau – mélange de sueur et de bois de cèdre.

Nous venons de milieux sociaux très différents. Originaires des Dales, dans le Yorkshire, ses parents étaient enseignants et ont élevé leurs quatre fils dans une vieille ferme. Il a eu une enfance heureuse. C'est là que s'est révélée sa vocation pour la médecine légale. Il m'a raconté qu'à l'âge de huit ans il avait vu un jour un os dépasser du sol. Il l'avait déterré et avait été surpris par sa taille. Le lendemain, il avait apporté la pelle de son père et s'était mis à creuser. En quelques heures, il avait mis au jour un énorme squelette. Il s'était avéré qu'il s'agissait d'un cheval Clydesdale qui s'était perdu un soir de tempête un demi-siècle plus tôt, dont le corps s'était progressivement enfoncé dans le sol. Chris avait été fasciné par le fait que ces ossements aient permis d'expliquer un mystère resté irrésolu pendant si longtemps. Cette découverte avait changé sa vie : il savait désormais quel métier il voulait exercer et s'était débrouillé pour y parvenir. Ses parents l'avaient aidé à faire des études supérieures et l'avaient encouragé à concrétiser son rêve. Je crois qu'ils vivent toujours là-bas. Ceci étant, je ne les ai jamais rencontrés et ils ne savent pas que j'existe. J'imagine leur intérieur rempli de photos d'enfants, avec une grande table en bois où la famille se réunit pour Noël devant la cheminée.

Voilà ce qu'a été l'enfance de Chris : chaleureuse et protégée – totalement à l'opposé de la mienne. Il a voulu offrir la même à ses filles, jusqu'à ce qu'il me rencontre et que je chamboule tout. J'étais son secret, ses ossements enfouis, la nouvelle énigme à résoudre.

Mes paupières sont lourdes mais, dès que je les ferme, Nidal est là, serrant son album dans ses mains.

– *Tusbih 'alá khayr*, Kate.

– *Tusbih 'alá khayr*, Nidal. Que fais-tu aujourd'hui ?

– Un livre.

– Ah, très bien ! Quel est son titre ?

– *Le Livre des sourires.*

À mesure que je plonge dans le sommeil, de fins papiers découpés volètent autour de moi. Un petit garçon sourit sur un pont de conte de fées ; les tours en sucre d'orge de Disneyland brillent sous un soleil en Technicolor, et Mickey Mouse gambade dans une prairie verdoyante.

– C'est ça que je veux.

Je ne vois pas Nidal ; je vois ses images et j'entends sa voix.

– C'est Disneyland que tu veux ?

– Non, je veux être le garçon sur le pont. Aide-moi.

– Où es-tu, Nidal ?

– Aide-moi.

Sa voix se rapproche. Si je tends la main, je peux le toucher.

– Aide-moi.

Je lance les bras dans sa direction et je sens que je tombe. Il y a un choc sourd et j'ouvre les yeux. Je suis par terre, dans le salon. Ce n'était qu'un rêve – un rêve de plus. Je suis en nage ; je m'essuie le front du dos de la main, me relève et sors dans le couloir. Un courant d'air frais caresse mes pieds nus. À mesure que je reprends mes esprits, j'entends un battement – *boum, boum.*

– Qui est là ?

La phrase m'est venue instinctivement. Le corps humain sait s'il est seul, vraiment seul, ou si un autre être vivant est à proximité ; chaque nerf, chaque muscle réagit en fonction de cela. Tout en avançant à tâtons, je cherche un objet qui pourrait me servir d'arme. Je ne vois rien, à part la vieille pendule en bois de ma mère, sur le buffet. Si quelqu'un est entré, un coup bien placé sur le crâne suffira à le mettre hors d'état de nuire. J'avance à pas lents vers la cuisine. Le son devient plus fort – *boum, boum, boum* – et suit le rythme de mes battements de cœur. Une fois à la porte, je me prépare à me jeter sur l'intrus. Je gonfle mes poumons et compte lentement jusqu'à trois.

Je me rue dans la pièce, prête à en découdre, la pendule à bout de bras… puis laisse échapper un soupir de soulagement : elle est vide et rien, à première vue, n'a été touché. À part la porte, grande ouverte. La brise nocturne chargée d'air marin, qui a soufflé jusqu'à mes pieds, la fait battre contre le chambranle – *boum, boum, boum*. Je vais sur le seuil et crie devant le jardin vide :

– Il y a quelqu'un ?

Il n'y a pas de lune cette nuit et l'obscurité me rend nerveuse. Je repousse les cheveux qui me tombent sur la figure. J'aurais dû prendre ma lampe torche. Harry avait l'habitude de dire en riant : « Si vous avez besoin d'une lampe de poche, allez voir Kate, elle a en stock de quoi fournir un régiment. » Il avait raison. Dans mon métier, c'est un accessoire indispensable. J'en possède des centaines. Et ce soir, je suis dans le noir avec seulement une vieille pendule à la main.

Je la pose, me dirige vers la palissade et grimpe sur la chaise pour voir chez les voisins. Tout est calme, il n'y a pas de lumière dans la maison et la cabane semble tout à fait normale. Pas de bruit, pas de mouvement, personne au vasistas. Je n'y comprends plus rien. J'attends quelques instants dans un silence total. Est-ce l'accumulation de stress qui me fait perdre les pédales ? Il faut que je dorme. Je rentre et ferme la porte de la cuisine à double tour.

Au pied de l'escalier, je vois dans le miroir du couloir que j'ai quelque chose sur les joues. Je me penche. Elles sont constellées de taches rouges. Je m'apprête à les essuyer et m'aperçois que j'en ai aussi sur les mains. Je renifle. C'est du sang. Du sang coagulé. Mon cœur s'emballe. Je vérifie que je ne me suis pas coupée – j'ai pu m'égratigner sur la palissade. Je ne vois rien.

Mon cerveau tourne à vide. Comment est-ce possible ? Qu'est-ce que je fais avec le sang de quelqu'un d'autre sur la figure ?

21

Commissariat de Herne Bay
35e heure de garde à vue

– Je suis désolée, mademoiselle Rafter, mais il me paraît indispensable que nous évoquions votre dernier voyage en Syrie.

Le Dr Shaw a pris une voix douce qui me crispe instantanément. Elle ne va pas lâcher le morceau. Cette série d'entretiens – la trentaine d'heures qui vient de s'écouler – n'était qu'un préambule. Elle se moque complètement des somnifères et des serveuses polonaises. Tout ce qui l'intéresse, c'est l'épisode syrien. Car c'est la Syrie qui m'a rendue folle. C'est du moins son opinion.

– Je vous le répète, je ne m'exprimerai pas sur ce point.

Elle se penche vers moi et plonge ses yeux impénétrables dans les miens.

– Pour que mon évaluation soit exhaustive, nous *devons* en parler, vous comprenez ? (Elle ne s'imagine pas à quel point cela m'est difficile.) Si je ne suis pas en mesure de rendre une expertise complète, la seule alternative sera…

Je la coupe :

– De me garder ici pour de bon ?

– Non. Nous vous ferons hospitaliser pour effectuer des tests approfondis. Je conçois que ce soit extrêmement désagréable pour vous. Néanmoins, nous ne pouvons faire l'économie de ces questions.

Elle a raison, je le sais. Ce qui ne rend pas les choses plus simples pour autant.

– D'accord. Allons-y, mais faisons vite, OK ?

Elle ouvre son carnet.

– Nous pourrons nous interrompre quelques minutes si vous le souhaitez. Si c'est trop dur, dites-le et on s'arrête.

Je fais un signe d'approbation.

Elle reprend, sur un ton plus conciliant :

– Pour commencer, je ne m'explique pas pourquoi vous avez décidé de repartir en Syrie alors que, de toute évidence, vous étiez perturbée, sur le plan tant psychologique que physique.

– Que voulez-vous dire ?

Je m'efforce de ne pas perdre le fil.

– Nous avons évoqué les péripéties avec Rachel Hadley et Rosa Dunajski. Vous étiez par ailleurs sous traitement neuroleptique puissant. Dans un tel état de fragilité, il n'était sans doute pas judicieux de se rendre dans un pays aussi instable.

– À vous écouter, on croirait que j'avais réservé une semaine de vacances en pension complète ! Personne ne me *conseille* quoi que ce soit, docteur Shaw : je suis grand reporter et je sais ce que j'ai à faire parce que c'est mon métier, que je l'exerce depuis presque vingt ans et qu'il ne m'est jamais rien arrivé.

Elle prend des notes dans son carnet. Je suis convaincue qu'elle me prend pour une déséquilibrée. Je dois me montrer forte, lui prouver que je ne suis pas ce qu'elle croit.

Sans lever la tête, elle demande :

– Pouvez-vous me raconter la journée du 29 mars ? C'était votre dernier jour à Alep, je crois ?

– Oui, en effet.

– Il y a eu un incident.

– Vous appelez ça un incident ?

Malgré moi, le mépris transparaît dans ma voix.

– Qu'est-il arrivé ?

Je réplique :

– À quoi ça rime de me charcuter ? Vous savez très bien ce qui est arrivé. Le monde entier le sait, merde !

– J'aimerais que vous l'exprimiez, me répond-elle d'un ton froid, indifférente à mon éclat. Je vous l'ai dit, je dois connaître votre version des faits afin de pouvoir mener à bien cet examen.

– Ah, oui, votre examen ! Quelle importance qu'un petit garçon soit en danger, continuons à cocher les cases pour déterminer si je suis cinglée !

– Ce type de discours ne rend service à personne.

Je jette un coup d'œil à l'horloge. Presque deux jours que je suis ici. Qui sait ce qu'il a pu subir pendant ce laps de temps ?

– Mademoiselle Rafter ?

Je me rends.

– D'accord. Par où voulez-vous que je commence ?

– Disons la matinée du 29.

Je serre mes mains moites en tâchant de rassembler mes idées. Je suis acculée. Je vais devoir revenir sur l'événement que j'ai cherché par tous les moyens à gommer de mon esprit ces dernières semaines. Je prends une grande inspiration avant de me lancer pour conserver une voix aussi neutre que possible.

– OK. Harry vous l'a expliqué, nous étions hébergés par un couple de Syriens dans le sous-sol de leur épicerie.

– Khaled et Zaynah Safar ?

– Oui. Et leur fils, Nidal.

J'agrippe ma chaise pour réprimer mes tremblements.

– On y était depuis une semaine. C'était le chaos intégral. En quelques mois, depuis mon dernier séjour, la ville avait été réduite à un champ de ruines. Il y avait des coupures d'électricité sans arrêt, les réserves d'eau étaient faibles et la pénurie de nourriture, presque complète. On ne pouvait pas sortir dans les rues. C'était l'enfer.

Elle ouvre grands les yeux.

– Ce sont des conditions extrêmement dangereuses.

– Oui. Le peuple syrien les subit quotidiennement. En tant que journaliste, c'était mon devoir d'en témoigner au reste du monde.

– Pourtant, compte tenu des problèmes de santé que vous veniez d'avoir, étiez-vous dans le meilleur état psychologique pour entreprendre une mission aussi périlleuse ?

– Je vous ai dit que ça allait. Tout le monde ne peut pas s'enrouler dans une étole de cachemire et se cacher derrière un carnet à spirale.

Pas de réaction ; elle se contente de jouer avec son stylo entre deux doigts. Je me lève pour aller à la fenêtre. Je suis oppressée. En me tournant vers elle, je remarque qu'elle a fermé son carnet.

– Vous voulez que je raconte ma dernière journée. J'y vais ?

– Bien sûr, répond-elle en me regardant regagner mon siège.

Est-ce une note d'excitation que je détecte dans sa voix ? Je me rassieds en tâchant de ne pas m'énerver.

– Merci. Le matin, j'étais allée avec mon photographe dans le centre d'Alep pour interviewer une famille dont la maison avait été bombardée pendant la nuit. Les clichés de Graham devaient figurer en une de notre reportage le dimanche suivant. J'étais en train de le rédiger quand j'ai entendu taper sur le mur de notre chambre. En sortant dans le couloir, j'ai compris que c'était Nidal qui tirait des buts avec son ballon de foot.

L'image est encore très nette : un gamin malingre, vêtu d'un maillot d'une équipe brésilienne trop grand pour lui. Je cligne des paupières pour l'effacer et reprends mon récit.

– J'ai refermé la porte. Sur ce, son père est arrivé et ils ont commencé à se disputer.

– À quel sujet ?

– Khaled trouvait que Nidal était trop bruyant. Il craignait que cela attire l'attention des combattants à l'extérieur. Il voulait qu'il retourne dans la pièce.

En fermant les yeux, je vois les traits tirés de Khaled et l'air provocateur de Nidal.

– Continuez.

Je croise les mains sur mes genoux.

– Je suis ressortie pour m'assurer que tout allait bien. En me voyant, Nidal s'est mis à pleurer, à se plaindre qu'il voulait simplement jouer au foot et mener une vie normale, qu'il en avait marre d'être en prison.

– Que lui avez-vous répondu ?

– Qu'il devait se calmer. Je lui ai expliqué que son père était fatigué ; il devait lui obéir et arrêter de shooter dans son ballon.

Je bois une gorgée d'eau. J'ai des fourmillements dans tout le corps ; cela fait plus de quarante heures que je n'ai pas pris de somnifères. Je gratte mon bras écorché sous l'œil désapprobateur du Dr Shaw.

– Vous lui avez conseillé de se calmer. Vous a-t-il écoutée ?

Les démangeaisons empirent. Je relève ma manche et frotte énergiquement ma peau marbrée. J'ai la poussière de la rue sur mes habits, mes cheveux, ma peau. Il hurle. C'est intolérable mais je n'ai pas le choix : je dois continuer. Je baisse ma manche.

– Non, il ne m'a pas écoutée. Il s'est mis en colère en disant qu'il détestait son père, qu'il me détestait, qu'on ne pouvait pas l'enfermer. Qu'il voulait s'en aller. Là-dessus, son père s'est fâché.

J'entends Khaled dire à son fils d'une voix basse et menaçante, tout en l'attrapant par le col de son maillot : « Tu crois qu'on a le temps de jouer au football quand on est réfugié ? Les réfugiés, on les traite comme de la vermine, comme de la merde. C'est ça que tu veux, mon fils ? »

– Je ne le blâme pas. Le pauvre homme était inquiet, à bout de nerfs, et Nidal ne voulait pas céder. Quand il m'a vue, Khaled est reparti dans sa chambre. Il pensait que son fils était en sécurité avec moi. Il me faisait confiance.

Le revoilà dans un coin de la pièce, le visage contracté par la peur, la colère et la déception. Le Dr Shaw se racle la gorge et remue sur son siège. Sous le regard de Nidal, je poursuis mon récit. Je sens encore sa peau brûlante sur mon bras.

– Tout s'est enchaîné très rapidement. J'ai essayé. J'ai vraiment essayé. Il était hors de lui. Ensuite, il a…

– Ensuite, il a quoi ?

Le sang qui bat sous mon crâne se confond avec les voix de Nidal, de Khaled, de Graham – si fortes que le Dr Shaw est à peine audible.

– Mademoiselle Rafter ? Kate ?

Elle pose la main sur mon bras. Son geste bienveillant, destiné à me calmer, me prend par surprise.

– Prenez votre temps. Nous ne sommes pas pressées.

C'est faux. Le temps est compté, je dois lutter contre les voix, décrire la succession des faits.

Je poursuis, dans un murmure :

– Il s'est enfui, il est sorti dans la rue si vite que je n'ai pas pu l'en empêcher. Je n'ai pas pu le retenir.

22

Samedi 18 avril 2015

Paul m'attend près des bancs du Neptune's Arm. Compte tenu de la météo, il porte une grosse doudoune et des chaussures de marche qui ne dépareraient pas sur le front, ainsi qu'un sac à dos probablement rempli de provisions pour la journée.

– J'ai pensé que ce serait une bonne idée de pique-niquer, m'annonce-t-il en venant à ma rencontre.

Je lève les yeux vers les nuages sombres qui s'amoncellent au-dessus de nous.

– Ce n'est pas vraiment un temps à manger dehors…

– Ça devrait aller. Il y a une bande de ciel bleu au-dessus de Reculver, répond-il en me montrant les tours, à l'horizon.

Je ne vois pas trace de bleu. Qu'est-ce qui le rend aussi invariablement optimiste ?

– Bien, allons-y.

Nous descendons vers la plage. Je suis perturbée par ce qui s'est passé cette nuit. Après être rentrée, je me suis déshabillée et inspectée dans la douche pour voir si je m'étais coupée. Rien. Ce sang venait de nulle part. Et une fois qu'il a eu disparu par le trou de vidange, comment être sûre que je n'avais pas rêvé ? J'aimerais confier mes inquiétudes à Paul, mais je n'ai pas envie de le stresser davantage. Il a suffisamment de soucis avec sa femme. Je m'arrête pour boutonner ma parka et me protéger de la bise cinglante, presse le pas pour le rejoindre.

– Quel temps de chien ! J'avais oublié qu'il pouvait faire aussi froid sur la côte.

– Ça ira mieux dès qu'on aura marché un peu. On va se réchauffer.

– Tu parles comme ma mère !

Pour me faire entendre, je suis obligée de hausser la voix, mais elle n'a pas plus de force qu'un mince roseau secoué par un vent furieux.

– Tu me traites de vieille dame ? glousse-t-il alors qu'une rafale manque d'emporter son écharpe. Tu ne manques pas d'air !

Sur le chemin qui grimpe en direction des tours, je remarque un tas de coquillages rose vif qui craquent sous nos pieds. Je me baisse pour en ramasser un et admirer sa jolie teinte fuchsia et sa forme de petit cœur brisé. Je gratte le sable collé dessus et le glisse dans ma poche. En continuant notre ascension, les mains au chaud dans les replis du tissu, cette coquille entre mes doigts me réconforte, étrangement.

Je cours pour rattraper Paul, qui m'a distancée. Mon sang bat dans mes veines, mes poumons se remplissent d'oxygène ; il me semble que je m'ouvre un peu plus à chaque enjambée. Il m'attend sur une étroite passerelle en bois qui conduit à une volée de marches escarpées. Il me laisse le précéder et nous les gravissons pour arriver sur un sentier étroit bordé de fougères.

– Cette portion du chemin m'effrayait lorsque j'étais petite.

– Pourquoi ? me demande-t-il, le souffle court.

– Je me sentais oppressée. Là ça va, parce que je sais que c'est toi qui me suis. Seule, je serais morte de trouille si quelqu'un marchait derrière moi. Il y a trop de détours, d'endroits où l'on pourrait se dissimuler pour me sauter dessus.

– Tu veux dire, quelqu'un du genre d'Alexandra ? Houhou ! poursuit-il en prenant une voix suraiguë.

– Arrête, réponds-je sans me retourner, sinon je la fais apparaître. Et là, tu seras bien ennuyé.

Aussitôt que le sentier débouche sur une prairie et s'élargit, je respire mieux et nous reprenons notre rythme. Au milieu des graminées poussent des ajoncs aux branches rigides parsemées de petites fleurs jaunes qui chatoient sous le soleil. Au loin, un coq chante.

– Il y a une ferme par là-bas, dit-il en indiquant l'est. Les coqs sont de l'autre côté de la haie.

Le meuglement d'une vache répond au chant du coq. Je souris en me souvenant que j'étais allée dans cette ferme avec maman. L'agricultrice nous l'avait fait visiter et nous avait servi le thé. Il me semble qu'elles avaient été à l'école ensemble. Nous étions reparties avec un panier rempli d'œufs, de fromage et de lait frais. Ce jour-là, ma mère était heureuse, sincèrement heureuse. Rien à voir avec le sourire contraint qu'elle affichait à la plage. C'était une fille de la campagne qui a vécu toute sa vie coincée dans une rue de banlieue. Elle méritait mieux que ça.

Tout à coup, Paul tend le doigt vers la côte.

– Tu as vu ? Elles sont spectaculaires, non ?

En haut de la falaise se dressent les tours de Reculver,

uniques vestiges de la forteresse romaine qui défendait autrefois la baie contre les envahisseurs. Nous reprenons notre ascension en mettant le cap sur elles.

– On les appelle « les deux sœurs ». J'avais oublié qu'elles étaient aussi belles.

Le vent nous fouette sans relâche. J'ajuste ma capuche pour m'isoler du froid mordant. Le sommet est bondé de touristes et nous devons nous frayer un chemin au milieu des groupes de randonneurs et des parents qui s'épuisent à écarter leurs enfants du bord. L'endroit est beaucoup plus fréquenté que lorsque j'étais petite. À l'époque, il n'y avait rien à voir, à part les tours et la plage, en contrebas, où les bombes rebondissantes avaient été testées en 1943. Depuis, un centre d'informations et une boutique qui vend des T-shirts, des tasses et des bonbons à la menthe ont été installés. Un peu plus loin, un glacier ambulant remporte un franc succès, à en juger par la file d'attente qui serpente le long du sentier.

Paul avance un peu et enjambe le grillage pour se rapprocher du fort. Le vent est encore plus violent et j'ai du mal à me tenir debout pour aller vers ce qui était autrefois l'entrée principale. Vu sous cet angle, le bâtiment ne semble pas abîmé ; son pignon triangulaire paraît démesurément petit entre les deux tours jumelles. L'illusion d'optique est aussi bluffante que la première fois que je les ai vues. Je distingue la tête de Paul à travers les interstices des pierres, puis je me rends compte que les murs, à l'arrière, sont éboulés ; on dirait les entrailles d'un cadavre répandues sur le sol.

Un grand homme en redingote coiffé d'un feutre noir entraîne à sa suite un groupe de visiteurs captivés en déclamant d'une voix de stentor :

– Il semblerait que les phénomènes paranormaux soient particulièrement intenses sur ce site ; ce serait l'un des plus actifs du comté de Kent à cet égard. Il faut admettre qu'il règne ici une atmosphère troublante.

Il attend leur réaction, et ils hochent tous la tête en chœur. Une femme en gilet violet prend une photo ; le guide lève sa main gantée.

– Plus tard peut-être. Nous ne voudrions pas déranger les habitants.

Paul saute du rocher sur lequel il s'était perché, me rejoint près du panneau d'information et me chuchote :

– Il fait référence aux enfants.

Je frissonne en sentant son souffle froid sur mon cou et me tourne vers lui.

– Ils remâchent encore cette vieille histoire ?

Selon la légende, des enfants auraient été enterrés vivants dans les fondations en guise d'offrande sacrificielle lors de la consécration du fort. Depuis, les nuits de tempête, leurs hurlements résonneraient autour de la forteresse. Le baratin habituel pour attirer les touristes.

Paul fait quelques pas pour se rapprocher du précipice.

– C'est vrai qu'on ressent une drôle d'impression. Quand j'étais gosse, un jour, il m'a semblé entendre quelque chose.

Une hirondelle en plein vol me frôle et je baisse la tête.

– Quoi donc ?

– Des voix. Des plaintes. D'ailleurs, c'est le cas en ce moment. Toi aussi ?

Je le regarde, incrédule. Ce n'est pas possible, il plaisante ? Il a pourtant l'air sérieux. Avec un rire nerveux, je réponds :

– Les seules plaintes que j'entends sont celles des parents à qui l'on fait payer dix livres pour deux cornets de glace. Je ne crois pas plus au surnaturel qu'au fait que les Romains aient enseveli des enfants vivants dans ces tours.

– Pourquoi pas ? Ils donnaient bien des chrétiens à manger aux lions. Tu imagines ce que ça doit faire d'être enterré vivant ? ajoute-t-il avec une grimace.

Je suis parcourue par un frisson.

– Non, pas du tout. À propos d'enfants, tu as interrogé l'agent immobilier sur les locataires du numéro 44 et le petit garçon ?

Il secoue la tête.

– Je n'ai pas eu une minute, Kate. Je suis surchargé de boulot et honnêtement…

– Qu'est-ce que tu insinues ?

– Rien de spécial. C'est sans importance.

– Allez, accouche.

– Eh bien… je comprends… C'est normal, après ce que tu as subi.

– Qu'est-ce qui est normal ?

Il baisse la voix.

– Que tu entendes ou que tu voies des trucs. Ça doit être le contrecoup. J'ai lu, au sujet du petit garçon en Syrie…

Là, je vois rouge.

– Paul, je n'ai pas le moindre doute sur ce que j'ai vu. C'était tout à fait réel, crois-moi.

Il me prend la main.

– C'est bon, calme-toi. J'appelle l'agence dès que je peux, d'accord ? Ne te tracasse pas. Si on descendait pique-niquer sur la plage ? Je meurs de faim, pas toi ?

23

Nous descendons l'escalier qui mène à la plage. Dès que mes pieds s'enfoncent dans le sable et que je respire le parfum iodé de la mer, je l'entends qui nous appelle : *Allez, les filles, on sort les sandwichs !*

Sa voix m'accompagne jusqu'à l'endroit abrité où Paul a déplié une immense nappe à carreaux.

Une minute, maman, je finis ma page.

Il sort de son sac à dos une Thermos de thé, des sandwichs enveloppés dans du papier d'aluminium et une boîte en fer ronde contenant des sablés, mes biscuits préférés.

Arrête de te faire peur avec ce livre, ma puce. Pose-le et viens manger ton gâteau.

Je m'assieds et me verse à boire pendant que Paul déballe son casse-croûte.

Si on discutait de choses agréables ?

Je sirote mon thé à petites gorgées et sa douce chaleur se répand dans tout mon corps. Pour une fois, Paul se tait. Bercée par l'air marin et le clapotis des vagues, je somnole en me remémorant les paroles apaisantes de ma mère : *Je t'avais dit que ça te ferait du bien.*

Depuis mon arrivée, je l'ai cherchée partout dans la maison alors qu'elle m'attendait sur la plage de Reculver. Hypnotisée par le ressac, je flotte entre veille et sommeil. Il est dans la rue avec son ballon ; il me tourne le dos. Je frappe à la vitre.

– Lève les yeux, Nidal ! Par pitié, lève les yeux !

Concentré sur son jeu, il ne m'entend pas.

– Nidal, regarde-moi !

Une voix masculine s'interpose. Celle de Graham.

– Kate, il faut prévenir ses parents.

– Non, attends, je vais l'aider.

Nidal prend son élan, shoote dans le ballon, qui monte en l'air, puis rebondit sur le sol avec tant de force qu'il soulève un nuage de poussière. Il s'apprête à courir pour le récupérer, redresse la tête et se fige. Il les a vus.

– Nidal !

Debout au milieu de la rue, terrorisé, il lève ses bras menus au-dessus de sa tête et ne bouge plus. Et moi, je suis coincée derrière ce carreau.

– Kate, au secours !

Je tape sur la vitre ; elle ne se brise pas.

– Au secours !

Elle finit par céder et je m'écroule avec. Je tombe, je tombe, sur du sable mou. Quand j'ouvre les yeux, Paul est au-dessus de moi.

– Allez, marmotte, il est temps de rentrer.

Je me redresse.

– J'ai dû piquer du nez. Quelle heure est-il ?

– Presque 16 heures, répond-il nerveusement. Je me suis assoupi aussi. On devrait repartir, la mer remonte et le brouillard est tombé.

En effet, les falaises ne sont plus visibles et le chemin du retour est en grande partie occulté par un rideau opaque. J'ai la tête aussi lourde que si j'avais dormi des heures. Paul se met en marche.

– Pressons avant que l'eau soit trop haute.

Il s'enfonce dans la brume. J'enfile ma parka et le suis en trébuchant sur les galets. Après quelques mètres, je fais un faux pas et chute tête la première. J'ai les jambes molles, je suis encore engluée dans mon rêve.

– Kate ?

Je l'entends sans le voir. Je voudrais lui répondre mais j'ai mal à la tête et je suis aussi nauséeuse que si j'avais bu. Qu'est-ce que j'ai ? Il faut absolument que j'arrête ces médicaments. Je me force à me relever et me remets à avancer cahin-caha dans ce que je crois être la bonne direction. Soudain, je l'entrevois dans une déchirure, qui agite les bras.

– Va vers les rochers !

Il est tout au bout de la plage. Nous sommes séparés par un bras de mer tumultueux qui s'est formé en quelques minutes.

– Pas par là ! J'ai eu du mal à passer.

L'écran brumeux le cache à nouveau. Les vagues recouvrent le sable et me lèchent les chevilles. Je suis acculée contre les rochers. Quelque part sur ma gauche, il me lance :

– Monte dessus !

Le vent froid et salé me cingle le visage et brouille ma vue. Je m'essuie les yeux du dos de la main, ce qui n'arrange rien car mon mascara coule en gros paquets noirs. Le niveau s'élève. Il faut que j'agisse rapidement pour ne pas être emportée. Je m'accroche à un récif pointu et me hisse. J'ai tout juste la place de poser le pied ; j'espère qu'il supportera mon poids. Je réussis à tenir, sans bouger, alors qu'à quelques centimètres le courant se renforce.

Au-dessus, en contrebas des tours, se dresse une paroi verticale qu'il faudrait que j'escalade. La panique me gagne : je suis exténuée et je ne vois pas de saillie sur cette surface qui paraît totalement lisse. Si je pousse un cri, est-ce qu'un des touristes au sommet m'entendra ? Avec les flots déchaînés derrière moi, ma voix n'aura pas plus de portée qu'un chuchotement. Je ferme les yeux pour concentrer mon énergie.

– Kate !

C'est Paul. Je les rouvre et regarde vers le haut.

– Kate !

Il semble loin, mais ce doit être lui. Oui, c'est lui. Je distingue à peine sa main à travers la bruine. Il me conseille de grimper.

Je hurle :

– Il n'y a pas de prise !

Il essaie de parler plus fort que le vent.

– Bon, d'accord. Écoute-moi. Saute en bas… traverse… avant qu'elle soit trop haute… Il y a une autre voie.

Malgré ma position perchée, je suis trempée presque jusqu'aux genoux.

– Je ne peux pas !

– … Il le faut… seul moyen.

– Qu'est-ce que je dois faire ?

Je recrache l'eau de pluie qui coule dans ma bouche.

Il s'époumone :

– Avance… vers la gauche… gros blocs…

Sa voix me suit par intermittences. Je patauge dans

une mer boueuse qui m'oblige à lever le pied très haut à chaque pas pour ne pas être aspirée par la vase. Je cherche à repérer les blocs dans la brume ouatée.

– Par ici !

Il court sur la crête pour se tenir à ma hauteur. Je finis par les entrevoir. Mes jambes sont aussi lourdes que du plomb.

– Là… Il y a un rebord. Ne perds pas de temps.

Impossible de m'accrocher au granit couvert d'algues gluantes. Je recommence en m'aidant de mes coudes et finis par m'agripper. Je me redresse pour souffler. Derrière moi, la marée avance inexorablement.

– Vite, tu vas être submergée dans moins d'une minute. Essaie la corniche.

Je lève la tête. Elle est si loin. Le découragement me gagne.

– Allez, Kate !

J'ai peur de ne pas tenir le coup physiquement. Mon bras saigne à plusieurs endroits et me fait très mal. J'ai dû me blesser sur la roche. Une mouette piaille au-dessus de moi : à l'instar des vautours éthiopiens, les oiseaux marins sentent le sang. Je fais un rétablissement sur la corniche, qui est suffisamment large pour me recevoir. Quand je me mets debout, la violence du vent est telle que je manque tomber à la renverse.

– Penche-toi en avant pour garder l'équilibre !

Je me colle si près de la paroi que je sens l'odeur des algues.

– Attrape le rebord au-dessus.

Dans la pluie battante, j'aperçois un morceau de rocher qui dépasse. Va-t-il être assez solide ? Je tends le bras, me tire jusqu'à lui.

– C'est bien ! hurle-t-il. Plus que deux étapes !

La prochaine saillie est plus proche. Je me juche dessus, reprends haleine.

– Un petit effort, tu y es presque.

La dernière, en revanche, est moins accessible. Mes jambes sont anesthésiées par le froid ; si je la rate, c'est la chute assurée.

– Vas-y ! m'encourage-t-il.

Je me hisse.

– Bravo !

Maintenant, je le vois en levant la tête.

– Je vais compter jusqu'à trois. À trois, tu prends ma main, OK ?

Il la laisse pendre au-dessus du bord.

– C'est bon, tu es prête ?

– Oui.

J'ai les jambes en coton.

– Un.

J'essuie ma main moite sur ma manche.

– Deux.

Derrière moi, la mer bouillonne rageusement. Je n'ai pas le choix.

– Trois.

Je tends le bras. Il serre ma main si fort que j'ai peur qu'il me casse le poignet. La seconde suivante, je plane dans le ciel, je survole la falaise. S'il me lâche, je m'écrase sur les rochers. Mais non. Nous tenons bon jusqu'à ce que je sois en sécurité sur la terre ferme. Je m'allonge pour récupérer. Il m'enveloppe dans sa doudoune et me prend dans ses bras en hoquetant :

– Oh, mon Dieu, j'ai cru te perdre. J'ai eu si peur de…

Il enfouit son visage au creux de mon épaule. Je sens qu'il tremble.

Je lui murmure :

– On s'en va ?

Il relève la tête. Est-ce la pluie que j'ai dans les yeux ou le crachin qui nous entoure ? Il est différent. Ses cheveux, battus par le vent et la pluie, sont plus sombres. Il les repousse et une sensation familière me chavire. Pendant une seconde, il a ressemblé à quelqu'un d'autre.

– Tu as raison, on ferait mieux de rentrer.

Nous nous relevons en tournant le dos aux bourrasques venant de la côte.

– Allez, viens.

Il me prend par la main et nous partons en silence vers les lumières de la baie.

24

Commissariat de Herne Bay
36e heure de garde à vue

L'atmosphère est devenue étouffante dans la salle d'interrogatoire.

– Est-ce qu'on peut ouvrir la fenêtre ? Je crève de chaud.

– C'est le chauffage central : il se met en marche automatiquement. Je suis désolée, le battant ne s'ouvre pas complètement. Voyons si cela suffira.

Elle va pour se lever, mais je secoue la tête.

– Ne vous fatiguez pas, c'est bon. On n'a qu'à continuer.

Je retire mon gilet et l'accroche au dossier de ma chaise. J'ai l'impression d'avoir perdu toute dignité dans ma veste en coton et mon jean crotté.

– Bien. Reprenons, si vous pouvez. (Elle consulte ses notes.) Nidal jouait dans le couloir. Son père est sorti de sa chambre et l'a grondé. Vous lui avez dit qu'il devait obéir et arrêter de taper dans son ballon. Il s'est mis en colère et s'est échappé.

Tout paraît si net, maîtrisé, déconnecté de la réalité.

– Ensuite ?

Je murmure :

– Je ne sais pas. J'ai oublié.

– Faites un effort, s'il vous plaît.

Je me tais. Le silence est tellement séduisant. Il me semble que je n'ai plus rien à ajouter.

– Je peux vous lire le rapport que Graham Turner a rédigé pour Harry Vine à son retour…

Sa voix est calme, déterminée.

La mienne chevrote :

– Non ! Je vous en prie, pas ça !

Comment Harry a-t-il pu me faire ce coup bas ?

– Mademoiselle Rafter, il est impératif que je connaisse le contexte qui a conduit à votre interpellation au numéro 44, Smythley Road. À cet effet, nous devons parler de ce qui est arrivé à Alep.

Elle tient une feuille format A4. C'est tout ce qu'il a fallu à Graham pour résumer cette journée ? Deux malheureux paragraphes ? Elle entame sa lecture.

– « Compte rendu de Graham Turner. »

Je mets la tête entre mes mains pour noyer le bruit de ses paroles dans le rythme de ma respiration.

– « Nous étions postés au centre d'Alep depuis une semaine. Kate s'est liée avec un jeune Syrien, le fils des gens chez qui nous logions. Son attitude débordait largement du cadre strictement professionnel : elle a noué avec lui et ses parents une relation qui mettait en danger notre vie. »

Graham Turner, mon ami et confrère, qui m'a accompagnée si souvent au cœur des conflits… Pourquoi m'a-t-il fait ça ? Qu'est-ce qui l'a poussé à me trahir ?

Le Dr Shaw se racle la gorge.

– « L'après-midi du 29 mars, on a été dérangés par le

gamin qui faisait du bruit en tapant dans son ballon dans le couloir devant notre chambre. Kate est sortie pour lui parler. Juste après, je l'ai vue enfiler ses chaussures pour monter à la boutique et partir à sa recherche. À cette heure de la journée, c'était une grave imprudence : le quartier était bombardé et le magasin, très en vue. Inquiet pour sa sécurité, je l'ai suivie. En arrivant en haut, je les ai vus dans la rue. »

Les larmes coulent sur mes joues. J'ai dans la bouche un goût de poussière et d'essence.

Elle poursuit :

– « Elle lui promettait qu'elle l'emmènerait en Angleterre s'il la suivait à l'intérieur. »

J'éclate en sanglots. *Graham, espèce de salaud.*

– Je l'aurais fait ! Je l'aurais emmené n'importe où si cela avait pu lui sauver la vie.

Elle attend que je reprenne mon souffle.

– « J'ai ouvert la porte. Ils revenaient vers moi. Le gosse lui tenait la main. »

– Non, non, non. Ne m'infligez pas cela.

Je sens encore sa main dans la mienne. On y était presque.

– « Ils étaient sur le point de pénétrer dans la boutique. Il lui a dit qu'il avait oublié son ballon dans la rue. Kate lui a répondu de le laisser où il était, qu'elle lui en achèterait un autre. Il ne tenait pas en place, tirait sur son bras pour se dégager. Elle a perdu patience et s'est mise à crier que ce n'était qu'un ballon et qu'il devait rentrer immédiatement. Le gamin s'est libéré, est parti en courant dans la rue. Elle a voulu le rattraper. Je l'ai retenue en lui recommandant de ne pas prendre ce risque. C'était trop dangereux, nous devions prévenir ses parents. »

Je suis à nouveau prise de tremblements. C'est au-dessus de mes forces. Qu'elle arrête, par pitié. Elle reprend sa lecture. Je ne vais pas pouvoir éviter de revivre ces derniers instants.

Une rafale. Un nuage de poussière qui s'élève. Je ne le vois plus. J'entends sa petite voix :

– Kate, au secours !

Mes jambes sont en plomb et il me semble que je mets des siècles à le rejoindre. Il gémit :

– J'ai mal !

Il est touché à la tête et sa blessure n'est pas belle.

Je lui murmure :

– Ça va aller, Nidal. Les secours ne vont pas tarder. Ne t'en fais pas.

Il se débat et je le prends dans mes bras. Où est Graham ? Pourquoi ne vient-il pas m'épauler ?

– Tu as fait un beau match. Le capitaine a promis que tu passerais en équipe 1. Prochaine étape : le Brésil ! (Il me serre la main.) Dans une minute, tu seras à l'abri. Ouvre les yeux, Nidal, reste éveillé. Surtout, ne t'endors pas.

Ses yeux se révulsent.

– Non, Nidal, non ! Tu ne vas pas mourir ici, dans cette rue. On va te sortir de là. On ira à Disneyland et on montera sur le pont tous les deux. Tu pourras tout raconter dans ton « livre des sourires ». Ouvre les yeux pour le voir, Nidal, ouvre les yeux !

Son corps devient tout mou. Des voix d'hommes au-dessus de moi. Ils essaient de me le prendre, je ne veux pas le lâcher. Je ne veux pas.

La voix du Dr Shaw est une lame qui scie mon cœur en deux.

– Mademoiselle Rafter, vous vous sentez bien ?

Je hurle :

– Stop ! Ça suffit, merde ! C'est quoi, ce plan ? Vous voulez que je revive cette journée minute après minute pour prouver que je suis folle ? Pour cocher une de vos cases à la con ? Il est mort. Le petit garçon est mort. Il a été abattu alors qu'il cherchait à récupérer son ballon. C'est ma faute. Je me suis mise en colère après lui. Je me suis énervée et il a pris la fuite. Si j'étais restée calme, il serait peut-être encore en vie. C'est ce que vous voulez que je vous dise ? Qu'il est mort dans mes bras et que, depuis, il ne me quitte pas ? Que j'ai son visage et sa voix dans la tête à longueur de journée ?

– Détendez-vous. Inspirez à fond.

– Allez vous faire foutre ! Arrêtez avec vos leçons ! Je n'ai pas besoin d'inspirer à fond. Je peux par contre vous communiquer certains faits concernant Graham Turner, celui qui a fourni le témoignage que vous utilisez pour me dépeindre comme une malade mentale. Vous voulez savoir ce qu'il a fait au lieu de m'aider ? Il est resté planté avec son appareil et a photographié un enfant mort. C'est lui qui devrait être à ma place sur cette chaise pour être expertisé. Son rapport, c'est de la merde ; ni plus ni moins qu'un tas de merde !

Je me précipite sur elle et lui arrache la feuille des mains, puis je m'effondre en pleurant : « Nidal ! » pendant qu'elle appelle à l'aide de sa petite voix flûtée.

25

Samedi 18 avril 2015

Quand le taxi s'arrête devant le numéro 46, Smythley Road, la nuit est tombée. Nous n'avons pas ouvert la bouche depuis le front de mer. Épuisés et transis sur la banquette arrière, nous avons écouté le chauffeur déblatérer sur les migrants à tue-tête par-dessus l'autoradio à plein volume.

Nous sommes à destination. Impossible de faire demi-tour.

– Ça fera 3,20 £, m'sieur-dame.

Paul plonge la main dans la poche de son sac à dos, sort son portefeuille ruisselant et lui tend un billet de dix livres trempé.

– Désolé, je n'ai rien d'autre.

– Pas de problème ! Mouillé ou pas, ça reste un billet de banque, pas vrai ?

Pendant qu'il farfouille dans sa sacoche à monnaie, nous restons assis, gênés, puis Paul perd patience, se penche devant moi pour ouvrir la portière et lui lance :

– C'est bon, gardez tout.

– Merci bien, répond le chauffeur en repliant soigneusement le billet en quatre.

Dans la rue, sous la pluie battante, la panique me saisit. Ce n'était pas du tout ce que j'avais en tête en acceptant cette excursion. Paul me sourit, apparemment un peu mal à l'aise, lui aussi. Est-ce qu'on va vraiment faire ce qu'on va faire ? Peut-on encore changer le cours des choses ? Il me tend la main.

– Viens, on va se débarrasser de ces habits humides.

Chez les voisins, une lampe s'allume à l'étage. Je m'imagine Fida en train de fermer les rideaux, de s'étendre près de sa brute de mari et, tout à coup, je n'ai plus du tout envie d'être seule. Je prends sa main et le laisse m'attirer dans l'entrée, s'allonger près de moi sur les marches de l'escalier, et retirer un à un mes vêtements. Sa peau est chaude ; je pose mes lèvres sur les siennes, mon corps vibre de désir. Il y a si longtemps…

Ça ne se passe pas comme avec Chris et je ne veux pas repenser à la dernière fois où nous avons fait l'amour. J'essaie de m'abandonner à ce corps inconnu plaqué contre le mien. Pourtant, je ne ressens aucune émotion quand il me retourne et retire mon slip, aucune tendresse lorsqu'il s'enfonce profondément en moi. Je gémis de douleur et je sais que je ne suis pas encore guérie. Je ne devrais pas être là. Il est lourd et je voudrais changer de position, mais il maintient mon visage contre la moquette sale. Je suppose qu'il ne veut pas le voir, que ça gâcherait tout. Ainsi, nous pouvons nous croire avec quelqu'un d'autre, nous sentir moins coupables. Il doit penser à Sally, la fille qui parlait fort et qui aimait la vie quand il l'a rencontrée. Il jouit dans un spasme, en poussant un gémissement à mi-chemin entre le plaisir et la souffrance. Je ne bouge pas quand il se retire et me fait un petit baiser sur le front.

– Eh bien, c'était…

– Je t'en prie, réponds-je en me relevant. Ne dis rien. On n'aurait pas dû.

Je ramasse mes fringues et monte d'un pas mal assuré à la salle de bains.

Je suis couchée. Paul dort à mes côtés. Je n'étais pas enthousiaste à l'idée qu'il reste mais il m'a assuré que Sally trouverait bizarre qu'il rentre si tard. Pour finir, je me suis dit qu'il valait mieux sa présence que les voix.

Les coupures que je me suis faites sur le bras en escaladant les rochers sont douloureuses. Au retour de la plage, en fin d'après-midi, Paul s'est arrêté à la pharmacie pour acheter un tube de crème antiseptique et des pansements et les a appliqués sur mes plaies pendant qu'on attendait le taxi. « Voilà, a-t-il dit quand il a eu fini. C'est mieux comme ça. » C'est à ce moment-là que j'ai su qu'on coucherait ensemble.

Alors que le clair de lune s'infiltre à travers les rideaux, le visage de Nidal flotte devant moi et se fragmente en éclairs argentés. Une chouette hulule dans la nuit épaisse. J'imagine les bateaux dansant sur les flots sous la jetée, attendant le lever du soleil pour partir en mer. Je sens le mouvement des ondes sous mon corps, je me glisse avec elles à travers l'estuaire, vers la Manche et les côtes françaises – vers le vaste monde où des anonymes vivent leur vie. D'autres histoires à relater…

Allongée sur le pont, j'entends la bouée rebondir sur le flanc. La houle se forme et le claquement s'intensifie. Je me tourne sur le côté et me bouche les oreilles. Le sommeil est proche, je m'y accroche désespérément. Mais la coque roule et la bouée frappe avec une violence qui me sort de ma torpeur. Je m'assieds dans le lit. Progressivement, le bateau redevient une chambre, avec un lit, une commode, une armoire étroite dans l'ombre des doubles-rideaux damassés. Le bruit me pousse à me lever. Au milieu de la pièce, je me rends compte qu'en fait c'est un appel :

– Maman !

Qui est là ? Je n'ose pas aller voir.

– Maman !

Son ton est si plaintif que je surmonte mes appréhensions et m'approche de la fenêtre. Je pose les mains sur l'appui et regarde dans le jardin.

Encore lui. Assis dans la plate-bande. Je le distingue parfaitement : il a environ quatre ans et porte un pull orange et un pantalon de jogging foncé. Son visage pâle est encadré par une tignasse de cheveux bruns. Je tape doucement au carreau. Il lève des yeux écarquillés de peur, et je me fige : il a un coquard. Je cours vers le lit.

– Qu'est-ce qu'ils lui ont fait ? Paul, réveille-toi ! Le petit garçon est dehors, il est blessé !

Je lui secoue l'épaule. Il pousse un grognement et remonte les draps sur son menton.

– Qu'est-ce… ? Rendors-toi.

– L'enfant dont je t'ai parlé est dans le jardin. Réveille-toi, s'il te plaît.

Je tire les draps en arrière et il se recroqueville. Il est nu. J'attrape une serviette par terre et la lui lance.

– Mets ça et viens voir.

– Quelle heure est-il ? marmonne-t-il. Il fait nuit, Kate.

Il se lève et drape la serviette autour de sa taille.

– On s'en fout ! Dépêche-toi.

Je le prends par le bras. La lune s'est cachée derrière un nuage. Je me colle à la vitre.

– Là-bas, à côté du massif.

Il secoue la tête et répond d'une voix endormie :

– Il n'y a qu'une chaise de jardin cassée.

Le verre se couvre de la buée de notre respiration.

– Tu ne regardes pas au bon endroit ! Au milieu de la plate-bande !

– Ce n'est probablement rien.

À l'instant où il soulève le loquet, je perçois un bruissement semblable à l'envol d'un oiseau. Il se penche dans l'obscurité.

– Je te l'avais dit : il n'y a rien. C'est sans doute un renard. En ville, ils sont très gros et, de loin, on peut facilement les confondre avec un gamin.

Je le repousse et passe la tête sous la fenêtre. Le jardin est silencieux, la plate-bande, vide. Il grelotte dans sa serviette.

Je lui murmure :

– Il était là, je te le jure. Tu as dû l'effrayer en ouvrant.

– Recouche-toi. C'était un cauchemar. Il faut que tu te reposes après les efforts que tu as faits cet après-midi.

Je referme brusquement la fenêtre de colère.

– Ne me parle pas de repos ! On doit le secourir. Ce n'était pas un rêve. Il appelait sa mère, il était là, je le sais et je ne suis pas la seule.

Je ramasse mes habits éparpillés sur le sol.

– Que fais-tu ? demande-t-il pendant que j'enfile mon pull. Tu vas t'attirer des ennuis.

Je tire mes bottines de sous le lit.

– Pas du tout. C'est *elle* qui va avoir des ennuis. Est-ce qu'une mère accepte que son mari frappe son fils, que son enfant dorme dehors ? C'est scandaleux !

– Tu es folle, me lance-t-il en me suivant dans l'escalier.

– Non, je ne suis pas folle. C'est un cas de maltraitance. Si la police refuse d'intervenir, je la perquisitionnerai moi-même, cette maison.

Il s'arrête pour récupérer ses vêtements entassés en bas de l'escalier. Je frémis en repensant à notre pathétique partie de jambes en l'air. Qu'est-ce qui m'a pris ? Je bataille avec la clé de la porte d'entrée ; derrière moi, il s'habille en soufflant.

– Kate, réfléchis aux conséquences. C'est évident que ce gamin n'existe pas.

Le verrou s'ouvre enfin.

– Si, il existe ! Et il a besoin de moi.

– Si tu y vas, elle appellera les flics et cela n'arrangera rien.

Dehors, l'air est doux et le ciel, parsemé de petites étoiles. Je remonte à grandes enjambées l'allée des voisins et tambourine à leur porte.

– Ouvrez-moi ! Vous m'entendez ? Ouvrez !

Je fais un pas en arrière ; la fenêtre de leur chambre s'allume. Je me remets à taper plus fort. Après de longues minutes, Fida finit par ouvrir. Son regard est fuyant.

– Que faites-vous ici en pleine nuit ?

Elle est tout habillée, avec son foulard sur la tête. Est-ce pour cela qu'elle a mis tant de temps à venir ? Pour sauvegarder sa pudeur ou dissimuler quelque chose ?

Je réplique, hors de moi :

– Je sais l'heure qu'il est. Et à cette heure, votre petit garçon devrait être dans son lit au lieu de se réfugier dans mon jardin. Pouvez-vous me dire ce qui se passe ? Le pauvre petit bonhomme vous appelait, il réclamait sa maman.

– Mademoiselle Rafter, il faut arrêter maintenant. Vous m'inquiétez.

Elle relève la tête et je m'aperçois qu'elle a un œil gonflé et une vilaine coupure sur le nez.

– Que vous est-il arrivé ? C'est lui qui vous a frappée ?

Elle me repousse de la main.

– Ce n'est rien, j'ai simplement fait une chute hier.

Je baisse la voix, au cas où il serait derrière elle.

– Fida, écoutez-moi. C'est très sérieux. Je sais ce que votre mari a fait. Le couvrir n'est pas une solution. C'est un homme violent. J'ai connu ça : ma mère finissait souvent ses journées avec la tête que vous avez et elle avait toujours une bonne excuse pour l'innocenter. Je vous en prie, laissez-moi entrer pour que je m'assure que votre fils n'est pas en danger.

– Il n'y a pas d'enfant ici ! répond-elle en haussant la voix. Maintenant, fichez-moi la paix.

Voyant qu'elle s'apprête à refermer la porte, je tends le bras pour la bloquer.

– Fida, je peux vous aider. Vous n'êtes pas obligée de subir cette situation seule. Je peux vous sortir de là, vous et le petit.

Je vois qu'elle est terrorisée.

– Partez, je vous en prie, murmure-t-elle.

Sur ces mots, elle claque la porte. Que faire ? Où peut-il être ? Je vais sur le côté, vers le portillon qui donne accès à l'arrière. En soulevant la clenche, je sens un mouvement derrière moi. C'est Paul qui m'a suivie et me dit d'une voix effrayée :

– Kate, ça suffit maintenant.

– Il faut que je le retrouve.

– Je t'en prie, arrête !

Trop tard. Je cours dans le jardin. La porte de la cabane est ouverte. Je m'y engouffre et m'écrie :

– Je suis là, je viens t'aider.

Où est-il ? S'est-il caché ? Il me semble entendre des voix étouffées sous la terre.

– Kate.

Je murmure :

– Nidal ?

– Kate Rafter ?

Je tourne la tête. Un jeune policier se tient dans l'encadrement.

– Pouvez-vous m'expliquer votre présence ici ?

Il s'approche. Fida est dehors, avec Paul et un second agent. Enfin ! Elle s'est résolue à prévenir la police.

– Dieu merci, vous êtes venus. (Je le prends par le bras et l'attire à l'intérieur.) Il y a un enfant battu enfermé quelque part.

– Kate, reviens ! crie Paul depuis le jardin.

– Mademoiselle Rafter, l'occupante de cette maison a porté plainte pour effraction. Pour quelle raison avez-vous pénétré dans sa propriété ?

Ce n'est pas contre son mari qu'elle a porté plainte, c'est contre moi !

– Ce n'est donc pas évident ? Ce petit est en grand danger. Je l'ai vu de mes propres yeux : il pleure sans cesse en appelant sa mère. Tout à l'heure, il était dans mon parterre. (Il fait un petit sourire en coin, qu'il essaie de masquer derrière sa main.) Cela vous amuse ? Désolée, je ne vois pas ce que ça a de comique. Cette femme est victime de violences conjugales. Vous avez vu son visage ? Idem pour son fils. Je suis persuadée qu'il avait un œil au beurre noir. Il faut absolument que vous fouilliez partout.

Il me prend par le bras et m'entraîne vers la sortie.

– Mademoiselle Rafter, vous n'avez rien à faire ici.

Fida s'avance.

– Elle n'arrête pas. C'est quasiment quotidien. Je n'ai pas d'enfant, je vis seule, et je suis tombée, rien de plus. Je ne comprends pas la raison de ce harcèlement.

Qu'est-ce qui l'empêche de tout leur raconter ? Je vois qu'elle s'apprête à déclarer autre chose.

Elle se tourne vers l'agent et lui souffle :

– Il faut qu'elle se fasse aider. Cette femme n'est pas dans son état normal.

En moi, quelque chose se brise. Elle a le regard vide de ma mère. Toutes mes frustrations, mon sentiment d'impuissance remontent d'un seul coup. Comment lui faire entendre raison ? J'attrape son foulard, le secoue violemment en hurlant :

– Pourquoi vous taisez-vous, pauvre idiote ? Pourquoi ne dites-vous pas où il est ?

Pour seule réponse, j'ai le contact froid du métal sur mes poignets et une voix masculine qui m'énonce ce que je suis en droit de dire ou pas. On me fait traverser le jardin, Fida sanglote et je réalise que, cette fois, je suis allée trop loin.

26

Commissariat de Herne Bay
37e heure de garde à vue

Le Dr Shaw est sortie. Assis à côté de la porte, un jeune flic monte la garde, les bras croisés ; comme tous ses collègues, on dirait qu'il est en grande section de maternelle. Se peut-il que mon avenir repose entre leurs mains ?

J'ai dit au Dr Shaw tout ce qu'elle voulait savoir. Mon sort dépend de l'expertise psychiatrique qu'elle est en train de rédiger dans un bureau de ce bâtiment. L'horloge murale indique 16 h 01. Presque quarante heures que je suis ici. Cette nuit, j'ai dormi dans une cellule sans fenêtre et je n'ai pas rêvé. C'est déjà ça. Qui sait ? Peut-être que le fait de décrire mes cauchemars les aura effacés.

Ils ont appelé Paul pour l'informer de ma garde à vue et m'ont autorisée à lui parler deux minutes. Il m'a promis qu'il ferait son possible pour que je sorte au plus vite, mais ses phrases sonnaient creux. La seule personne qui soit susceptible de me rendre ma liberté est le Dr Shaw et je n'ai aucune idée de ce qu'elle va décider.

Je ne doute pas un instant que, pendant ma détention dans ce petit commissariat de quartier, le mari de Fida aura déchaîné sa rage sur son petit garçon. S'ils me relâchent, j'appellerai Harry pour lui annoncer que j'ai un sujet à lui proposer. Je contacterai les gens que je connais aux services de protection de l'enfance et j'userai de mon influence pour sortir ce gosse de sa geôle. Cela ne sera possible que si moi aussi, je suis libérée. Pour l'instant, rien n'indique que cela va se produire.

La porte s'ouvre. L'agent saute sur ses pieds. Le Dr Shaw entre, une liasse de papiers à la main, accompagnée de l'officier qui a procédé à mon arrestation. Je la dévisage en quête d'un indice, mais son visage est fermé. Mon cœur bat plus fort et j'ai la bouche sèche. C'est seulement maintenant, à la dernière seconde, que je réalise que je suis dans de sales draps : la femme qui me fait face a le pouvoir de me faire interner dans un asile. Ma vie, ma carrière, mon avenir se résument à cette pièce, cette psy et les feuilles qu'elle tient. Elle s'éclaircit la voix.

– Mademoiselle Rafter, j'ai rempli le dossier d'évaluation et indiqué en conclusion que vous ne présentiez pas de menace pour vous-même ou votre entourage. Par conséquent, je ne requerrai pas la poursuite de votre détention en vertu de l'article 136 de la loi sur la santé mentale.

Je baisse la tête, très émue. Je ne veux pas pleurer. En tout cas pas ici, pas devant eux.

– Néanmoins, reprend-elle, compte tenu de vos déclarations et des symptômes que vous présentez, mon diagnostic est que vous souffrez d'un syndrome de stress posttraumatique sévère et je souhaite vous adresser à un spécialiste pour que vous bénéficiiez d'un soutien adapté. Si je ne suis pas en mesure de vous y contraindre, je vous le recommande instamment, d'autant que votre comportement a motivé une interpellation.

J'acquiesce d'un signe de tête. Si je peux rentrer chez moi et secourir ce petit garçon, je ferai ce qu'elle veut. Elle repose ses documents.

– Ma mission est terminée. Je vous laisse avec l'agent Walker, qui va vous expliquer les suites de votre arrestation.

Walker hausse les sourcils. Lui, un officier de police ? Il était à quelques mètres d'un enfant battu et qu'a-t-il fait ? Il m'a arrêtée *moi*.

– Avez-vous des questions à me poser, Kate ?

Des questions, j'en ai, oui. A-t-elle déjà vu un enfant mourir sous ses yeux ? Pourquoi passe-t-elle son temps à retirer son alliance et à la remettre ? Pourquoi a-t-elle tressailli en m'écoutant décrire les raclées que me donnait mon père ? Est-ce qu'à son avis mes cauchemars vont s'arrêter ? A-t-elle cru ce que je lui disais ? Au lieu de quoi, je fais signe que non. Elle se lève avec un petit hochement de tête.

– Bien, je m'en vais.

L'espace d'une seconde, je m'attends à quelques mots de compassion. Non : elle fait demi-tour et se dirige vers la porte. Pour elle, je suis un cas parmi d'autres, un questionnaire de plus à remplir. Elle se contrefiche de ma vie et de ce dont j'ai été témoin. En sortant d'ici, elle va entrer dans une autre pièce où un pauvre type va lui déballer les menus détails de son existence pendant qu'elle cochera méticuleusement ses cases. Je pense à tous ces gens que j'ai interviewés au fil des années. Pour certains, leur récit m'est resté en tête ; pour d'autres, je l'ai oublié aussitôt que mon article a été publié. Est-ce qu'eux aussi se sont sentis dépossédés d'une partie de leur âme quand j'ai pris congé d'eux une fois l'entretien terminé ?

La porte se referme. L'agent Walker s'approche de moi.

Une heure plus tard, je suis dans la voiture de Paul, sur le parking de la gare, mon sac à dos sur les genoux.

– J'ai ramassé tout ce que j'ai trouvé, dit-il en posant les bras sur le volant. J'espère que ça va.

– C'est parfait. Je n'avais pas apporté grand-chose, de toute façon.

– C'est probablement la meilleure solution. Au moins, Fida n'a pas porté plainte.

– Elle ne risquait pas de le faire ! Elle sait pertinemment que, si les flics avaient fouillé sérieusement, ils auraient découvert le sale petit secret de son mari, ce père abusif qu'elle protège.

– En tout cas, quoi qu'elle fasse, ce ne sont plus tes oignons maintenant. Le flic a été très clair : si tu remets les pieds chez elle, elle demandera une injonction d'éloignement du domicile, qu'ils accorderont certainement. Et là, ta vie sera foutue pour de bon. Tu seras traînée en justice, ta réputation sera salie. Cela n'en vaut pas la peine.

– Non, dis-je à voix basse. Manifestement, je n'ai pas le choix. À part celui d'aller voir un psy.

– Ce n'est peut-être pas si bête. Arrange-toi pour te débarrasser de ce syndrome de stress pendant que c'est possible, avant qu'il empire et que tu finisses comme… Tu vois ce que je veux dire.

– Avant que je finisse comme ma sœur ?

Il pose la tête sur le volant et soupire.

– Tu vas lui raconter ce qu'on a fait ?

– Évidemment que non ! répond-il, soudain livide. Je ne veux pas la démolir.

– Oui. Ceci dit, ça fait un bail qu'elle se démolit.

– Tu comptes beaucoup pour moi, tu sais, dit-il en me caressant le bras. Depuis toujours. Dans une autre vie, on aurait pu…

Je me dégage.

– Laisse tomber. On sait tous les deux que c'est faux. L'autre soir, c'était un coup en passant. On avait besoin de tendresse, point barre.

Il sourit et se frotte le visage.

– Où vas-tu ? À Londres ?

– D'abord chez moi, mais pas longtemps. Il y a trop de fantômes là-bas.

– Tu parles de Chris ?

Je tressaille en entendant son prénom.

– Sa page Facebook était restée ouverte sur mon ordinateur, l'autre jour. Marié, c'est ça ? Il m'a fait l'effet d'un sale type…

– Sally a de la chance d'être avec quelqu'un comme toi. Je ne sais pas si elle en est consciente.

Malgré son sourire, je vois bien que le sujet est douloureux. Je dégrafe ma ceinture de sécurité.

– Donc, tu ne traîneras pas à Londres. Ensuite, tu as des projets ?

– J'irai voir Harry pour me remettre dans ses petits papiers et repartir en Syrie. Je ne vois pas d'autre endroit où je puisse être.

– Tu es folle ? Tu as vu les infos ?

– Paul, les infos, c'est moi qui les écris. C'est mon boulot.

– Après ce que tu as vécu avec ce gosse à Alep, tu crois que c'est la meilleure solution ?

– Oui, j'en suis sûre.

– Eh ben ! commente-t-il avec un rire ironique. Tu ne fais rien à moitié. Tu vas me manquer.

Il se penche vers moi et me serre dans ses bras. C'est si agréable que j'ai presque envie de rester. Je sais que c'est impossible, à cause non seulement de Fida, mais aussi de Sally. Il vaut mieux pour tout le monde que je me barre le plus loin possible. Je me dégage de son étreinte.

– Tu me manqueras aussi. Tu as été un ami formidable ces derniers jours. J'ai vraiment apprécié.

– Je te l'ai dit, c'était avec plaisir. Bon, arrange-toi pour aller mieux, OK ?

– Je vais essayer. Au fait, bien que tu penses que c'est dans ma tête, tu veux me rendre un service et jeter un œil sur le numéro 44 ? Juste pour moi.

– D'accord, répond-il d'une voix éraillée.

J'ouvre la porte et sors dans l'air salé.

– Au revoir !

– Prends soin de toi.

Il se frotte les yeux.

– Toi aussi. Fonce, sinon tu vas rater ton train.

Une fois dans la gare, j'attends que sa berline sorte du parking. Dès qu'elle a disparu au milieu des pavillons de banlieue, je prends mon portable et vais m'asseoir près du guichet. Une dernière tentative. Je compose son numéro. Elle décroche. J'entends sa respiration sifflante.

– Allô ? C'est toi, Sally ?

– Qui est-ce ?

– C'est Kate. Je voudrais te dire quelque chose.

– Tu en as assez dit la dernière fois.

Son élocution est laborieuse. Elle est bourrée. Merde. Tant pis, j'essaie.

– Je n'ai pas beaucoup de temps. Je suis à la gare et mon train arrive dans cinq minutes.

– Tu repars déjà en voyage ? Je savais que tu ne t'attarderais pas.

Son ton est acerbe. Elle doit en être à la deuxième bouteille. La première la rend joyeuse ; la seconde, belliqueuse.

– C'est pour le boulot. On m'attend au journal.

– Ça fait plaisir d'être indispensable, commente-t-elle d'une voix pâteuse.

Je résiste à la tentation de lui raccrocher au nez : il faut vraiment que je tente le coup.

– Je t'appelle pour que tu me rendes un service. Très important.

– Un service, tiens, tiens… ironise-t-elle.

– Je t'en prie, c'est sérieux. Je voudrais que tu surveilles le pavillon des voisins de maman.

– C'est quoi, le problème ?

Je prends une grande inspiration.

– Je suis convaincue que le petit garçon qui vit là est victime de maltraitances.

– Un petit garçon ?

– Oui.

– Chez maman ?

– Non. À côté. Celui qui appartient à Paul.

– Qu'est-ce que j'ai à voir là-dedans ?

– Rien. Ça m'aiderait beaucoup si tu… allais chez eux pour vérifier. Après tout, ce sont les locataires de ton mari.

– Tu plaisantes ? Tu veux que j'aille chez ces gens leur demander s'ils tabassent leur môme ?

– Non, simplement…

– Décidément, tu ne changeras jamais. Tu ne peux pas

t'empêcher de fourrer ton nez partout. Ni de dire aux gens ce qu'ils doivent faire.

– Cela n'a rien à voir. Ce petit… est en danger.

– Ah ouais ? Ce n'est pas ce que tu prétendais à propos d'Hannah ? Tu veux savoir quel est ton problème ? Tu es frustrée.

– Frustrée ? De quoi ?

– De ne pas avoir eu de gosses et d'avoir privilégié ta carrière. Et maintenant, c'est trop tard.

Ses mots font mal, mais je ne veux pas le montrer.

– Sally, tu racontes n'importe quoi.

– Non, je te connais par cœur, voilà tout. Y a que la vérité qui fâche.

– Tu as bu. Je me demande pourquoi je me fatigue.

– Elle t'a manqué de respect, la voisine ? Elle a dit un truc qui ne t'a pas plu ? C'est pour ça que tu veux lui foutre cette histoire sur le dos ?

– Non, pas du tout.

Sa voix devient perçante.

– C'est plus fort que toi, il faut que tu t'imagines des trucs.

– Bon, je dois y aller, mon train est annoncé au haut-parleur. Merci quand même.

Je raccroche et remets mon téléphone dans ma poche. J'ai été idiote d'espérer un soutien de sa part. Elle est incapable de s'occuper d'elle, comment pourrait-elle veiller sur quelqu'un d'autre ?

J'ajuste mon sac à dos sur mes épaules. J'aimerais gommer de mon esprit ses insultes d'ivrogne. Il est temps que je reparte bosser, que je tourne le dos à Herne Bay et à tous ses malheurs.

27

Alep, Syrie
Deux semaines plus tard

Quelque chose a changé. Non, en réalité, c'est moi qui ai changé.

Je suis arrivée à Alep hier soir. Le voyage a été abominable. Grâce à Hassan, mon interprète et ami de longue date, je suis entrée clandestinement dans la ville après avoir crapahuté plusieurs kilomètres dans une conduite d'égout désaffectée. Il marchait devant, une lampe torche collée sur le front. Les rats détalaient sous nos pieds, nous avancions dans de l'eau mélangée à de la merde jusqu'aux chevilles. Je tremblais des pieds à la tête en me demandant à chaque pas ce que je faisais là. À un moment, le niveau de l'eau a monté et la puanteur des excréments et des produits chimiques est devenue tellement atroce que j'ai dû me couvrir la bouche pour ne pas m'évanouir. Nous avons fini par déboucher dans un immense terrain vague en périphérie d'Alep, un site industriel en friche où avait été installé un campement de fortune. Devant l'étendue de tentes dans un état pitoyable, j'ai failli repartir en courant dans la canalisation. La mort rôdait autour de nous et je pensais à mon bébé. Quand Hassan m'a pris la main pour me conduire à ma tente, je me suis interrogée à nouveau : qu'est-ce qui m'avait poussée à revenir à tout prix ?

Ce matin, je suis allée dans la partie nord du camp visiter l'antenne médicale qui a été mise en place par deux jeunes étudiants en médecine. Elle est remplie de blessés en état de choc, ensanglantés, en majorité des femmes et des enfants. Un jeune homme vêtu d'une blouse blanche crasseuse court d'un lit à l'autre. Il ne dispose que de morceaux de tissu pour comprimer les hémorragies. J'ai déjà assisté de nombreuses fois à des scènes identiques à Gaza et en Irak ; à l'époque, j'étais plus solide. Cette fois, je suis à bout de nerfs. Le moindre bruit me fait sursauter et me donne la chair de poule. Dans le chaos de ce poste de secours, je sens que quelque chose me lâche : tout cela est insoutenable. Pourtant, je ravale ma peur et fais comme si de rien n'était. Je suis le jeune toubib, qui s'appelle Halil, pendant qu'il me dresse un état de la situation.

Nous nous arrêtons devant un brancard rafistolé où gît une jeune femme d'à peine vingt ans, immobile. Elle fixe le plafond, bouche ouverte, pendant qu'Halil pose un garrot sur son bras amputé. Je m'agenouille à côté d'elle, le cœur battant. Je sais qu'ils n'ont pas d'antalgiques ; elle souffre certainement le martyre. Je mets la main sur son épaule. Quand elle se tourne vers moi, je pense à ma nièce. La dernière fois que je l'ai vue, elle avait à peu près l'âge de cette jeune fille. Devant ce corps brisé, un souvenir fulgurant me traverse : celui d'une vieille blessure que j'ai infligée et que je n'ai pas cherché à refermer.

Cela date du dixième anniversaire d'Hannah. Je rentrais d'un reportage à Gaza sur le bombardement d'une école qui avait fait des centaines de victimes parmi les enfants. Le fait d'avoir marché au milieu de tous ces corps mutilés m'avait bouleversée. Je me souviens m'être dit que nous ne connaissions pas notre chance de vivre en Occident : seul le hasard fait que nous naissons dans un pays en paix ou en guerre. Trois jours après mon retour en Angleterre, j'avais été invitée à la fête. Ma nièce était impatiente de me montrer la poupée qu'on lui avait offerte. Je ne sais ce qui m'a pris mais, en la voyant dans sa robe scintillante, entourée de cadeaux, j'ai pété les plombs. J'ai attrapé la poupée et lui ai arraché la tête. « Tiens, on va jouer à Gaza ! » Jamais je n'oublierai son regard apeuré et incrédule quand j'ai jeté sa poupée décapitée. Ma mère et Sally, furieuses sur le coup, ont rapidement oublié l'incident. Pas Hannah : plus tard, chaque fois qu'elle me voyait, elle avait un mouvement de recul.

Je repousse tout cela au fond de ma mémoire et demande à la jeune fille comment elle s'appelle. Son visage est un masque, ses yeux sont creusés par la douleur.

– Son nom est Amira, m'informe Halil. Sa maison a été touchée pendant qu'elle et sa famille dormaient. Son bébé a été éjecté par le souffle et elle a aussi perdu un petit garçon.

Si jeune, et déjà mère. J'imagine, là où était son bras, le nourrisson qui tétait, au chaud et en sécurité, et qui a disparu en une minute. Elle ferme les paupières et se détourne. Tandis qu'Halil m'entraîne vers un autre lit, je ne vois que ma nièce et sa poupée cassée. C'est sûr, j'ai perdu mon self-control.

J'ai regagné ma tente il y a une heure. Pas moyen de me reposer. J'étais obnubilée par la jeune femme et son bébé mort, mon cœur battait fort et j'étais proche de l'évanouissement. J'ai pris mon sac à dos et je suis sortie prendre l'air.

Assise dehors, je contemple les étoiles qui s'allument dans le ciel. Autour de moi, l'atmosphère est assez calme ; je suis loin des gémissements des malades. Mon esprit s'envole vers Herne Bay. Paul doit s'inquiéter pour ma sœur. J'aimerais tellement qu'elle se montre raisonnable et qu'elle arrête de boire. Je pense aussi à mes propres démons. Depuis que je suis ici, j'ai compris que je dois les affronter. À Londres, j'ai promis à Harry que j'irais voir le psychologue du travail dès mon retour de Syrie. Il a beaucoup hésité à me laisser partir, mais il sait que je suis la seule à pouvoir approcher aussi près du théâtre des opérations. Mes reportages font vendre et, pour lui, c'est un argument de poids. J'irai peut-être consulter quelqu'un. Il est sans doute temps…

La température fraîchit. J'attrape dans mon sac le premier vêtement qui me tombe sous la main, un gros pull en laine. En glissant le bras dans la manche, je sens un objet dur, qui tombe par terre. C'est le Dictaphone de maman, que Paul a dû ranger dans mes affaires en pensant qu'il m'appartenait. S'il fonctionne encore, je vais pouvoir écouter une dernière fois la voix de ma mère. Je m'assieds dans l'herbe et joue avec les boutons. C'est un modèle plus ancien que le mien et je mets du temps à comprendre comment il marche. Après un sifflement, son timbre inimitable surgit dans l'air saturé de poussière.

Test. Test. C'est le mot qu'on utilise, je crois. Je suis censée parler là-dedans parce que j'oublie sans arrêt où j'ai mis mes lunettes. Kate me dit que je vais devoir poser cent mille Post-it si je n'y prends pas garde, alors elle m'a acheté cet appareil. Je lui ai pourtant répété que ce n'était pas la peine. Ces gadgets ultramodernes ne sont plus de mon âge.

Je souris. Elle revient au moment où elle me manque le plus. Mes yeux se remplissent de larmes tandis qu'elle dresse la liste de ses courses au supermarché et des heures de passage de la benne à ordures après Noël. Ces petits détails sans importance me tranquillisent. Puis elle s'arrête et il y a un long silence. J'actionne l'avance rapide.

…chez les voisins…

Je remonte un peu en arrière et j'attends qu'elle reprenne son monologue.

…Je te le raconte à toi parce que tout le monde pense que j'ai perdu la boule. Je l'ai vu deux fois, aussi clairement que le nez au milieu de la figure.

Sa voix est sérieuse. Je me lève et monte le volume. Mon cœur bat à tout rompre.

Il y a un petit garçon chez les voisins. Il est très jeune, pas plus de trois ou quatre ans…

C'est la dernière phrase que j'entends. La seconde suivante, je suis aveuglée par un éclair blanc et projetée au sol. Puis il y a le martèlement de l'obus qui approche. Je me protège la figure, je ferme les yeux. Tout devient noir.

Deuxième partie

28

Herne Bay
Mardi 5 mai 2015

Quelqu'un braque une lampe sur mon visage. Je plisse les yeux en essayant de me rappeler où je suis. Petit à petit, je distingue un homme debout au-dessus de moi ; on dirait un géant aux bras velus croisés sur la poitrine. Puis ma vision devient plus nette et je comprends qu'il s'agit tout bêtement de Paul, mon mari ; la lampe est en fait le soleil matinal qui éclaire la véranda. Je me redresse sur le fauteuil en marmonnant :

– Qu'est-ce que tu veux ?

J'ai la bouche sèche, et le simple son de ma voix me vrille les tympans.

– Sally, il faut que je te parle, répond-il sur un ton grave.

– Je n'ai aucune envie de te parler.

Je fais comme s'il n'était pas là, replie mon bras pour protéger mes yeux de la lumière vive qui accentue ma migraine. J'ai encore dans la bouche le goût du vin d'hier soir, et si je bouge je vais vomir. Pourquoi reste-t-il planté là ? Il n'a rien à faire ici, c'est mon territoire. Je ne veux qu'une chose : me rendormir.

– S'il te plaît, réveille-toi. On a reçu une mauvaise nouvelle.

Je retire mon bras et le dévisage. Il a pleuré. Je me raidis.

– Hannah ? C'est Hannah ?

– Non, il ne s'agit pas d'elle.

Je pense « Merci, mon Dieu » et me renfonce dans les coussins. Si ce n'est pas ma fille, je m'en fous. Mais il ne part pas. Il est toujours au-dessus de moi.

– C'est quoi, alors ? (Il s'assied sur le bord de la table et met la tête entre ses mains.) Vas-y, accouche.

– C'est Kate.

– Qu'est-ce qu'elle a encore fait ? (Où ai-je mis le vin ? J'ai besoin d'un petit calmant.) Elle a été kidnappée ?

Où est ce maudit pinard ? J'ai dû le finir hier soir. Je me lève pour aller en chercher, mais il pose la main sur mon bras. Son visage est livide.

– Assieds-toi, c'est sérieux.

– Quoi qu'il lui soit arrivé, ça va aller, lui dis-je en me rasseyant. Elle se débrouille très bien toute seule. Elle l'a toujours fait.

– Sally, s'il te plaît.

– Elle est venue il n'y a pas si longtemps. Elle avait l'air d'être en pleine forme.

J'ai la tremblote. Il faut que je boive.

– Laisse-moi parler, chérie, insiste-t-il en me prenant la main.

– Ça ne m'intéresse pas. Elle est assez grande pour s'occuper de ses affaires.

Qu'est-ce que c'est que ces façons de me déranger à l'aube avec ses conversations sérieuses alors que je n'ai rien avalé ? Je passe devant lui pour aller dans le salon mais, avant que j'aie pu franchir la porte, il me retient par les épaules et me ramène vers le canapé.

– Assieds-toi.

– Lâche-moi ! Rien à cirer de ma frangine et de ses ennuis. Pousse-toi de là.

– Arrête, répond-il d'une voix ferme.

– Non, je n'arrêterai pas. Il est révolu le temps où tu me disais ce que je devais faire.

Il me saisit les bras et se met à crier :

– Pour l'amour de Dieu, vas-tu m'écouter, espèce d'idiote ? Elle est morte. Ta sœur est morte !

Tout devient noir et je m'écroule par terre.

– Je suis désolé, chérie. Vraiment désolé. Je ne voulais pas te l'apprendre de cette façon, mais tu ne voulais rien entendre. (Il me relève doucement et m'installe sur le canapé.) Je vais te chercher un verre d'eau, ajoute-t-il en disposant les coussins sous ma tête.

– Non, pas d'eau.

Il s'assied à côté de moi.

– Je l'ai appris hier soir ; j'ai allumé l'autoradio dans la voiture et j'ai entendu aux infos qu'une antenne médicale avait été bombardée en Syrie.

Je murmure : « Tais-toi », mais il poursuit :

– J'ai tendu l'oreille, parce que c'était à Alep et que je savais qu'elle voulait y retourner.

– Vas-tu te taire ?

J'enfonce mes ongles dans sa main mais il ne la retire pas. Il continue à parler en la caressant.

– Ce matin, ils ont diffusé sa photo à la télé. Le camp où elle était a été touché. Il n'y a pas de survivants.

Je repousse sa main en hurlant.

– Je t'ai dit de la fermer ! C'est n'importe quoi. Tu ne sais pas de quoi tu parles.

Je le bourre de coups de poing ; il ne bouge pas, se laisse frapper sans broncher. Je tape jusqu'à ce que je n'aie plus d'énergie et m'effondre à ses pieds en sanglotant.

– Kate s'en sort toujours. Elle se démerde, quoi qu'il arrive. Tu te trompes.

– Je suis navré, chérie, murmure-t-il.

Il glisse le bras sous ma tête pour me soulever et m'embrasse sur la joue mais je ne sens rien. Mon corps devient tout mou. Il me porte dans la véranda et me rassied dans mon fauteuil.

– Elle n'est pas morte. Sinon, je le saurais.

Il pose la main sur mon front.

– C'est un coup. Ça fait beaucoup à digérer...

– Puisque je te dis qu'elle n'est pas morte ! Maintenant, sors d'ici et fiche-moi la paix !

– Sally, je crois que je vais rester un peu avec toi. Tu es en état de choc.

– Je veux être seule, merde !

Il fait un pas vers la porte.

– D'accord. Comme tu veux.

– Et ferme ce putain de store. Le soleil me donne mal au crâne.

Je l'entends aller vers la fenêtre.

– C'est mieux ?

Soulagée par la pénombre, j'acquiesce d'un signe de tête.

– Appelle si tu as besoin de moi, ajoute-t-il en refermant la porte.

Je me souviens de Kate qui tapait du poing sur la table quand papa se jetait sur maman. Ce n'est pas juste.

Comment peut-elle être morte et moi, encore en vie ? De nous deux, c'était elle la fille forte, la battante. Ce n'est pas possible. Il doit se tromper.

J'ai soif. Je glisse la main sur le côté du fauteuil et tâtonne dans le noir vers la bouteille que j'ai cachée hier soir. Je vais devoir me passer de verre. Je dévisse la capsule et avale une longue gorgée. Le vin est tiède et un peu aigre, mais il fera l'affaire. Il faut simplement qu'il engourdisse la douleur qui s'est réveillée au creux de mon estomac.

Dehors, il fait nuit. Je n'ai aucune idée de l'heure qu'il est. Mes réserves sont à sec et je me damnerai pour un peu d'alcool. Paul est venu à deux reprises me proposer une tasse de thé. Je lui ai répondu que c'était un truc plus fort qu'il me fallait, mais il se contente de répéter que je suis en état de choc. Est-ce vrai ?

Assise dans le noir, je pense à Kate en permanence. Je la revois avec maman au pied de mon lit, le jour de la naissance d'Hannah. Ma mère s'agitait dans tous les sens, s'inquiétait de savoir si le bébé prenait bien le sein, faisait son rot correctement. Ma sœur, quant à elle, dévisageait ma fille comme s'il s'agissait d'un extraterrestre. Je savais ce qu'elle ressentait : pour ce que j'y connaissais en nourrissons, Hannah aurait aussi bien pu venir d'une autre planète. Moi-même, je n'étais qu'une gamine. Je lui ai dit de s'asseoir. Maman est sortie chercher du thé et nous sommes restées toutes les deux à contempler la nouveau-née endormie dans son berceau transparent. Je me suis tournée vers elle et lui ai demandé : « Qu'est-ce que je fais avec ? » Elle m'a regardée fixement puis a haussé les épaules : « Aucune idée. » On a éclaté de rire.

À son retour, maman a voulu savoir ce qui était si drôle, mais on était trop pliées en deux pour lui répondre.

Trois semaines plus tard, elle est partie à la fac et n'est jamais revenue. Ces quelques minutes à la maternité furent l'un de nos rares instants de connivence. Depuis toujours ou presque, elle était la plus intelligente, la plus courageuse ; moi, je n'étais jamais à la hauteur. Mais quand nous avions regardé Hannah dormir, nous étions simplement deux lycéennes fofolles prises de fou rire.

Un souvenir surgit, tout à coup. Elle m'a téléphoné juste avant son départ en Syrie. J'essaie de récapituler ce qu'on s'est dit, mais n'en ai plus que des bribes. Je devais être bourrée. Elle m'a annoncé qu'elle était à la gare – à moins que ce soit l'aéroport ? Il me semble que je lui en ai voulu de se barrer une fois de plus. J'aurais dû être plus attentive, merde. Qu'est-ce qu'elle essayait de me dire ? Inutile de chercher, je n'en ai aucun souvenir. Maintenant, elle a disparu et je n'entendrai plus sa voix.

J'essaie d'effacer cette conversation de mon esprit et mes pensées m'entraînent vers Hannah. Où est-elle ? Si seulement elle prenait contact avec moi. Il faut qu'elle sache pour sa grand-mère, et maintenant sa tante. Pourquoi est-elle si butée ? Je l'entends encore : *Lâche-moi, maman*, alors que je la tirais par le poignet en la suppliant de rentrer. Ensuite, tout devient noir ; j'aimerais me souvenir de la suite, mais rien à faire.

– Sally ?

Il est à la porte, en peignoir.

– Chérie, il est plus de minuit. Tu ne veux pas monter te coucher ?

– Je n'ai pas sommeil.

– Tu n'as pas bougé de ton fauteuil de la journée.

Il entre dans la véranda pour allumer la lampe.

– Ne touche pas à ça, merde !

Je bous de colère, de chagrin, de dépit.

– Ce n'est pas en restant assise sans ouvrir la bouche que tu la ramèneras, ajoute-t-il en lâchant l'interrupteur. En m'envoyant balader, tu ne fais qu'empirer les choses. Parlons ensemble. Je suis avec toi. Je t'écoute.

– Je n'ai rien à te dire.

Sa voix me porte sur les nerfs. J'ai envie d'être seule avec mes souvenirs, de comprendre ce qui s'est passé. Cela me perturbe et m'oppresse qu'il vienne sans arrêt.

– Tu vas le regretter. Si tu dors dans ce fauteuil, tu seras pleine de courbatures demain matin.

– C'est mon problème, non ? Maintenant, va dormir et oublie-moi.

Il ferme la porte. Je sens des picotements sur ma peau. Il faut que je boive. J'attends quelques minutes avant de me faufiler à pas de loup jusqu'au placard sous l'escalier de l'entrée. Paul ne fait pas de bruit. Il doit être au lit. J'ouvre doucement la porte : les bouteilles sont là où je les ai dissimulées il y a quelques jours. L'emplacement est idéal pour une petite planque secrète : il ne vient jamais dans ce réduit, qu'il imagine rempli de bric-à-brac et de vieux habits. Je referme la porte avec soin et repars silencieusement dans la véranda.

Je m'effondre dans mon fauteuil. Juste un verre pour me calmer. En dévissant la capsule, je sais déjà qu'un seul ne suffira pas.

29

Je me réveille dans mon lit, le dos en compote. Je remonte les draps sur mes épaules ; j'aimerais me rendormir, mais le sommeil ne vient pas. J'ouvre les yeux, reste immobile un moment. L'air n'est pas comme d'habitude. Il est arrivé quelque chose hier soir. Une chose horrible. Tout à coup, je me souviens. La nouvelle. Le visage de Paul. C'est vrai. Je suis en vie et ma sœur est morte.

– Paul ! Tu es là ?

Pas de réponse. Je me lève. Mes vêtements sont pliés sur le dossier de la chaise, près de la fenêtre. Il a dû me porter jusqu'ici dans la nuit et me mettre en pyjama ; je n'en ai aucun souvenir. Je l'appelle à nouveau. Il ne répond toujours pas. J'enfile mon peignoir et descends au rez-de-chaussée.

Il a posé un petit mot sur la table de la cuisine : il fait un saut au bureau et reviendra dès que possible. Je me sens un peu mieux. Lorsqu'il est dans la maison, je respire mal et mon cerveau ne fonctionne pas. Quand il est sorti, j'ai au moins les idées plus claires.

Je vais tout droit au placard sous l'escalier. Il faut que je calme la douleur qui me lance dans la poitrine. À l'intérieur, je ne vois que des vieux manteaux et des cartons. J'allume la lumière, pousse le bazar, tends le bras. Rien. J'avance à quatre pattes. Où sont-elles ? J'en ai mis six il y a deux jours. Il devrait en rester quatre. Mon cœur s'emballe alors que je remue les boîtes à chaussures et les vestes mangées par les mites. Soudain, j'aperçois un Post-it jaune par terre. Je le décolle en tremblant de colère. « Ça n'en vaut pas la peine, Sally. On peut s'en sortir tous les deux… sans alcool. Je t'aime. Paul. »

Le con ! Il a jeté ma réserve ! Je cours à la cuisine, ouvre frénétiquement les portes, les tiroirs. Où les a-t-il dissimulées ? Sans elles, je ne tiendrai pas le coup, c'est trop dur. Je vais dans la véranda, regarde derrière le canapé, soulève les coussins en poussant des grognements de frustration. Par la baie vitrée, je remarque dans la cour que la caisse de verre à recycler a été sortie… et qu'elle contient quatre bouteilles. Il les a vidées ! Quel salaud ! Pourquoi m'a-t-il fait ça ? Il s'imagine que ça va arranger les choses ?

Je ne tiendrai pas jusqu'à ce soir si je n'ai pas ma dose. Il faut que j'aille me ravitailler. Je marmonne entre mes dents : « Tu n'y as pas pensé, hein ? » tout en jetant mon peignoir par terre. Ça l'avance à quoi de tout balancer dans ce putain d'évier alors que je peux sortir en acheter ? Je suis une grande fille, merde, et il me traite comme une gamine attardée. Qu'il aille se faire voir ! Je prends la grosse doudoune verte qui est pendue dans le couloir et l'enfile par-dessus mon pyjama. Si tout va bien, personne ne s'en rendra compte. Je tire une vieille paire de tennis de l'étagère à chaussures. En me penchant pour les lacer, je me vois dans le miroir du couloir et je recule d'un pas : j'ai les yeux injectés de sang, je ne me suis pas lavée depuis plusieurs jours, mes cheveux sont gras, ma peau, jaunâtre. Qu'est-ce que Kate a dû penser en me voyant, elle qui est toujours sur son trente et un ? Déjà, toute petite, elle faisait très attention à elle. Tout ce qu'elle mettait devait être parfait. En plus, elle était mince et jolie. Je ne faisais pas le poids. Il vaut mieux que j'évite de penser à elle. Je cherche dans ma poche mes lunettes de soleil. Le temps est couvert et j'aurai l'air un peu con, mais c'est moins grave que de faire peur aux passants.

Heureusement, les rues sont désertes. J'ignore quelle heure il est, quel jour on est. Tout en me dirigeant vers le quartier commerçant, je ne vois qu'une chopine de vin blanc bien frais devant moi, et je sais que, pour l'instant, il n'en coule pas dans mes veines.

En approchant de la supérette, je tire ma capuche sur mon visage. Je n'ai pas envie qu'on me voie. Je veux simplement faire ce que j'ai à faire et repartir chez moi sans qu'on m'emmerde. À l'entrée, je suis soulagée de constater que c'est le gérant qui travaille aujourd'hui et non sa garce de femme, qui me jette toujours des regards écœurés quand elle enregistre mes bouteilles. Son mari est plus sympathique ; il me sourit en me voyant foncer vers les armoires réfrigérées.

La radio passe « Hey Jude » et, soudain, une vague de tristesse me submerge, comme un coup au plexus. Kate adorait cette chanson quand on était mômes ; elle s'amusait avec le titre et chantait « Hey You » en dansant avec moi autour de la pièce. J'étais très jeune : c'était avant qu'on se déteste. Je dépose trois pinots gris dans mon panier en m'efforçant de ne pas l'entendre. Peine perdue : le temps que j'arrive à la caisse, la mélodie s'est imprimée dans mon cerveau et je sais qu'elle va y rester toute la journée – sauf si je bois assez pour l'effacer. En présentant mes achats sur le tapis roulant, je me dis qu'il me faut une nouvelle cachette, un endroit auquel Paul ne pensera pas.

– Le soleil est sorti ? me demande l'épicier, qui a remarqué mes lunettes, en scannant mes bouteilles.

Je hoche la tête, en priant pour qu'il se dépêche.

– Le printemps est arrivé, reprend-il avec un sourire. C'est d'autant plus triste, n'est-ce pas ? (Il me montre du doigt le rayon presse, près de la porte.) Elle était originaire d'ici, vous le saviez ?

Je suis son regard vers une série de titres en caractères gras :

ANÉANTIS

AUCUN SURVIVANT

BOMBARDÉS PENDANT LEUR SOMMEIL

– Ça s'est passé en Syrie, poursuit-il en doublant le sac plastique. Est-ce que ça va s'arrêter un jour ? C'est vrai, quoi, jusqu'où ils vont aller, dans ce pays ? Tous ces pauvres gens. Et cette journaliste ! Elle n'avait qu'une trentaine d'années. Officiellement, elle est portée disparue, mais personne ne peut survivre à ça. Vous avez vu les photos ? Un véritable carnage. Ça fait réfléchir, non ? On est tranquillement en train de vaquer à ses occupations et, en une seconde, terminé, plus personne.

Il claque des doigts et ce bruit me fait sursauter. Je m'avance vers le présentoir pour prendre le *Times*. La couverture est barrée par une photo de housses mortuaires entassées dans un champ calciné. Je laisse tomber le journal par terre. Je sens que je vais vomir.

– Ça fera 27,36 £. Vous prenez aussi le journal ?

– Non, merci.

Je me penche pour le ramasser, le repose sur l'étagère, prends mes sacs et lui fourre dans la main un paquet de billets de vingt livres – tout le contenu de mon porte-monnaie.

– Eh, c'est beaucoup trop ! s'exclame-t-il. Prenez votre monnaie !

Je suis déjà dehors, la main sur la bouche, courant derrière la boutique de pizzas à emporter où je vomis tout ce que j'ai dans l'estomac. Je m'appuie contre le mur pour récupérer mon souffle, puis je m'essuie la bouche et repars dans la rue commerçante. Je veux m'éloigner de cet homme, de ces journaux, de la chanson des Beatles qui tourne en boucle dans ma tête. Après un petit verre, tout ira mieux, je pourrai réfléchir normalement.

Deux heures plus tard, je suis soûle, allongée sur le canapé les yeux fermés, pendant que Paul McCartney fredonne dans la pièce.

Je m'étais dit : « Juste un verre », mais j'ai à peine senti le premier. Le deuxième m'a réchauffée et un peu calmée. Ce n'était pas suffisant. En versant le troisième, je me suis souvenue que j'avais encore les trente-trois tours de ma sœur. J'ai fouillé dans les pochettes écornées et j'ai mis la main sur l'album *Hey Jude*, avec au dos « Kate Martha Rafter » inscrit au feutre noir. J'ai sorti le disque, l'ai essuyé avec ma manche et l'ai posé sur la vieille platine. Tout à coup, elle était avec moi, nous étions deux petites filles en train de danser dans le salon.

Avec cet air qui tourne encore, j'essaie de me la

représenter mais tout ce que je vois, c'est une housse mortuaire. Je chante « Hey You » aux fantômes de la pièce. « Doum, doum di doum. » Peu à peu, mes paupières deviennent lourdes et je m'enfonce dans le noir.

Je suis réveillée en sursaut par un grand *boum*. Je me redresse. Un bruit de pas lourds et une voix qui m'appelle. Je voudrais me lever, mais je ne peux pas ; mon cœur bat vite et je suis essoufflée. Les pas se rapprochent. Je murmure :

– Kate, c'est toi ?

Mes jambes sont lourdes, je peux à peine bouger.

– Oh, non, c'est pas vrai !

En levant les yeux, je le vois, à la porte, le regard furieux. Il entre dans la pièce.

– Pourquoi as-tu fait ça ? Tu sais que ce n'est pas la bonne réponse.

– Ce n'est rien. Lâche-moi.

Je retombe sur les coussins du canapé.

– Nom de Dieu ! s'écrie t il en ramassant la bouteille par terre. Trois litres en une matinée ? Un de ces jours, ça va mal finir.

Il la pose sur la table et s'asseoit sur l'accoudoir.

– Boire ne la fera pas revenir, dit-il en me prenant le verre des mains.

– Ça, je le sais.

– Tu ne fais qu'aggraver la situation. (J'enfonce ma tête dans le coussin, mais cela ne suffit pas à étouffer sa tirade.) Il vaudrait mieux que tu aies l'esprit clair pour faire face, pour accepter vraiment sa disparition.

Je repense tout à coup à un des titres de la presse de ce matin. Je me rassieds.

– Tu te trompes, à propos de Kate. Elle n'est pas morte.

– Qu'est-ce que tu as encore inventé ? soupire-t-il.

– Les journaux, à la supérette, annoncent qu'elle est « portée disparue ». Portée disparue, pas morte. Je te l'ai dit, elle va débarquer d'ici quelques jours, en pleine forme.

J'éclate de rire. Il prend un air si condescendant que j'ai envie de le frapper.

– Pourquoi secoues-tu la tête ?

– Écoute-moi bien, répond-il. Le ministère de la Défense vient d'appeler. Ta sœur nous avait désignés comme ses plus proches parents. Ils me l'ont confirmé, Sally. Elle n'est pas portée disparue, elle est décédée. Ils nous renvoient ses affaires.

Je me mets debout, cherchant quelque chose à quoi me raccrocher.

– Mais les journaux, Paul ? Ils indiquent : « Portée disparue ». Pourquoi l'écriraient-ils si ce n'était pas vrai ?

– Je suis navré, Sally.

Je ne vois plus qu'elle dans la pièce et ma tête tourne avec les paroles de cette maudite chanson. « Hey You ». Je tends le bras pour m'empêcher de tomber, mais trop tard ; je m'affale sur le coin de la table basse.

30

Je ne devrais pas être ici.

Assise sur mon lit d'hôpital, je vois passer sous le rideau vert de mon box des pieds qui ne s'arrêtent jamais. Pourquoi personne ne vient me voir ?

À mon arrivée, les infirmières ont nettoyé ma plaie, recousu mon cuir chevelu et m'ont placée sous monitoring cardiaque. À mon grand soulagement, Paul est resté dans la salle d'attente pendant qu'on m'emmenait en fauteuil roulant aux urgences : il n'arrêtait pas de me demander si ça allait. Que voulait-il que je réponde ? « Oui, je pète la forme, je nage dans le bonheur : ma sœur vient de mourir et tout va pour le mieux » ?

Les gens défilent dans le couloir sans s'intéresser à moi. Je me sens totalement abandonnée. Tous ceux que j'aime sont partis : ma fille, ma sœur. Même ma mère, cette vieille chouette irascible, me manque. En tâtant les points de suture qui sillonnent mon front comme une voie de chemin de fer, je me dis que, moi aussi, je devrais être morte. Je n'ai plus aucune raison de vivre.

Aucune.

Le rideau s'entrouvre sur Paul, un sourire inquiet aux lèvres. Aussitôt, je me mets à tousser. On dirait qu'il suffit qu'il pénètre dans une pièce pour en pomper l'oxygène. Est-ce ce qui se passe quand une relation arrive à son terme ? On s'épuise mutuellement jusqu'au point de non-retour ? Je sais que je l'épuise. Il semble exténué. Il referme le rideau et s'approche du lit.

– C'est ma faute, dit-il. Je n'aurais pas dû sortir, j'aurais dû rester avec toi. Excuse-moi.

– Tu n'es pas responsable. Je suis une grande fille.

Ma plaie me fait souffrir encore plus quand je parle. Il tire une chaise pour s'asseoir, relève ses manches et se frotte le bras. Ces cicatrices blanchâtres me rappellent la soirée où il a tenté de me prendre la bouteille des mains, puis le bruit du verre brisé. En voyant que je le regarde, il arrête de se gratter.

Je murmure :

– Pardon, Paul. Je m'en veux, vraiment.

Depuis, plus rien n'est comme avant entre nous. Nous ne dormons plus dans la même chambre, nous ne prenons plus nos repas ensemble et il est de plus en plus souvent au bureau. Nous sommes deux étrangers vivant sous le même toit.

– Ne te préoccupe pas de ça, répond-il d'une voix douce. Tu n'étais pas dans ton état normal.

Il sourit et mon estomac se noue. Le pauvre… Le lendemain, il avait fait comme si de rien n'était.

– Ce n'était pas intentionnel.

– Je sais.

Je vois dans son regard qu'il n'a plus confiance en moi et que son sourire est forcé.

– Honnêtement, ça va. Le médecin m'a annoncé que

tu pouvais sortir. J'ai garé la voiture devant, on s'en va dès que tu es prête.

La perspective de rentrer chez moi me fait repenser à ma sœur.

– Je n'arrive pas à croire qu'elle soit partie pour toujours, dis-je en me détournant.

– Je sais. Pour moi, c'est pareil. C'était une femme formidable. Je regrette de t'avoir laissée seule aujourd'hui. Je suis idiot. Qu'est-ce qu'elle disait, déjà ? Une courge.

Il a un rire triste et mon cœur se serre. Je me lève pour prendre mon gilet sur la chaise.

– Elle m'appelait aussi comme ça quand on était petites.

Je nous revois, toutes les deux, sur la plage de Reculver. C'est l'un de mes souvenirs les plus précis. Je construis un château de sable pendant qu'elle creuse des trous avec sa pelle – c'était son activité favorite. Soudain, elle s'arrête. Elle a un objet bizarre dans les mains. Je l'interroge : « C'est un fossile ? – Sais pas, répond-elle, mais je vais le garder. » Une minute plus tard, maman vient vers nous, s'en empare et court le jeter dans la mer. « Pourquoi as-tu fait ça ? lui demande Kate en geignant. Il était à moi ! » Maman, qui a mouillé sa jupe dans les vagues, nous jette un regard noir en se rasseyant sur son drap de bain. « C'était une bombe ! On ne joue pas avec ça. » D'un air sérieux, Kate hoche la tête et se remet à creuser. Je n'arrive pas à me concentrer sur mon château de sable parce que je n'y comprends rien. Je demande : « C'est quoi une bombe ? C'est un œuf de dinosaure ? » Elles éclatent de rire. Elles sont si drôles que je ne peux pas m'empêcher de me joindre à elles. « Ma pauvre Sally, quelle courge tu es ! »

J'enfouis mon visage dans les plis de mon gilet et quand les larmes finissent par venir, j'entends ma mère : *On ne joue pas avec ce genre de choses.*

– Quelle cruche, aussi ! Pourquoi faut-il qu'elle soit toujours courageuse ? Elle ne peut pas laisser les gens se démerder avec leurs conflits ?

– Oh, Sally, répond Paul. C'est bon, allons-nous-en.

Il pose le gilet sur le lit et me prend dans ses bras. Il sent, comme toujours, le savon et la pâte à gâteaux – lui qui ne fait jamais de pâtisserie. Ça doit être l'odeur de sa peau. Elle est si réconfortante que je mets la tête sur son épaule et la respire.

– Quel choc terrible pour toi, murmure-t-il. On va s'en sortir, je te le promets.

Je me dégage de ses bras.

– Je ne peux pas. Je ne me remettrai jamais de savoir qu'elle est morte seule, sans personne pour l'accompagner pendant ses derniers instants. J'aurais dû être plus gentille avec elle quand elle est venue, mais je ne pensais qu'à ce qu'elle m'avait fait, j'étais minée de l'intérieur. Maintenant, c'est trop tard.

– Chut. Ce qui est fait est fait. Tu ne peux pas changer le passé. Je vais t'aider, ma chérie. On va surmonter ça ensemble. Rentrons chez nous.

Je suis retenue prisonnière dans ma propre maison. Paul fait tout pour m'empêcher d'aller acheter à boire et s'est mis en congé jusqu'à la fin de la semaine pour jouer au garde-malade. Il est venu me voir plusieurs fois avec du thé, des biscuits et des revues débiles en me disant que, dès que j'en aurai envie, on pourra parler de Kate.

Le manque d'alcool me met les nerfs à vif et j'ai des

brûlures d'estomac atroces. Il faut absolument que je me débrouille pour me ravitailler en douce. En cette minute précise, je me sens étrangement calme, mais est-ce que cela va durer ? Je frotte les miettes de biscuits sur le dessus-de-lit et me tourne sur le côté. Paul m'a suggéré de prendre un « bon bain », mais je ne veux pas bouger, sinon, tout deviendra réel. En restant allongée et en pensant à elle très fort, ça la fera peut-être revenir ?

Je ferme les yeux. Je dois avoir environ huit ans. Nous sommes à table en attendant que papa revienne du pub. Je bavarde pour combler le silence ; Kate et maman se regardent sans rien dire. Je vois dans leurs yeux qu'elles ont peur – je ne suis pas stupide, contrairement à ce qu'elles pensent. Maman a préparé une tourte au poulet ; elle était magnifique à la sortie du four, mais c'était il y a deux heures et, depuis, elle a refroidi et s'est racornie. Kate tape sur la table.

– Maman, c'est ridicule ! On ne va pas l'attendre toute la nuit. Il est presque 9 heures et j'ai un devoir d'histoire à préparer. Tu n'as qu'à la découper et tu lui réchaufferas sa part quand il sera là.

Ma mère croise les mains sur ses genoux et baisse la tête. On dirait qu'elle fait sa prière.

D'une voix chevrotante, elle répond :

– Tu sais bien qu'il tient à ce qu'on prenne nos repas ensemble. Je t'en prie, ne fais pas de scène, pas ce soir.

– Moi, je fais une scène ? C'est la meilleure ! S'il veut qu'on dîne ensemble, pourquoi ne rentre-t-il pas à l'heure ?

Je glisse :

– Si on regardait la télé ? Il y a peut-être une bonne émission.

Maman me lance un regard courroucé.

– Sally, s'il te plaît, ne dis pas n'importe quoi.

Sa voix glaciale m'atteint comme une gifle et mes yeux s'embuent. Je penche la tête en arrière pour empêcher les larmes de tomber dans mon assiette. Puis je sens une main sur la mienne, une pression affectueuse pour me dire que ça va aller. Je tourne la tête et je la vois qui me sourit. Ma grande sœur. Pendant un bref instant, tout va bien. Avec un simple sourire, elle sait nous rassurer.

Brusquement, la porte d'entrée claque. Nous nous redressons toutes les trois comme des soldats au garde-à-vous. Mon cœur se met à battre la chamade et ma mère blêmit.

Elle souffle à Kate :

– Tu as compris : tu ne le contredis pas, d'accord ?

Avant que ma sœur ait pu répondre, il est dans l'embrasure de la porte, enveloppé d'une odeur de tabac froid et de whisky.

– Bordel, les trois sorcières de *Macbeth* ! marmonne-t-il en titubant.

Il attrape un coin de la table et manque de renverser une assiette. Kate pousse un soupir théâtral ; je lui jette un regard appuyé pour lui rappeler qu'elle ne doit pas le provoquer.

– Qu'est-ce qui te fait soupirer ? lance-t-il d'un air méprisant en s'écroulant sur la chaise voisine de la mienne. T'as un truc aux poumons ?

Ma mère prend le couteau pour découper la tourte.

– Allez, pas de disputes !

Comme d'habitude, elle sert mon père en premier, la main tremblante, puis dépose un petit tas de carottes et de petits pois à côté. Ensuite, c'est au tour de Kate, puis au mien. Pour finir, elle se coupe une petite part en ajoutant :

– Bon appétit !

Elle fait un signe de tête à Kate pour lui faire comprendre qu'elle doit se tenir tranquille ; celle-ci se remplit la bouche à toute vitesse pour pouvoir se ruer dans l'escalier dès qu'elle aura terminé. Je commence à manger, mais je suis tellement tendue qu'un morceau de croûte se coince dans ma gorge. Kate me tape dans le dos, je bois un peu d'eau pour le faire glisser. Quand je finis par avaler et reprendre ma respiration, mon père se met à hurler :

– Nom de Dieu, qu'est-ce que tu cherches à faire ?

Je lève les yeux, mais ce n'est pas à moi qu'il s'adresse. Il a posé la main sur le poignet de ma mère et lui dit d'un ton brusque :

– Pas étonnant que la pauvre gamine s'étouffe, ce truc est immangeable ! (Il enfonce sa fourchette dans la tourte et en projette des morceaux sur la table.) Regarde-moi ça ! Même pas cuit correctement. Aussi sec que du carton !

À côté de moi, je sens la colère de ma sœur monter comme une vague de chaleur qui se répand sur la table.

– Qu'est-ce que t'en penses, ma caille ? me demande-t-il. Tu la trouves sèche ?

Ma mère me sourit, mais ses yeux sont apeurés.

– Hum… Je…

– Je t'ai posé une question. Elle est sèche, cette bon Dieu de tourte, oui ou non ?

Je sais ce qui va arriver si je ne suis pas d'accord avec lui : il va s'énerver encore plus et leur faire payer. Tout ce que je veux, c'est que ça s'arrête.

Je réponds, tout doucement :
– Oui, un peu.
– Bravo, Sally ! s'écrie Kate en faisant retomber bruyamment ses couverts sur son assiette. C'est pas possible !
Ma mère pose la main sur son bras.
– Ne réagis pas.
Mon père se tait. Nous savons que ce n'est pas bon signe : plus son silence est long, plus la punition sera sévère.
– Tu peux me faire les gros yeux tant que tu veux, tu ne me fais pas peur.
Oh non ! Les mains sur la table, elle le défie du regard.
– Tu ferais pourtant mieux d'avoir peur, grommelle-t-il.
– Qu'est-ce que t'as dit ? Je n'ai rien entendu.
Maintenant, elle le provoque. J'ai le cœur qui bat à tout rompre et j'attends l'explosion inévitable. Un, deux, trois… L'assiette manque la tête de Kate de quelques centimètres. Il bondit sur ses pieds et l'attrape par les cheveux.
– Arrête, Dennis ! s'exclame ma mère. Ce n'est qu'une gamine !
– Une petite garce, oui. (Il retire sa ceinture.) Une petite garce avec une grande gueule, qui sait tout mieux que les autres. Descends de cette chaise et viens dans la cuisine. Tout de suite.
– Vas-y, te gêne pas ! hurle-t-elle tandis qu'il la traîne hors de la pièce. Frappe-moi ! Tu te sentiras plus fort, au lieu du gros nullard que tu es !
Ma mère saisit le dossier de sa chaise.
– Kate, ne réponds pas. Allez, Dennis, elle ne pense pas ce qu'elle dit.

Il ne l'a pas écoutée. Il l'a poussée dans la cuisine et nous n'avons rien pu faire d'autre, ma mère et moi, que de rester assises et l'écouter vociférer.

Allongée, les genoux repliés sous le menton, je me retourne vers le ciel qui s'assombrit. La journée est bientôt finie, et je redoute déjà l'arrivée du matin. Encore un jour sans boire, encore un jour sans ma sœur.

Lorsqu'il est ressorti de la cuisine, Kate n'y était plus, et nous étions trop effrayées pour demander où elle était. Maman m'a emmenée me coucher, papa a regardé la télévision avec le volume à fond jusque tard. J'ai attendu dans mon lit le pas de ma sœur dans l'escalier, mais je n'entendais que des rires préenregistrés. S'était-elle échappée ? En avait-elle eu assez et avait-elle fugué ? Ou avait-il fait quelque chose… ? Là, mes pensées s'arrêtaient. Elle allait s'en sortir. Au bout d'une heure, les rires se sont tus et mon père a gravi l'escalier à pas lourds, seul. J'ai pris mon courage à deux mains et, quand il a atteint le palier, je l'ai appelé pour lui demander où elle était.

– Endors-toi, ma chérie, m'a-t il répondu sur le pas de la porte. Ne t'inquiète pas pour elle. Tout va bien.

Il était toujours plus gentil après.

Je me suis assise dans mon lit, déterminée à agir. Peut-être m'écouterait-il si je lui parlais gentiment ?

– Pourquoi tu leur fais du mal, papa ?

Il est resté silencieux quelques secondes, puis il est entré et a fermé la porte.

– Tu ne peux pas comprendre, ma caille. Endors-toi, maintenant.

Je me suis mise à pleurer.

– S'il te plaît, papa, arrête de leur faire mal. C'est méchant.

Il a poussé un long soupir et s'est assis au bord du lit.

– Je ne suis pas méchant, Sally, j'ai le cœur brisé. Il arrive un moment où trop, c'est trop. Tu veux que je te dise un secret à propos de ta sœur ?

Des années plus tard, sa voix rauque me fait encore frissonner. Je sens son haleine chargée de whisky pendant qu'il me glisse à l'oreille un secret que j'ai gardé plus de vingt ans. Je ne voulais pas le croire et, en même temps, je savais qu'il devait être vrai, sinon pourquoi maman aurait-elle autant protégé Kate ? Quand il s'est levé pour partir, je lui ai demandé :

– Où est-elle ? Elle s'est enfuie ?

Il a fait un geste en direction de la fenêtre. Je suis sortie du lit, j'ai tiré les rideaux et je l'ai vue dans le jardin, recroquevillée comme un bébé dans la plate-bande, enveloppée dans une sorte de sac. Je me suis tournée vers lui.

– Fais-la rentrer, elle va geler. S'il te plaît, papa.

– Elle est mauvaise, tu sais. Il faut qu'elle comprenne. Cela ne la tuera pas d'être dehors une heure ou deux.

Elle a alors levé les yeux vers moi et m'a suppliée de la laisser entrer. Je voulais vraiment lui venir en aide, mais les phrases de mon père résonnaient à mes oreilles : « Elle est mauvaise. C'est une fille dangereuse, Sally. » Elle agitait les bras et, tout à coup, elle m'a fait penser à une folle – un être effrayant, incontrôlable. Pour la première fois de ma vie, elle m'a fait peur. J'ai refermé les rideaux pour ne plus la voir en me disant que mon père avait raison : ça lui ferait une bonne leçon.

Je pensais que la punition avait porté. Pourtant, quelques semaines plus tard, son comportement m'a fait changer d'avis. J'avais invité une copine de classe,

Jenny Richards, à jouer à la maison. Kate était sortie et Jenny m'a demandé si on pouvait aller dans sa chambre. On a fouillé un peu partout, on s'est déguisées avec ses vêtements, comme deux gamines qui veulent s'amuser. Kate est rentrée plus tôt que prévu, nous est tombée dessus et s'est mise dans une rage folle. Je ne l'avais jamais vue dans cet état. Elle nous a éjectées de sa chambre et m'a plaquée contre le mur du palier en me serrant le cou.

– Tu ne touches plus jamais à mes affaires, tu entends ? Plus jamais. Maintenant, dégage.

La colère dans ses yeux m'a fait croire que j'avais fait bien pire que d'essayer ses robes, qu'elle voulait me tuer. J'étais terrifiée. En redescendant l'escalier, je tremblais des pieds à la tête. Maman m'a demandé ce qui s'était passé, mais Jenny et moi étions trop choquées pour parler. Quand Kate est venue dîner, plus tard, nous avons évité son regard. Ensuite, j'ai fait ce qu'elle m'avait demandé : je me suis tenue à l'écart. Ce jour-là, quelque chose a changé en moi : je suis devenue plus dure, moins confiante. Et je me suis promis que personne ne me ferait plus souffrir ainsi.

31

J'attends le lever du jour dans le jardin. Il doit être environ 5 heures du matin. J'ai été poursuivie par des cauchemars toute la nuit. Dès que je fermais les yeux, je voyais Kate dans la plate-bande, levant vers moi des yeux vides. Je me suis réveillée il y a une heure en hurlant. Paul est accouru dans la chambre en faisant tout un cinéma, m'a monté un chocolat chaud en m'assurant que tout allait s'arranger. Comment y croire ? J'ai fini par renoncer à dormir et suis venue ici me recroqueviller sur un siège de jardin car l'herbe est couverte de rosée et j'ai les pieds trempés – au lieu d'enfiler des chaussures, j'ai mis mes chaussons, qui étaient plus près. En les reposant par terre, j'étouffe un cri en sentant quelque chose effleurer ma jambe. C'est une toute petite mouette qui se frotte contre moi comme un chat en manque de caresses.

– Qu'est-ce que tu veux ? Tu t'es perdue ?

Je sors mon téléphone de la poche de mon peignoir pour l'éclairer. Ses yeux sont à moitié clos et une de ses ailes est cassée. Le pourtour de la plaie est parsemé de points noirs semblables à des taches de moisissure et la chair est à vif. Elle doit souffrir le martyre. Que faire ?

Je n'ai jamais soigné un oiseau blessé. Elle me lance le regard implorant d'un enfant qui cherche à se faire consoler par sa mère et cela m'agace. Je la repousse du bras.

– Du balai, oiseau galeux. Je ne peux rien pour toi.

Elle agite faiblement son aile pendante et s'éloigne en clopinant dans le noir. Elle me fait penser à Hannah qui, petite, voulait être vétérinaire et rapportait régulièrement des souris et des oiseaux moribonds qu'elle avait sauvés des griffes du chat des voisins. J'avais beau lui expliquer qu'il valait mieux abréger leurs souffrances, elle les soignait pendant des heures, les emmaillotait dans des morceaux de tissu. Lorsque l'inévitable finissait par se produire, nous partions les inhumer au fond du jardin. Elle sanglotait pendant la cérémonie et ma mère lui expliquait que Dieu les avait rappelés à Lui. Nous organisions ensuite une petite veillée funèbre avec du gâteau et de la limonade, en sachant que l'arrivée des prochains blessés ne tarderait pas. Elle aurait fait un formidable vétérinaire si elle avait poursuivi ses études. Elle me manque tellement…

Je sens monter en moi une douleur sourde – une souffrance qui ne m'a pas quittée depuis qu'elle est partie. C'est un vide que j'ai rempli d'alcool mais, maintenant que je n'en ai plus, il ne me reste que la douleur. À l'enterrement de papa, le pasteur a déclaré que, lorsqu'on perd une personne aimée, un peu de soi disparaît avec elle. Sur le coup, je n'ai pas compris ce qu'il voulait dire. Ce n'est qu'après le départ d'Hannah que sa phrase a pris son sens. Sans elle, je n'étais plus une mère et à peine une épouse. La Sally d'avant a été remplacée par celle que je suis aujourd'hui ; je lui ressemble, je parle comme elle, mais il y a en moi un manque que rien ne peut combler. Je suis comme morte.

Ce serait si simple de déclarer forfait, de décider que c'est fini. Pour ce qui est de la manière, ce ne sont pas les options qui manquent : un magnum de champagne et une poignée de comprimés, ou un pistolet incrusté d'or comme la *bad girl* des films de James Bond – deux choix trop raffinés pour moi. Ou encore un bain brûlant et un couteau bien affûté. Je m'imagine en train de passer le tranchant d'une lame sur les veines bleutées qui courent sur mon poignet.

Je frissonne en regardant la nuit profonde. Je voudrais que la lumière arrive pour éloigner ces pensées. J'ai tellement envie de boire. Je fais sauter d'une chiquenaude un cloporte qui a atterri sur mes genoux, puis me traîne jusqu'à la véranda. Je sais que cela ne va pas arranger mon état, mais j'en ai besoin. C'est la seule façon de calmer mon mal de vivre.

Je traverse la pièce à tâtons vers la bouteille que j'ai dissimulée dans ma nouvelle réserve : un vieux fourre-tout que j'ai glissé sous mon fauteuil. Paul déteste venir ici, il n'y a donc aucun risque qu'il le déniche. Hier soir, après qu'il est monté se coucher, j'ai réussi à m'éclipser ; je suis allée jusqu'à la station-service ouverte toute la nuit au coin de la rue et j'ai rapporté deux litres. Il dormait encore à mon retour, Dieu merci.

Je ressors au moment où le soleil apparaît à l'horizon. Je suis épuisée de fatigue, mais si je vais au lit Kate va revenir me fixer avec ses yeux vides. Je ne veux pas prendre le risque. Je préfère m'asseoir et boire.

Alors que j'ai presque éclusé la bouteille, j'aperçois sur l'herbe une tache blanche. *Oh, non, pitié, je n'ai pas besoin de ça.* La mouette est immobile, probablement morte. Ses yeux sont vitreux, son bec, entrouvert. Mais quand je m'accroupis pour mieux voir, elle émet un piaillement effroyable qui ressemble à un long sanglot ; elle est en train d'agoniser. C'est insupportable. Dans ma tête, il y a la voix d'Hannah : *Maman, il faut la secourir.* Mais elle ne peut plus être secourue. Je l'enjambe pour aller dans la cuisine. De la porte, j'entends un son pathétique – *criii-ou, criii-ou.* Si je ne fais rien, cela va durer des heures.

Je prends ce qu'il y a de plus lourd dans le placard : le rouleau à pâtisserie. Je repense à papa qui menaçait ma sœur avec, et à ce qu'elle avait écrit des années plus tard dans un article : « Il suffit qu'on tende une arme à quelqu'un pour qu'il se transforme en guerrier. » En allant dans le jardin, je murmure :

– Donne-moi ta force, Kate.

La mouette n'a pas bougé. À mon approche, elle tressaille et pousse à nouveau une plainte déchirante qui semble venir du plus profond de ses entrailles et me donne la chair de poule. On dirait vraiment un enfant. Je m'oblige à ne pas la regarder et lève le rouleau au-dessus de ma tête. J'aimerais fermer les yeux mais, si je le fais, je vais la manquer et prolonger son calvaire. Je dois l'achever d'un coup. Mon bras tremble quand j'abats le rouleau et je rate sa tête. Je sens des os se briser, elle se débat et s'échappe, à moitié assommée. Je lui cours après en la frappant jusqu'à ce que l'allée soit couverte de plumes et de sang. À chaque coup, elle crie et je voudrais me boucher les oreilles. Quand j'écrase enfin sa boîte crânienne, le craquement se répercute dans tout mon corps. Elle s'effondre, inerte, près de mon pied. Je l'observe quelques instants, le rouleau ensanglanté à la main. Ses yeux sont injectés de sang. Je ne veux plus regarder. Je veux que ce soit fini.

En la soulevant, des esquilles s'enfoncent dans ma peau. Je vais à pas lents vers le massif de fleurs la déposer dans l'herbe. Je veux lui offrir une sépulture digne de ce nom. Hannah l'aurait voulu. Je creuse la terre à mains nues, dégage les racines entremêlées, dérange des vers de terre. Soudain, je sens sous ma main un objet dur, puis je vois briller un reflet doré. J'agrandis le trou et tire pour le dégager.

Je m'assieds, le cœur serré. Je me rappelle le jour où j'ai choisi cette montre en or pour l'anniversaire d'Hannah. Je relis l'inscription gravée à l'intérieur du bracelet : *Pour les 16 ans de notre fille chérie. Nous t'aimerons toujours, maman et Paul.* Comment a-t-elle atterri ici ? Hannah l'a-t-elle jetée pour me punir ? Tout en caressant le cadran cassé, j'entends sa voix : *Lâche-moi, maman, tu me fais mal !*

Elle voulait partir. J'étais en colère. Je venais de découvrir qu'elle faisait des recherches sur Internet pour retrouver son père biologique, le petit con qui m'avait mise enceinte à quatorze ans. Je lui avais pourtant dit qu'il s'en foutait, que ses parents avaient déménagé dès qu'ils avaient appris la nouvelle et qu'ils m'avaient demandé de couper les ponts avec lui. Je lui avais répété que pas une fois en seize ans il ne s'était inquiété de moi, que son père, c'était Paul et qu'elle n'avait rien à gagner à fouiller l'histoire ancienne. Elle n'avait rien voulu entendre.

Lâche-moi, maman.

Jusqu'à aujourd'hui, je ne me souvenais de rien de plus après cette phrase, la nuit où elle s'est enfuie. Et là, avec sa voix qui résonne encore dans mes oreilles, j'ai soudain un flash-back. Debout à la porte, elle me traite d'ivrogne. Je lui cours après, la prends par les poignets pour la faire rentrer. *« Lâche-moi, maman. »* Je la retiens de toutes mes forces, lui interdis de me quitter, la préviens que je ne la laisserai pas faire. Elle est tout ce que j'ai. Et puis, un gros *boum*. Une porte qui claque ? Moi qui tombe ? J'ai sa montre à la main. J'ai sa montre, mais elle n'est plus là. Pourquoi ? Aucun souvenir. Ai-je vraiment envie de me rappeler ?

J'ai le cœur gros en regardant le bracelet piqué de rouille et le cadran fêlé. Il ne faut pas que Paul sache. Déjà qu'il s'étonne que je ne me rappelle rien du départ d'Hannah. Il sait que notre relation était conflictuelle. S'il voit cette montre, il lira sur mon visage que je lui cache quelque chose et je devrai lui raconter : je ne sais pas mentir. Quand il saura qu'on s'est battues, il me rendra responsable de tout et ça m'est insupportable. Il faut que je m'en débarrasse.

Je la dépose au fond du trou que je viens de creuser avec, par-dessus, l'oiseau mort dont je replie les ailes sur les yeux. Je recouvre le tout de mottes jusqu'à ce qu'on ne voie plus qu'un banal carré de terre remuée. Personne ne saura, me dis-je en repartant vers ma nouvelle planque. Personne ne saura.

– Qu'est ce que tu as fait ?

Sa voix semble venir de très loin. Je le sens qui m'agrippe et me remet sur mes pieds. Je voudrais ouvrir les yeux mais je ne peux pas, j'ai trop sommeil.

– Qu'est-ce que tu as sur toi ? Du sang ? Mais qu'est-ce que… ? Qu'est-ce que tu t'es fait ?

Il me guide dans la pièce en me soutenant le dos. J'entends de l'eau couler puis quelque chose de tiède sur ma peau.

– Voilà, ça s'en va, ajoute-t-il en frottant mes paumes.

Où t'es-tu blessée ? Franchement, tu ne peux pas rester seule une minute ?

L'eau s'arrête de couler. J'entrouvre les yeux, mais la lumière est trop vive. Il me prend par la taille et me soulève. Une vague de bien-être m'envahit.

Je m'enfonce comme une pierre dans le lit moelleux. Il est derrière moi. Sa respiration devient saccadée, il pose les mains sur mes seins, se frotte à moi comme il avait l'habitude de le faire. Quel bonheur d'être à nouveau près de lui. Je me cambre, il me pénètre en gémissant « Sally » et nous commençons à faire l'amour. Mes yeux se remplissent de larmes. Il m'a tellement manqué.

32

À mon réveil, Paul n'est plus là, mais l'empreinte de son corps est encore sur le matelas, où il a dormi à côté de moi.

Pourquoi ai-je si mal aux mains ? Je les lève jusqu'à mes yeux : elles sont couvertes d'égratignures et mes ongles, noirs de terre. Je sens venir l'angoisse. Que s'est-il passé cette nuit ? J'enfile mon jean, un pull et je descends l'escalier quatre à quatre en criant : « Paul ! » Pas de réponse.

Dans la cuisine, il n'y a que sa tasse vide dans l'évier. Je m'affale contre le plan de travail ; je voudrais avoir les idées claires pour savoir ce que je dois faire, mais tout est confus. Les images qui me viennent sont incohérentes : Paul dans le lit près de moi ; mes mains creusant la terre. Qu'est-ce que je cherchais dans le sol ?

Soudain, je me revois à genoux dans le jardin. Mon cœur fait des bonds comme s'il voulait sortir de ma poitrine. Des os, une ribambelle d'osselets imbriqués ondulant sur la terre, un éclair doré. Je refuse de le voir. J'ai beau cligner des yeux pour effacer cette image, elle réapparaît comme une tache qui s'assombrit chaque fois que je ferme les paupières. Je me souviens de bribes. Un craquement, puis un grincement. Hannah. *Lâche-moi, maman.* Est-ce que je deviens folle ?

Où est Paul ?

Je cours de pièce en pièce. Il ne répond pas à mes appels. Il faut qu'il vienne à mon secours, qu'il me sorte d'ici. Même s'il pense que je perds la boule, il ne peut pas m'abandonner, je ne le laisserai pas faire. Je vais essayer de me faire pardonner. On fera une nouvelle tentative ; on partira en vacances, en Espagne, par exemple. Ça nous fera du bien de se mettre au vert dans un endroit calme. Cette simple pensée m'apaise alors que, quelques instants plus tôt, j'étais paniquée. Si je me concentre sur des idées positives, ça va aller.

Je vais dans la cuisine pour faire chauffer de l'eau dans la bouilloire et, soudain, je le vois par la fenêtre, devant le massif de fleurs. Je me sens d'abord soulagée, puis je me souviens de la montre et je cours à la porte.

– Paul ! Viens ! (Il me regarde, puis se tourne à nouveau vers le massif. Qu'est-ce qui le préoccupe ?) Paul, s'il te plaît.

Il vient vers moi, la tête basse.

– Qu'est-ce que tu as fait ?

Il a un drôle d'air. Est-il fâché ? J'essaie de regarder derrière lui ; la terre n'a pas été retournée.

– C'était une mouette, réponds-je en regardant autour de moi comme si elle pouvait réapparaître d'une seconde à l'autre. Une de ses ailes était très abîmée et j'ai dû l'achever. Ensuite, je l'ai enterrée.

– Je me disais que ça devait être un truc dans ce genre. Le rouleau à pâtisserie était un peu plus loin, couvert de petits os.

Je mets les mains sur ma bouche.

– Oh non ! Ne dis pas ça. Je ne peux pas croire que je l'ai fait, mais elle poussait des piaulements atroces, son aile était cassée, je ne savais pas quoi faire d'autre…

– Voyons, chérie, ne te mets pas dans cet état. Viens t'asseoir.

Je le suis, hébétée, en essayant de ne pas penser à ma fille, à ses opérations de sauvetage, à tous ces petits os.

– Va au salon. Je vais nous préparer une boisson chaude. Thé ou café ?

Je ne sais pas ce que je ferais pour un verre de vin mais je ne peux pas lui révéler l'emplacement de ma cave secrète.

– Un thé bien fort, ce sera parfait.

J'allume la lumière. Des papiers sont empilés sur la table basse – des documents de travail. J'ai honte de l'obliger à manquer encore une journée par ma faute. Il pose une tasse sur la table devant moi. Pendant que j'attends que le thé refroidisse, il boit le sien à petites gorgées. Nous ne parlons ni l'un ni l'autre et ce silence me rend nerveuse. L'oiseau est revenu ; il tourne sans fin au plafond, ses yeux morts sur les miens, et me donne le vertige. Je n'en peux plus. Je me lève pour attraper la télécommande.

– Tu es vraiment obligée ?

Indifférente à sa remarque, je m'assieds dans le fauteuil face à l'écran. La télé a toujours un effet apaisant sur moi quand je ne me sens pas bien, quand les nerfs me picotent la peau comme autant de petits couteaux. Petite, déjà, je noyais les engueulades de mes parents sous la bande-son de la télévision. Dans mes émissions préférées, les gens habitaient des villes fleuries et ensoleillées, ils étaient heureux et en sécurité, ne se mettaient jamais en colère. Les mains sur les oreilles, je pouvais m'imaginer que j'y vivais aussi. J'étais une enfant craintive, mais entre 15 h 30 et 17 heures, la tranche horaire réservée aux plus jeunes, je savais que je ne risquais rien.

Je monte le volume quand débute le flash d'infos régionales.

– Sally ?

– Ça alors, dis-je en lui montrant le présentateur à la peau parcheminée, il animait déjà cette émission quand j'étais gosse ! Ça fait un bail ! Je n'en reviens pas qu'il n'ait pas encore été poussé vers la sortie.

Il tend la main vers la zapette.

– Tu ne peux pas au moins baisser le volume ? Je ne m'entends pas penser.

– Non. Je veux écouter, il parle de Kate.

Le journaliste annonce qu'elle a grandi et fait ses études secondaires dans la ville.

– Elle qui détestait le lycée de Herne Bay, elle serait ravie d'entendre ça.

Il poursuit : « Selon les renseignements dont nous disposons, Kate Rafter est portée disparue et présumée morte. »

Je pointe l'écran du doigt.

– Tu vois, lui aussi la déclare portée disparue. Il y a encore une chance.

– Non, Sally : ses termes exacts sont : « Portée disparue et présumée morte. » Ils…

– Chut !

Ils diffusent ensuite des images tournées sur le lieu du bombardement : un champ couvert de tentes et de housses mortuaires.

– Oh, mon Dieu, tu as vu ça !

– Éteins. Ce n'est pas avec ce genre d'images que tu vas t'en sortir.

Le présentateur à la peau de serpent réapparaît à l'écran. Le visage grave, il déclare que les proches et les collègues de Kate ont organisé une veillée dans l'église Saint-Bride, à Londres, puis il passe la parole à Christine pour le bulletin météorologique. Je bondis sur mes pieds.

– Il faut que j'y aille.

– Que tu ailles où ?

Paul saisit la télécommande et éteint le téléviseur alors que Christine annonce de forts vents d'ouest.

– Respire, Sally, sinon tu vas avoir une crise d'angoisse.

Je tapote mes poches, mais je n'ai aucune idée de ce que je cherche. Des clés. J'avais toujours des clés de voiture sur moi ; encore une chose que j'ai perdue. Paul me prend par le bras.

– Arrête. Viens t'asseoir, je vais nous faire une autre tasse de thé.

Je me précipite dans l'entrée pour enfiler mes chaussures.

– Je ne veux pas de thé ! Je vais à Londres. Ils font une veillée funèbre, tu as entendu ? Je vais vérifier les horaires de train ; il y en a souvent, non ?

– Pour l'amour de Dieu ! crie-t-il en me prenant les bras. Calme-toi. Tu vas finir par te rendre malade. Personne ne va à Londres, d'accord ? Personne. Il faut que tu te reposes et que tu fasses ton deuil. Tu as subi un énorme choc et tu n'as presque pas dormi. Tu as fait des trous dans le jardin pendant la moitié de la nuit !

– Mais il a dit…

Il me prend dans ses bras.

– Sally, la cérémonie n'a lieu que dans deux jours. Si tu me promets de dormir et de t'alimenter correctement, je t'y emmènerai. Maintenant, va te coucher.

Je me glisse dans les draps. En fermant les yeux, tout ce que je vois, c'est la mouette qui approche son bec de mon oreille et murmure avec la voix d'Hannah : *Lâche-moi, maman.*

33

Je suis réveillée par une odeur de toast brûlé. À travers les rideaux de lin blanc se dessine la silhouette d'un oiseau posé sur le rebord de la fenêtre, qui ouvre et ferme le bec.

Lâche-moi, maman.

Je tire les draps sur ma tête. J'aimerais tellement me rendormir. Mais la porte s'ouvre en grand.

– Bonjour, chérie. Tu avais besoin de sommeil : tu as dormi toute la journée.

Il me tapote le dos mais je reste enfermée dans mon cocon.

– Réveille-toi. Je t'ai apporté à manger.

Je marmonne :

– Je n'ai pas faim. Je veux réfléchir. Il faut que je m'organise pour aller voir Kate.

– Si tu ne manges pas, tu vas tomber malade. Ce n'est qu'un toast. Tu n'as pas déjeuné. Sally, s'il te plaît.

Je repousse les draps d'un coup sec.

– C'est bon. Pose-le à côté.

L'air préoccupé, il le met sur la commode.

– Je suis en bas. Je nous prépare un bon dîner. Appelle si tu as besoin de moi.

Il sort en refermant la porte. Il fut un temps où ses petites attentions me faisaient du bien ; maintenant, elles me font l'effet d'une camisole de force. Je sais que je devrais être plus gentille avec lui car il m'a sauvée – il nous a sauvées toutes les deux.

J'ouvre le tiroir de la table de nuit. Sous la pile de relevés bancaires, il y a un album à couverture argentée : notre album de mariage. Il s'ouvre par un portrait en noir et blanc de nous trois. Paul a belle allure dans son costume bleu marine et la cravate à pois rose qu'Hannah lui avait offerte. Une flûte à champagne à la main, je suis présentable mais un peu engoncée dans mon tailleur-pantalon ivoire. Hannah, entre nous, porte une robe de demoiselle d'honneur vert pistache qu'elle avait choisie deux semaines plus tôt dans une boutique de vêtements vintage à Whitstable. J'ai mauvaise conscience en regardant son sourire radieux : elle était si heureuse d'avoir enfin un père. Et pas n'importe lequel : un père affectueux, chaleureux, qui l'aidait à faire ses devoirs et l'emmenait à la piscine. En observant la photo, je me rends compte que c'est contre lui qu'elle se pelotonne. Moi, je tiens mon verre, perdue dans mes pensées.

Paul m'a aidée à reprendre une vie normale. Il nous a éloignées, ma fille et moi, de ma mère et ses critiques incessantes ; il nous a offert une nouvelle vie, avec des vacances, une cuisine aménagée et des barbecues le dimanche. C'était parfait. Et puis tout a déraillé.

Je remets l'album dans le tiroir et ferme les yeux. Le visage d'Hannah apparaît, déformé par la rage. *Je te déteste ! Tu n'as aucune idée de ce que c'est que de vivre avec une pocharde, une alcoolo.* J'ai envie de la prendre par le bras, de la faire s'asseoir et de lui raconter que je sais *très* bien ce que c'est ;

que mon père était un poivrot et que mon enfance a été un champ de bataille dont personne n'est sorti indemne.

Entre elle et moi, le conflit a débuté lentement, puis il a évolué comme une maladie qui nous a détruites toutes les deux. Je ne sais plus ce qui l'a déclenché. Est-ce le jour où elle a préféré sortir avec ses copines plutôt que d'aller fêter ses quatorze ans chez Alfredo avec Paul et moi ? Cela peut paraître futile, mais ce restaurant italien de Whitstable était une tradition : depuis qu'elle était toute petite, nous y allions tous les ans pour son anniversaire. J'ai pris un coup quand elle m'a affirmé qu'elle avait passé l'âge. Paul n'a pas compris pourquoi j'étais si bouleversée. Il ne voyait pas où était le problème : elle grandissait, elle affirmait son indépendance. Je n'ai pas eu le choix. On a passé la soirée tous les deux devant la télé en pensant au gâteau qui attendait Hannah dans la cuisine. À son retour, elle nous a annoncé qu'elle était trop fatiguée pour souffler des bougies et que, de toute façon, c'était bon pour les petits.

Ensuite, la cassure entre nous n'a fait que s'agrandir. Elle partait presque chaque soir en goguette avec ses amies. Paul venait de créer une entreprise de transport routier et travaillait tard. Je restais seule, avec le petit écran et mes souvenirs pour unique compagnie. Plus de barbecue en famille le dimanche ni d'éclats de rire, juste une maison déserte. Le vin m'a permis de meubler le vide, d'apaiser ma solitude et de m'empêcher de ruminer. Je n'ai compris que trop tard à quel point j'étais devenue dépendante.

Mon licenciement à la banque aurait dû me servir d'avertissement ; je n'y ai vu qu'une raison supplémentaire de m'enfermer et de boire. Paul était là, mais nous étions des étrangers qui se croisaient dans l'escalier. Nous n'avions plus d'intimité. Le réconfort et l'amour dont j'avais besoin étaient au fond de mon verre. Quand Hannah rentrait de l'école, je m'efforçais d'avoir l'air sobre, j'étais aux petits soins pour elle, je préparais le dîner, mais elle n'était pas dupe et on finissait par se disputer pour des bêtises. Au bout d'un certain temps, elle évitait le repas du soir et descendait quand elle me croyait endormie.

Après son départ, j'ai repensé à cette époque. Qu'est-ce que j'avais raté ? Ce qui est sûr, c'est que son humeur avait changé du tout au tout. Paul prétendait que c'était probablement à cause des hormones ; moi, je la soupçonnais de se droguer. Elle s'était renfermée, était devenue secrète, ne sortait plus, se terrait dans sa chambre pendant des heures. Maintenant, je m'interroge : si ce n'était pas la drogue, était-ce moi ?

J'ai appris qu'elle recherchait son père sur Internet quelques mois plus tard. Il porte un nom peu commun – Frankie Echevarria –, ce qui facilitait son enquête. Elle avait découvert qu'il était enseignant, s'était établi à Brighton et avait fondé une famille. J'ai voulu la dissuader d'aller plus loin pour lui éviter de souffrir.

– Il n'appréciera pas que tu le contactes de cette façon. Laisse tomber.

– C'est mon père, m'a-t-elle jeté à la figure. J'ai besoin de lui.

– Tu n'as pas besoin de lui, ai-je répondu sur le même ton. Tu as Paul et moi.

– Ce n'est pas toi que je veux, c'est un parent digne de ce nom.

Elle m'a lancé sa phrase avec un tel air de défi que quelque chose en moi s'est brisé.

Tout à coup, je me souviens de ma réponse :

– Il n'en avait rien à cirer de moi, et de toi, encore moins : il voulait que je me débarrasse de toi. Je lui ai dit que c'était hors de question, qu'il n'avait qu'à me foutre la paix, que je me débrouillerai avec notre connerie.

Pourquoi ai-je choisi ce mot ? Je l'ai regretté aussitôt, mais c'était trop tard.

– Une connerie ? a-t-elle répliqué avec une voix si amère qu'elle m'a fait peur. C'est ce que je suis ? Une connerie ? Décidément, comme mère, tu te poses là !

Je me tourne sur le côté pour regarder par la fenêtre. Une odeur d'ail monte du rez-de-chaussée. Encore un repas que Paul va préparer et auquel je ne toucherai pas. On s'installera devant la télé, ensuite je remonterai dans ma chambre pour essayer de dormir, et tout recommencera. Une nouvelle journée vide. Je pense au corps de Kate dans la morgue d'un pays lointain. Il faut que j'affronte la vérité : elle n'est pas portée disparue, elle est morte, et je dois lui offrir des funérailles dignes de ce nom. Je me lève d'un bond. J'ai peut-être négligé ma fille, mais je peux encore faire mon devoir pour ma sœur et lui dire adieu dans les règles. J'enfile mon peignoir pour aller dans la salle de bains. Mon esprit est un peu plus clair.

Il est temps que je la ramène.

34

Quand il me voit entrer dans la cuisine, Paul est sidéré. Je me suis lavé les cheveux, je me suis changée, je sens la lavande et non la transpiration et l'alcool.

– Chérie, ça me fait plaisir que tu sois descendue, dit-il en m'embrassant sur la joue. J'ai cuisiné des lasagnes, tu en veux ?

Je tire une chaise pour m'asseoir.

– Un tout petit peu.

– Tu dois te sentir mieux d'avoir pris un bain, ajoute-t-il en allant et venant dans la cuisine pour mettre le couvert.

– Je me sens propre, pas mieux.

Cela ne fait que deux minutes que je suis dans cette pièce et, déjà, il m'énerve.

– Être propre, c'est un bon départ, déclare-t-il en posant une assiette devant moi. Tu veux à boire ?

Je lève les yeux : c'est de l'eau gazeuse qu'il me propose et non du chardonnay. Il remplit mon verre.

– Je voudrais qu'on parle de Kate, lui dis-je quand il s'assied en face de moi. Comment doit-on procéder pour rapatrier sa dépouille ?

– Je ne sais pas vraiment, répond-il en tambourinant sur la table. Il faut faire une demande officielle ; la procédure peut prendre des semaines. Enfin, si on récupère son corps.

– Ils ne l'ont pas trouvé ? Il y a donc une chance qu'elle soit vivante ?

Il pose la main sur mon bras, ce qu'il fait toujours pour peu que j'élève la voix.

– Sally, elle n'est plus en vie.

Je repousse sa main.

– Comment le sais-tu ? Elle est peut-être blessée, attendant les secours, pendant qu'on louche sur ces maudites lasagnes !

– Il n'y a aucun survivant. Le camp a été touché de plein fouet. Quand ils disent « portée disparue »... Je n'ai pas voulu entrer dans les détails parce que ce n'est pas le genre de choses qu'on a envie d'entendre.

– Tu n'as pas voulu entrer dans les détails ? Je ne suis pas une gamine, Paul. Bien sûr que je veux savoir ce qui est arrivé à ma sœur ! Arrête ton cirque.

– Tu es sûre ? soupire-t-il en posant sa fourchette.

– Oui, réponds-je, l'estomac noué.

– Eh bien... Selon le ministère de la Défense, l'explosion a été si forte que les corps ont été en grande partie... pulvérisés.

– Qu'est-ce que tu racontes ?

– Je veux dire qu'il n'y aura pas forcément de corps à rapatrier.

Ses phrases me trouent la peau telles des balles. Ma sœur, ma belle et courageuse sœur... Quels ont pu être ses derniers instants ? J'espère que sa mort a été rapide, qu'elle n'a pas souffert.

Il me sert une cuillerée de son étouffe-chrétien.

– On ne va pas pouvoir organiser un enterrement ? On va devoir l'abandonner là-bas en… en morceaux ?

Il pose la cuillère et me frotte le bras.

– Tu auras tes souvenirs. Elle sera toujours vivante là.

Il se tapote le front et me fait un sourire si niais et condescendant que j'ai envie de lui arracher la figure.

Je me lève de table en hurlant :

– Comment peux-tu savoir ? Tu n'en as pas la moindre idée !

Je suis remontée à l'étage. Allongée sur mon lit dans le noir, je pense au corps mutilé de Kate. Il entre, allume la lumière et se laisse tomber lourdement sur le lit.

– Je vais te dire une chose, Sally : je commence à en avoir par-dessus la tête.

– Va-t'en, s'il te plaît.

Il m'attrape le poignet en serrant très fort.

– Non, je ne vais pas m'en aller. Je ne suis pas un insecte que tu peux chasser d'un revers de main.

– Arrête, tu me fais mal !

Je libère mon bras. Lui qui ne se met pratiquement jamais en colère a le visage déformé, les narines dilatées.

– Je sais que tu es bouleversée, mais j'en ai plus qu'assez de te tenir la main pour tout. C'est une femme que je veux, pas une malade à soigner.

Je me couvre le visage des mains.

– Ma sœur vient de mourir.

– Oui ! hurle-t-il. Ta sœur ! Que tu as effacée de ta vie parce que tu ne voulais pas l'écouter. Ce que tu fais en permanence. Si ce que les gens te disent ne te convient pas, tu les repousses.

– C'est faux !

Pourquoi prend-il toujours son parti ? Il y a des années, je lui ai raconté ce qu'elle avait fait et il continue à l'excuser, à prétendre que c'était sans doute un accident. Je me sentais coupable de le lui révéler, mais il le fallait ; je n'en pouvais plus de l'entendre parler d'elle comme d'une sainte. En fait, cela n'a rien changé.

– Non, Sally, c'est la vérité. J'ai pas mal discuté avec elle quand elle est venue. La mort de ce petit Syrien l'a profondément affectée. Mais tu n'es pas au courant, bien sûr. Déjà quand on s'est rencontrés, tu en avais marre d'entendre parler de son super job. Tu étais tellement jalouse que ça te bouffait de l'intérieur.

J'enfonce mon visage dans l'oreiller mais il me relève la tête.

– Arrête de m'ignorer, me crache-t-il. Depuis des années, tu me traites comme un paillasson. Pour une fois, tu vas me prêter attention, tu vas faire face au lieu de détourner la tête. Kate m'a dit un certain nombre de choses. Notamment que votre paternel avait l'habitude de la frapper. Aucun enfant ne devrait subir ça.

Mon corps se fige à la mention de mon père ; soudain, il est dans la pièce. *C'est une fille dangereuse, Sally*… Je me couvre les oreilles, mais Paul retire mes mains.

– C'est trop facile de se cacher la vérité une fois de plus. Elle se faisait un sang d'encre pour toi, elle a essayé de t'aider alors qu'elle avait d'autres soucis, tu peux me croire.

Mes yeux sont pleins de larmes, que j'essuie du dos de la main.

– Elle était vraiment mal en point, reprend-il. Ce qu'elle a vécu en Syrie l'a démolie. Elle faisait des cauchemars, elle entendait des voix, avait des hallucinations.

– Qu'est-ce que tu veux dire ?

– Elle m'a raconté qu'elle avait vu un gamin dans le jardin des voisins alors qu'ils n'ont pas d'enfant. Elle transportait dans son sac des somnifères très puissants, qu'elle avalait par poignées tous les soirs. Et elle buvait – beaucoup.

– Pourquoi ne m'en as-tu pas parlé ?

– Pour ne pas t'inquiéter.

– Pour ne pas m'inquiéter ? C'est ma sœur, merde !

– Parfait, alors je vais être direct. Tu étais entre deux vins et tu macérais dans ta crasse. En admettant que je t'en aie parlé, comment l'aurais-tu aidée ? Elle perdait la tête et j'ai dû faire face tout seul pendant que tu cuvais dans la véranda.

– Ne sois pas ridicule, elle ne perdait pas la tête.

– Ce n'est pas ce qu'a dit la police.

– La police ?

J'ai la tête qui tourne. Il me répond, la voix étranglée :

– Elle a été interpellée à la suite d'une altercation avec les voisins, contre lesquels elle portait des accusations. Ils ont appelé les flics parce qu'elle était entrée par effraction dans leur abri de jardin en pleine nuit. Je ne l'avais jamais vue dans cet état : elle délirait complètement. Elle a été interrogée par un expert psychiatre, qui a déclaré qu'elle était atteinte d'un syndrome de stress posttraumatique, comme les soldats.

– Elle les accusait de quoi ?

– Oh, c'était à propos d'un enfant. C'est sûrement en rapport avec ce gosse à Alep…

– Attends un peu. Tu viens de dire que tu ne l'avais jamais vue dans cet état. Tu étais avec elle quand elle est entrée dans cette cabane ?

Il rougit et se tourne vers la fenêtre.

– J'étais passé m'assurer qu'elle allait bien.

– Au milieu de la nuit ?

– J'avais fait nocturne au bureau, répond-il avec brusquerie. De toute façon, la question n'est pas là. Ce qui compte, c'est que ta sœur a été arrêtée, qu'elle a été mise en garde à vue conformément à la loi sur la santé mentale, et que c'est moi qui ai dû m'en occuper.

Tout cela n'a aucun sens. Il parle si vite que j'ai du mal à le suivre.

– Elle, une malade mentale ? Ce n'est pas possible.

Je repense à la phrase de mon père : *C'est une fille dangereuse, Sally.*

– Tu ne l'as pas vue : on aurait dit une folle. Les voisins étaient terrorisés. Elle a agressé la femme.

– Pourtant, elle allait bien quand elle est venue me voir. Je l'aurais remarqué si elle avait eu un comportement anormal.

Il a un rire désabusé.

– Ah bon ? Tu en es sûre ? Franchement, tu vis enfermée dans ta bulle. Tu ne vois que ce que tu veux, ce qui t'arrange.

– Je connais ma sœur.

Tout en parlant, je me dis que c'est faux : j'ignore qui elle est vraiment. Qui elle était.

Une bribe de notre dernière conversation téléphonique me revient. Sa voix suppliante : *Je t'appelle pour que tu me rendes un service.*

– Dieu merci, elle n'a pas été poursuivie. Mais à condition qu'elle quitte la ville. Ils ont été très clairs : si elle s'approchait à nouveau de la maison, ils ordonneraient une injonction.

Je me souviens de la façon dont elle se mettait en rage contre mon père, dont elle lui répondait, les yeux exorbités, les poings levés.

– Quand ils l'ont relâchée, reprend-il, je suis allée la chercher et l'ai conduite à la gare. (Il tambourine sur le rebord de la fenêtre. Je déteste cette manie, elle me met les nerfs en pelote.) C'est la dernière fois que je l'ai vue. Donc, quand tu dis que je n'en sais rien, tu as tort. Je l'ai vue se déglinguer sous mes yeux, tout comme j'ai vu ta fille craquer.

– Ne les compare pas, s'il te plaît. Hannah n'a pas craqué. C'était une adolescente à problèmes, qui se cherchait, comme tu disais.

Il frappe le rebord de la fenêtre.

– Tu es vraiment incroyable ! Je disais ça pour être gentil, ne pas te perturber. Maintenant je le regrette, j'aurais mieux fait d'être franc avec toi. Elle serait peut-être encore avec nous.

– Pourquoi cries-tu ?

– Parce que j'en ai jusque-là ! Depuis qu'on se connaît, je te dorlote et je te protège au détriment de ta propre fille. Et c'était stupide parce que, tu as raison, tu n'es pas une enfant, tu es une adulte et j'aurais dû te dire la vérité.

Il tremble de colère et cela m'effraie.

– Quelle vérité ? De quoi parles-tu ?

– Quand on s'est rencontrés, répond-il d'une voix glaciale, Hannah avait tellement peur de toi qu'elle mouillait son lit presque chaque nuit. Je me suis tu pour t'épargner.

– N'importe quoi ! Elle ne l'a jamais fait, même quand elle était toute petite. Elle est allée sur le pot à dix-huit mois et, ensuite, elle se débrouillait toujours pour utiliser les toilettes quand elle en avait besoin. Si elle était devenue énurétique à treize ans, je l'aurais su.

– Eh bien, tu ne l'as pas su. La pauvre m'a supplié de ne pas te le révéler. Elle redoutait ta réaction. Le temps que tu émerges de la gueule de bois, j'avais changé les draps.

– Oh, ça va, Paul ! D'accord, on a eu des conflits toutes les deux, mais plus tard, quand elle était adolescente. Elle n'avait pas peur de moi. C'est ridicule.

– Tu crois ça ? Elle m'a dit un jour que, lorsqu'elle avait cinq ans, tu l'avais laissée dans la cour d'un pub pour aller te soûler au bar. Franchement, quelle mère se comporte ainsi ?

Le souvenir me fait rougir.

– Ça ne s'est produit qu'une seule fois. C'était l'anniversaire de la mort de papa et j'étais mal en point. Je n'aurais pas dû, je le sais, mais je n'ai pas recommencé.

– C'est ce que je te disais : tu ne vois que ce qui t'arrange. Et ta mère ? Comment s'appelle l'institution où je l'ai installée, et dans laquelle elle est décédée ?

J'ai du brouillard dans la tête. Pourquoi m'agresse-t-il ainsi ?

– Hum… C'était Hill quelque chose… Hill View ?

– Bien tenté, commente-t-il avec un sourire narquois. C'était Willow Grange. Je le sais, parce que c'est moi qui l'ai sélectionnée et qui l'ai payée – et qui lui rendais visite deux fois par semaine. Toi, tu y allais quand ? Ah oui, c'est vrai, pas une seule fois.

– Entre elle et moi, c'était compliqué.

– C'est compliqué avec tout le monde ! C'est insupportable. Tu rejettes la responsabilité sur les autres, mais les problèmes, c'est toi qui les provoques. Tu ne t'entendais ni avec ta mère, ni avec ta sœur, ni avec ta fille, et tu me regardes à peine. La seule personne qui semble avoir trouvé grâce à tes yeux, c'est ton abruti de père, et il était alcoolique au dernier degré. Je suppose qu'on peut en déduire que les chiens ne font pas des chats ?

Je saute du lit, me jette sur lui toutes griffes dehors.

– Je t'interdis de dire ça. Ne le répète jamais !

Il me prend les poignets et les serre ; quand ma colère retombe, je vois le sang perler sur son visage.

D'une voix mal assurée, il me lance :

– Cette fois, c'est bon. Je jette l'éponge.

Il se lève pour sortir. J'éclate en sanglots.

– Je ne voulais pas faire ça, je t'assure ! Pardonne-moi, Paul. Ne me quitte pas, je t'en prie, les choses peuvent s'arranger.

– Trop tard, Sally, répond-il en s'essuyant le visage. C'est fini.

35

Ça ne peut pas continuer. Paul est parti. Sans lui, je n'ai plus rien, à part cette grande maison vide. Il est temps que je m'en aille. Je vais m'abrutir avec le vin et m'achever avec une poignée de comprimés. Net et sans bavure. Allongée sur le lit, je me dilue dans les vapeurs du vin blanc.

Le Spar ouvrait tout juste quand je suis arrivée et la femme a secoué la tête en enregistrant mes trois bouteilles.

– Ce n'est pas un peu tôt pour commencer ?

D'habitude, je lui concocte une petite fable sur le plat que je prépare pour le dîner mais, aujourd'hui, je n'avais aucune envie d'inventer une excuse. En lui tendant mes billets, j'ai répondu sèchement :

– En effet, c'est un peu tôt, mais je vous fais bosser, alors où est le problème ?

J'ai senti qu'elle me suivait du regard quand j'ai quitté le magasin. Je devais avoir une sacrée touche avec mon manteau et mes pantoufles. Je m'en foutais. De toute façon, c'était la dernière fois que je la voyais.

En rentrant, j'espérais à moitié le trouver dans la cuisine, avec son air désapprobateur. « Du vin, dès le matin ?

Franchement, Sally… » Mais le pavillon était désert. J'ai pris un verre dans le placard et suis montée à l'étage.

Je ferme les yeux. Sa voix envahit ma tête. Il était si enragé, si amer. On aurait dit qu'il me haïssait. Il a raison : je fais fuir les gens. Mais quand on a passé son enfance à chercher désespérément l'approbation de sa mère sans jamais l'obtenir, on grandit en pensant qu'on ne vaut rien. À quoi bon s'ouvrir aux gens puisqu'ils vous feront forcément du mal ?

L'amour que j'ai ressenti à la naissance de ma fille était si fort que j'ai cru en mourir, que mon cœur allait exploser chaque fois que je la regardais. Elle était si petite, si vulnérable… Je savais que je n'étais pas à la hauteur, alors je l'ai confiée à maman pour qu'elle fasse ce dont j'étais incapable – donner à manger aux canards, pousser une balançoire pendant des heures sans état d'âme. C'est pour cela que Hannah l'aimait tellement : parce qu'elle était solide comme doit l'être une mère, alors que moi j'étais imprévisible et instable. Je grimace en revoyant son petit visage, le jour où je l'ai déposée dans la cour du pub avant d'entrer dans le bar. Aucun enfant ne mérite une mère telle que moi.

Maintenant, l'alcool est tout ce qu'il me reste. Je vide mon verre, m'en verse un autre, et encore un autre jusqu'à ce que les contours de la pièce deviennent flous. Je ferme les yeux ; c'est si bon d'être dans le noir que j'aimerais me fondre dedans. Je vois un petit garçon emporté vers le large, submergé par les vagues, puis le silence. C'est fini. C'est tellement tentant de s'abandonner, d'arrêter de respirer et de s'enfoncer dans un sommeil profond.

Il est temps.

Je prends ma boîte de somnifères dans la table de

chevet. Si je bois trop, j'ai souvent du mal à dormir et quand je me réveille en pleine nuit, une petite pilule me permet de replonger. Il me suffira d'augmenter la dose et de me rouler en boule pour rejoindre Kate et David, mettre fin à mes souffrances.

J'en avale une avec un peu de vin. Il en reste dix-huit mais la moitié devrait suffire. Au moment où je déloge la seconde du papier d'aluminium, j'entends un petit coup à la porte d'entrée. C'est Paul. Il a changé d'avis. Je fourre en vitesse la boîte dans le tiroir et me précipite dans l'escalier.

– J'arrive !

Ma joie retombe quand j'aperçois une silhouette féminine à travers le verre dépoli. Ce doit être encore cette fouine de Sandra, notre voisine. Il n'y a qu'elle qui frappe à notre porte, en général pour se plaindre.

J'ouvre en soupirant :

– Alors, c'est quoi, cette fois-ci ?

Ce n'est pas elle. C'est une jeune femme vêtue d'une belle robe bleue et d'un foulard assorti, qui semble originaire du Moyen Orient.

– Vous êtes Sally ? demande-t-elle.

En entendant son accent, je me dis que sa visite doit avoir un rapport avec Kate. Elle travaille peut-être au consulat.

– Vous venez à propos de ma sœur ?

Elle hoche la tête.

– Entrez.

J'ai la tête qui tourne à cause de l'alcool que j'ai bu et du somnifère. J'ai aussi une boule à l'estomac. Je ne me suis pas préparée à ce qui va suivre : elle va me parler du décès de ma sœur et cela va être pénible. Nous allons dans la cuisine et je lui propose une tasse de thé.

Je boirais bien une boisson forte mais en voyant sa tenue, je suppose qu'elle n'approuverait pas. Tout en remplissant la théière, j'engage la conversation.

– Vous venez de loin ?

Elle regarde autour d'elle, indécise.

– Non, pas très loin.

– Installez-vous, je vous en prie, mettez-vous à l'aise.

Elle s'assied à table. Elle est très nerveuse et son visage est parcouru de tics. Est-ce une conséquence de sa vie en Syrie ? Un traumatisme lié à la guerre ? Je pose devant elle une tasse de thé.

– Tenez. Il y a du sucre sur la table.

– Merci.

Quand elle avale la première gorgée, ses mains se mettent à trembler et elle éclabousse sa robe.

– Je suis désolée, dit-elle en reposant sa tasse. Je suis maladroite.

Je lui tends un torchon.

– Pas du tout. C'est sans doute ma faute : je l'ai trop remplie. J'espère que ça n'a pas abîmé votre belle robe.

Elle tamponne la tache, les mains encore fébriles, reprend sa tasse à demi-vide. Je m'assieds à côté d'elle.

– Vous connaissiez ma sœur ?

– Oui, un peu. Nous ne nous sommes rencontrées que deux fois, mais elle a été très gentille avec moi. Elle voulait m'aider.

– C'est son genre. Elle voulait aider tout le monde. Elle a toujours été comme ça.

– J'ai été triste d'apprendre sa disparition.

– Oui, le choc a été très dur. Vous étiez là-bas avec elle, c'est ça ?

– Là-bas ?

– En Syrie. Vous y étiez avec elle ?

– Oh non ! Je ne suis pas syrienne. Je vis juste à côté de chez votre mère. Je m'appelle Fida.

Je pose ma tasse. Le sang bat dans mes tempes.

– La maison de Paul ?

– Oui.

– C'est vous qui l'avez fait arrêter ?

– Oh, c'était un horrible malentendu.

– Un malentendu ? Si je ne me trompe, on l'a contrainte à quitter la ville suite à la plainte que vous avez déposée. Sans cela, elle ne serait pas partie à Alep et elle serait encore vivante.

Elle me regarde d'un air suppliant.

– Il y a eu une incompréhension. Je peux vous expliquer, si vous voulez.

Mon cœur s'affole.

Je hausse le ton :

– Je ne veux pas de vos explications. Il est trop tard, de toute façon. Elle est morte.

– Il faut que je vous dise… J'ai besoin… J'ai besoin de votre aide. J'ai…

Je me lève de ma chaise.

– Je vous prie de sortir.

– Je vous en supplie, laissez-moi parler…

– Cela ne m'intéresse pas. Sortez d'ici !

Je croise les bras et la suis jusqu'à l'entrée, où elle se tourne vers moi.

– Pardonnez-moi. Je voulais simplement…

J'ouvre la porte en grand.

– Vous m'avez entendue ? Je vous ai demandé de partir.

36

Je referme la porte. J'ai au moins une satisfaction : ma dernière action aura été de défendre ma sœur. Je peux reprendre où j'en étais restée. En posant le pied sur la première marche de l'escalier, j'entends tomber le courrier sur le paillasson de l'entrée.

Au-dessus, il y a une grosse enveloppe matelassée. Elle est probablement destinée à Paul puisque personne ne m'écrit jamais. Mais non : mon nom est inscrit en lettres capitales sous le logo du journal où Kate travaillait. Elle contient un objet fin et noir : un Dictaphone, fendillé et criblé de trous, dont l'étui a fondu par endroits. Est-ce que ce serait… ? Ce n'est pas tout. Je plonge la main dans l'enveloppe et en sors une feuille de papier. Je m'assieds à la table de la cuisine, les mains tremblantes.

Chère madame,

Je tiens à vous présenter mes sincères condoléances pour la perte de votre sœur. C'était une femme courageuse et brillante, la meilleure des journalistes avec qui j'ai collaboré. Cet appareil a été retrouvé par les secouristes près de l'endroit où elle a été vue pour la dernière fois et transmis à notre rédaction. À l'écoute, il me semble qu'il contient des messages à caractère personnel et non professionnel, comme vous le constaterez.

Je suis en lien étroit avec le ministère de la Défense ainsi qu'avec notre consulat en Syrie et je vous contacterai dès que j'aurai de nouvelles informations à vous communiquer.

D'ici là, si je peux vous être d'une aide quelconque en cette période difficile, n'hésitez pas à faire appel à moi.

Avec mes meilleures salutations,

Harry Vine

Harry Vine ? Je me répète ce nom plusieurs fois et, soudain, tout s'éclaire : c'est son rédacteur en chef. Elle en parlait chaque fois qu'elle venait nous voir : « Harry va adorer ça » ou « Quand je vais raconter ça à Harry, il ne voudra pas me croire. » Si je me souviens bien, elle était la marraine de ses enfants. Deux filles. J'étais jalouse des liens qu'elle avait tissés avec cet homme et sa famille et je ne comprenais pas ce qui la retenait d'avoir cette attitude avec nous.

En repliant la lettre, je repense aux visites de Kate, qui étaient invariablement une épreuve pour moi. Plusieurs jours avant son arrivée, maman astiquait la maison et remplissait les placards de provisions. Puis on s'asseyait sur le canapé et on l'attendait. Sa fille préférée faisait son entrée, toujours tirée à quatre épingles, et je me sentais aussitôt minable dans mes tenues bon marché et provinciales. Comment s'était-elle débrouillée pour avoir autant de chance après ce qu'elle avait fait ? On aurait dit qu'elle portait un manteau invisible qui la protégeait de tout. Ce qu'elle touchait se transformait en or. Et moi… tout le contraire.

Elle ne pouvait cependant pas conserver son masque de perfection en permanence. Parfois, la véritable Kate prenait le dessus et ce n'était pas un beau spectacle. Le jour du dizième anniversaire d'Hannah, par exemple. Ma fille ne s'en est jamais consolée. Aucune de nous, d'ailleurs. Même maman avait été choquée. Nous savions qu'elle rentrait d'une mission particulièrement éprouvante à Gaza, mais nous n'imaginions pas à quel point cela l'avait ébranlée. Maman avait offert une poupée Barbie à Hannah, qui était surexcitée et la montrait à toutes ses copines pour qu'elles la coiffent et l'habillent. Il faisait un temps magnifique, les enfants sont partis jouer dans le jardin avant qu'on découpe le gâteau. J'étais dans la cuisine en train de compter les bougies quand Kate est apparue à la porte, la poupée à la main, avec une étrange expression sur le visage.

– Ici, les gosses sont tellement gâtés que c'en est écœurant. Regarde-moi tout ça, c'est grotesque.

– Oh, ça va, Kate. C'est simplement des feuilletés à la saucisse et un gâteau. On ne nage pas dans le luxe, non plus !

Elle m'a asséné sur un ton sententieux :

– J'ai côtoyé pendant plusieurs semaines des enfants qui n'ont rien : pas de jouets, pas de livres, pas d'accès à l'eau courante pour la plupart. Si tu les avais vus, tu réfléchirais à deux fois avant de céder à tous les caprices de ta fille.

– Je ne cède pas à ses caprices, je fête son anniversaire ! Tu ne vas pas nous faire une scène pour ça ?

Elle s'est mise à crier.

– Une scène ? Ah oui, j'avais oublié : le plus important pour toi, c'est de faire profil bas, ne rien remettre en cause. Surtout pas de scène ! Comme quand on était mômes.

Je m'apprêtais à répliquer quand Hannah est entrée par la porte du jardin.

– Vous avez vu ma poupée ? Ah, elle est là. Tu me la donnes, tante Kate ?

Et là, Kate a eu un geste terrible, qui m'épouvante encore rien que d'y penser. Elle s'est avancée vers elle avec un regard noir et lui a dit :

– Tu sais ce qu'on va faire ? On va jouer à Gaza.

Elle a arraché la tête de la poupée et l'a jetée par terre.

Hannah est devenue hystérique. Ses pleurs ont attiré les autres enfants. En voyant l'expression de ma sœur, maman a aussitôt réagi : elle a promis à Hannah qu'on enverrait la poupée à l'hôpital des jouets et qu'on la récupérerait comme neuve. Puis elle a emporté le gâteau dans le jardin et allumé les bougies. Mais la journée était gâchée ; quand ses copines sont parties, Hannah est allée se coucher et a pleuré jusqu'à ce qu'elle s'endorme. Après, elle n'a plus jamais été pareille avec Kate. Sa tante adorée était devenue imprévisible et inquiétante. Mais ça, je le savais déjà.

Un peu gênée, j'appuie sur le bouton « play » du Dictaphone. Il appartenait à ma sœur et j'ai l'impression de fouiller dans ses affaires. Il émet un sifflement aigu. Ce ne serait pas surprenant qu'il soit cassé, vu son état. Je l'arrête puis essaie à nouveau. Après plusieurs craquements, il se met en route et j'entends une voix, mais ce n'est pas celle de Kate : c'est celle de maman.

Test. Test. C'est le mot qu'on utilise, je crois. Je suis censée parler là-dedans parce que j'oublie sans arrêt où j'ai mis mes lunettes. Kate me dit que je vais devoir poser cent mille Post-it si je n'y prends pas garde, alors elle m'a acheté cet appareil. Je lui ai pourtant répété que ce n'était pas la peine. Ces gadgets ultramodernes ne sont plus de mon âge.

J'ai envie de pleurer en l'écoutant ; elle semble si vieille, si fragile. Je ne l'ai pas vue à la fin de sa vie. Je lui en voulais tellement. Quand l'enregistrement s'arrête, je murmure : « Oh, maman… » Il y a un nouveau sifflement. Je suppose que la bande est terminée. J'essaie de repérer où est le bouton de rembobinage, mais soudain, elle reprend :

Je te le raconte à toi parce que tout le monde pense que j'ai perdu la boule. Je l'ai vu deux fois, aussi clairement que le nez au milieu de la figure.

Quoi ? Non, ce n'est pas possible. J'approche mon oreille du Dictaphone.

Il y a un petit garçon chez les voisins. Il est très jeune, pas plus de trois ou quatre ans. Je le vois sans arrêt, dans le jardin, devant la cabane. On dirait un petit lutin turbulent. Je l'entends aussi, surtout la nuit. Il pleure et réclame sa maman. Paul pense que je déraille. Il a peut-être raison… C'est le portrait craché de mon petit David, qui me manque tellement.

Un petit garçon… Je me souviens maintenant de ce que m'a dit Kate la dernière fois qu'elle m'a téléphoné.

Je t'appelle pour que tu me rendes un service. Très important. Je voudrais que tu surveilles la maison des voisins de maman…

J'ai la tête qui tourne. Que dois-je déduire de ce que ma mère raconte ? Elle perdait peut-être l'esprit, mais elle avait vu cet enfant. Comme Kate. Les paroles de Fida me reviennent. Que cherchait-elle à me dire ?

J'ai besoin de votre aide.

Je pose le Dictaphone. Il se passe des choses bizarres là-bas. Je vais chercher mon manteau dans l'entrée. La voix de Kate résonne dans mes oreilles.

S'il te plaît, Sally.

Cette fois, je lui promets que je ne la laisserai pas tomber.

37

Le soleil est presque couché quand j'arrive à Smythley Road. Son éclat doré illumine la maison de ma mère, qui n'est qu'un pavillon mitoyen un peu décrépit. Cela me rappelle les dimanches de Pâques où elle nous traînait à la plage de Reculver pour voir le soleil danser.

Je nous revois, blotties toutes les trois sur un drap de bain délavé, attendant le lever du jour, et ma mère qui s'exclamait : « Regardez l'eau ! » Soudain, le soleil se mettait à flotter comme un gros ballon de plage sur les vagues et Kate s'exclamait : « Il danse ! Il danse vraiment ! » Ce n'était bien sûr qu'une illusion : c'était la mer qui bougeait et non le soleil. Je le savais, et cette légende qu'on racontait dans la famille me paraissait débile. Mais ma sœur et ma mère y croyaient et regardaient, hypnotisées, l'astre sautiller sur les flots, perdues dans leur monde irréel.

Tout cela n'est peut-être qu'un fantasme, me dis-je en remontant l'allée, et cet enfant, le fruit de l'imagination de ma mère et de ma sœur. Quoi qu'il en soit, je suis contente d'agir. Est-ce ce que ressentait Kate quand elle réalisait ses reportages dans ces contrées du bout du monde ?

Une fois sur le seuil du numéro 44, je m'aperçois que leur porte est ouverte. C'est étrange qu'elle ne soit pas fermée à cette heure-là. Je tape doucement sur le chambranle.

– Bonjour. Il y a quelqu'un ?

Par l'entrebâillement, je vois que le couloir est plongé dans le noir. J'ai peur, tout à coup. Je ferais mieux de revenir demain, de jour, quand il y aura du passage dans la rue. Puis je repense à ma sœur : je veux lui montrer que, moi aussi, je peux être forte. Je prends une grande inspiration.

L'entrée est si sombre que j'y vois à peine. Mon cœur s'accélère pendant que je m'avance dans le couloir. Soudain je la vois. Son corps est dans une position étrange, au pied de l'escalier, et elle a les bras repliés sur le visage. Je m'approche, écarte ses bras. Sa figure est couverte de sang.

– Fida ! Fida, que vous est-il arrivé ? Vous êtes tombée ? (Elle marmonne des mots incompréhensibles.) Il faut aller à l'hôpital. Vous vous êtes peut-être cassé quelque chose.

Je mets la main dans ma poche. Merde, je n'ai pas emporté mon téléphone. J'ai dû l'oublier dans la précipitation.

– Fida, avez-vous un portable ? Une ligne fixe ?

Elle pointe du doigt derrière moi :

– Laca…

– Quoi ?

Je n'ose regarder.

Elle répète, les yeux exorbités :

– Laca…

Je jette un œil par-dessus mon épaule. Je ne vois rien.

– Le téléphone, Fida ?

– Laca…

Qu'essaie-t-elle de me dire ? Je parcours le couloir dans toute sa longueur sans trouver de combiné. Je sens que je marche sur un liquide collant. Je frémis : c'est du sang. Son odeur métallique flotte dans l'air. Je la reconnais. Elle m'a accompagnée toute mon enfance. Ma sœur était toujours la première sur place, mais j'étais derrière elle, sur la pointe des pieds, tâchant d'apercevoir dans quel état était maman. Kate essayait de m'éloigner, mais je voyais les ecchymoses, je sentais le sang.

Comment faire sortir Fida ? Il faudrait que je l'amène chez maman. Pour cela, il faut d'abord que je m'introduise dans le pavillon d'une façon ou d'une autre pour appeler la police.

Dans un souffle, elle répète : « Laca… » et retombe sur la marche.

– Désolée, je ne vous comprends pas. Je vais vous redresser.

Elle secoue la tête, me prend la main et articule péniblement, la respiration hachée :

– Il est… parti.

– Qui est parti ?

Parle-t-elle de son mari ? Ses yeux se révulsent, elle grimace de douleur, puis expulse un mot de sa bouche comme une pierre :

– Cabane.

– Cabane ? Il est dans la cabane ?

Je suis morte de peur. Je voudrais m'enfuir, mais elle me serre le bras plus fort.

– Allez-y. (Elle crache les syllabes l'une après l'autre.) Le petit… (Épuisée par son effort, elle se renverse en arrière et me fixe d'un air suppliant.) S'il vous plaît.

– Votre fils est dans la cabane ?

Elle hoche la tête, puis glisse dans un souffle :

– Aidez-le.

Elle s'affaisse. Je pose la main sur sa poitrine. Elle respire mais je crains qu'elle ait perdu connaissance. Je me relève, paniquée. C'est trop pour moi. Il faut que j'appelle la police. Mais s'il arrive malheur à cet enfant pendant ce temps, je ne me le pardonnerai jamais. Lui, je peux le secourir.

Je retire mon manteau, en couvre Fida, puis je traverse le couloir et pousse la porte qui donne sur l'arrière. *Sally, sois courageuse, comme ta sœur.*

38

Les jambes flageolantes, je m'approche de l'abri de jardin. Dans quelle histoire me suis-je embarquée ? J'ai beau être abrutie par le vin et les somnifères, je sais pourtant que je dois y aller : si je peux venir en aide à ce petit garçon, j'aurais fait au moins une bonne action au cours de mes trente-cinq années sur terre. Paul sera peut-être fier de moi. Il verra qu'au fond je suis quelqu'un de bien.

La porte de la cabane est grande ouverte. Je compte jusqu'à trois avant d'entrer, le cœur battant à tout rompre.

– Il y a quelqu'un ? Tu peux sortir, je suis venue te chercher.

Une fois que mes yeux se sont acclimatés à l'obscurité, je me rends compte qu'il s'agit d'un cabanon ordinaire, encombré de pots de fleurs et de vieux cartons. Je m'attendais à quoi ? Un cachot ? Le coup qu'elle a reçu sur le crâne a dû faire délirer Fida. Il n'y a pas la place de dissimuler un enfant ici, il doit être dans la maison. Alors que je m'apprête à ressortir, j'entends un mouvement au fond. Je me fige sur place et répète, la voix chevrotante :

– Il y a quelqu'un ?

À nouveau un mouvement. Je fais un pas et, soudain, je vois un petit garçon accroupi derrière l'échelle.

– Oh, mon Dieu ! (Je m'avance vers lui, il recule encore plus.) N'aie pas peur, lui dis-je tout bas. Je ne vais pas te faire de mal.

Il marmonne entre ses dents.

– Que dis-tu ?

Je m'accroupis et m'approche lentement. Je me souviens que Hannah était très timide quand elle était petite ; les adultes qui se dressaient devant elle la terrifiaient. Maman disait toujours : « Pour que les enfants nous fassent confiance, il faut se mettre à leur hauteur. »

– Comment t'appelles-tu ?

Je m'assieds à côté de lui. Il me lance un regard rapide puis se cache le visage. Il a des mains minuscules.

– Qu'est-ce que tu fais ? Tu joues à cache-cache ? (Apparemment, il ne comprend pas.) Tu veux qu'on cherche ta maman ?

Il fait oui de la tête puis chuchote quelque chose. Je me penche plus près, le prends doucement par le bras et le tire de sa cachette.

– Je n'ai pas entendu ce que tu as dit.

– Trouver maman.

Pour la première fois, il me regarde en face. Je me relève et lui tends la main.

– D'accord. On va voir ta maman. (Il reste immobile.) Allez, viens !

– Non ! s'écrie-t-il en secouant la tête. Pas dehors. Méchant monsieur dehors.

Il est terrorisé. Que faire ? Je suppose que le « méchant monsieur » est son père, et que s'il arrive nous sommes dans la mouise. Il faut que je m'arrange pour l'emmener, avec Fida, chez ma mère ; puis je pourrai réfléchir à la suite. Je m'agenouille à nouveau près de lui.

– Il n'est pas là. Il est parti. Je connais un endroit où on peut aller. C'est la maison de *ma* maman et je suis sûre qu'il y a des biscuits. Tu pourras en manger en attendant la tienne.

– Maman pas dehors ! Maman en bas.

Il pointe du doigt vers le sol.

– Tu dis des bêtises. Ta maman n'est pas là-dessous.

– Si. Dessous !

Il soulève un morceau de vieille moquette.

– Là !

Je découvre un grand carré découpé dans le plancher, une sorte de trappe encastrée, fermée par un gros verrou.

– Qu'est-ce que c'est ?

Il me répond quelque chose que je n'entends pas. En me relevant, je trébuche par mégarde sur un vieux seau, qui roule à grand bruit sur les dalles. Le fracas le fait sursauter et il cherche à s'échapper. Je lui prends la main.

– Chut, ce n'est rien. N'aie pas peur, ce n'est qu'un seau.

Il tremble de tout son corps. Je lui caresse la tête pour le calmer. Ses cheveux sentent le renfermé, comme s'ils n'avaient pas été lavés depuis des semaines. Je lui murmure : « Tout va bien » alors que je suis tout aussi angoissée que lui. Il se dégage de mes bras, va devant la trappe et répète :

– Maman. Maman en bas.

Si c'est un jeu, il faut peut-être que je joue avec lui pour l'amadouer et l'inciter à me suivre.

– En bas ? Sous la porte ?

– Ouvre. Ouvre, toi, répond-il en hochant la tête.

Je me baisse pour tirer sur le verrou, qui est grippé.

À force de m'arc-bouter dessus, il finit par coulisser. Je soulève le battant. Un rai de lumière apparaît. Il se faufile devant moi et se précipite par l'ouverture. Je me penche au-dessus du trou, où j'aperçois des marches en bois, en criant : « Attends-moi ! » Il a disparu dans le noir.

Je dois le faire sortir de là. Je descends l'échelle de meunier et débouche dans une vaste pièce sans fenêtre, qui empeste l'humidité et la transpiration, faiblement éclairée par une ampoule au plafond. Où suis-je ? Les murs sont en briques, colmatées par de gros boudins d'isolant jaune ; contre la cloison, un petit matelas crasseux est recouvert d'un dessus-de-lit imprimé de personnages de dessins animés.

Je mets la main devant la bouche pour ne pas vomir tellement la puanteur est forte. Mon pied heurte un objet, qui ricoche sur le sol. Je me baisse : c'est un stylo en argent qui me semble vaguement familier. Je me tourne vers le petit garçon, qui est au fond de la pièce. Je crois distinguer un autre lit contre le mur.

– Maman, réveille-toi !

Pétrifiée, je distingue une forme dans ce lit. Sa mère.

– Dame est là ! Dame gentille.

Il soulève le dessus-de-lit et dévoile une touffe de cheveux blonds sales. Qui est cette pauvre femme ? Il se blottit dans ses bras et elle le couvre de baisers.

– Euh… Bonjour, je m'appelle Sally et je…

Elle relève la tête. En voyant ses yeux, je bascule brusquement dans une autre dimension.

Elle murmure à voix basse :

– Maman ?

39

J'en ai le souffle coupé.

– Hannah ? Mais… Que fais-tu ici ?

– David fatigué, dit l'enfant. Câlin, maman.

Elle le prend dans ses bras et le berce comme je le faisais avec elle quand elle était toute petite.

Je suis tellement estomaquée que je ne vois rien d'autre à lui demander que :

– C'est ton fils ?

Elle hoche la tête et j'ai l'impression que l'on m'arrache le cœur. Cela fait beaucoup à digérer d'un coup.

J'entends marcher au-dessus de nous.

– Sally ?

Je pivote au son de sa voix.

– Dieu merci, tu es là !

Au lieu de venir vers moi, il se dirige vers Hannah.

– Paul, on a retrouvé notre fille !

Je me mets à sangloter, mais quelque chose me retient d'aller vers eux. Il l'attire devant lui et passe le bras autour de sa taille. Il a l'air furieux.

– Paul ?

Il tient un objet brillant dans sa main.

Je lui demande sur un ton léger :

– Qu'est-ce que tu fais ? Tu déconnes ?

J'ai presque envie de rire. C'est sûrement une blague.

– La vraie question, Sally, c'est plutôt ce que *toi* tu fais. Pourquoi es-tu là ? Tu étais en panne de picrate ?

Non, ce n'est pas une plaisanterie. Il tient Hannah entre nous. Elle est si proche que je sens son souffle sur ma peau, comme quand elle était bébé et qu'elle s'endormait sur mon épaule. Ses beaux cheveux blonds sont très courts, gras et emmêlés. Elle qui en était si fière et en prenait tellement soin !

– Qu'as-tu fait à tes cheveux ?

Ma jolie fille aux yeux bleus, disparue depuis plus de cinq ans, est aujourd'hui une jeune femme au visage émacié et aux yeux creusés. Elle me dévisage, cligne des paupières et se détourne. Je sens monter en moi une émotion que je n'avais pas ressentie depuis le jour de son départ. C'est ma fille, je ferai tout pour la sortir de là. Rien n'est plus fort que l'amour d'une mère. Je tends la main vers elle et murmure :

– Hannah, je suis là, tout va bien.

Il la tire en arrière. Mon cerveau refuse toujours de voir ce qu'il a à la main.

– C'est bien la phrase la plus stupide que j'ai entendue depuis longtemps, dit-il en riant. Tu es là ? Comme c'est touchant !

– C'est ma fille.

– Ah, la bonne blague ! Ta fille ? Tu n'as jamais été une mère pour elle. Tu t'es comportée honteusement. J'ai été obligé d'intervenir pour lui apporter un peu de sécurité, lui prodiguer des conseils.

Il tire une chaise et s'assied dessus sans lâcher Hannah. Pourquoi est-elle silencieuse ? Pourquoi ne le repousse-t-elle pas ? Je m'approche.

– Qu'est-ce que tu fais ? Lâche-la.

Nous nous dévisageons un long moment.

– Je la lâcherai quand je l'aurai décidé. Mais d'abord, je vais te dire un certain nombre de choses. Et si tu fais l'andouille, je lui tranche la gorge.

Il écarte légèrement son bras et c'est alors que je vois que c'est un couteau qu'il tient et qu'il lève vers le visage d'Hannah.

– Pour l'amour de Dieu, Paul, pourquoi fais-tu ça ?

– Pourquoi je fais ça ? répond-il calmement. Voilà une bonne question. Parce que tu ne m'as pas laissé le choix. J'ai toujours été amateur de causes perdues. Pourquoi je me suis mis avec toi, à ton avis ? Il a fallu à un moment que je prenne la décision de retirer ta fille de la situation dangereuse dans laquelle elle était et de la mettre à l'abri. Tu la maltraitais. Je devais l'éloigner de toi.

Je sens monter en moi une rage que je connais bien parce que j'ai essayé toute mon enfance de la réprimer pour préserver la paix. Pourtant, si je veux libérer ma fille, je vais devoir la ravaler une fois de plus. Il faut plutôt que je le fasse parler. Je m'assieds par terre. Je vais le faire parler jusqu'au moment opportun.

– Merci, lui dis-je en essayant de garder mon calme. Merci de t'être si bien occupé d'elle. (Hannah fronce les sourcils. Je lui fais un signe de tête pour la rassurer.) Si tu la relâches, je déclarerai aux policiers que tu as bien agi, que tu l'as mise en lieu sûr, loin des disputes, loin de moi. Ils comprendront. Je dirai que tout était ma faute.

Il bondit sur ses pieds, tire Hannah par le cou et hurle :

– Pauvre conne ! Tu me prends pour qui ? Personne ne sortira d'ici, tu m'entends ? Personne.

40

Assise par terre, les genoux repliés contre la poitrine, je contemple le mur qui me fait face, couvert d'inscriptions au stylo rouge. Un mot revient plusieurs fois : « Maman ».

– C'est touchant, non ? me dit Paul en souriant.

Comment ce salaud ose-t-il sourire après ce qu'il a fait ? Je me tais. Si je lui réponds, je joue son jeu.

– Regarde celui-là, poursuit-il. Tu peux lire ? « Au secours maman. » Trop mignon. Elle appelait maman à l'aide. Mais maman n'est jamais venue, pas vrai, Hannah ? Trop occupée à s'humecter le gosier. Je lui ai dit : « Tu peux écrire tant que tu veux, ça ne me gêne pas, parce qu'une chose est sûre, c'est que ta mère ne viendra pas. Elle n'en a rien à foutre de toi. » J'avais raison, n'est-ce pas, Sally ?

Je suis au fond du trou. Ma fille m'appelait à la rescousse et je ne pouvais pas l'entendre. David gémit dans le lit, je me lève pour le calmer.

– Laisse-le ! me lance Paul d'un ton sec.

– Il est effrayé. Il est tout petit.

– Je t'ai dit de le laisser, répète-t-il en frappant le mur avec son couteau.

Je me rassieds, paralysée par la peur.

En essayant de ne pas entendre ses plaintes, je demande à Paul :

– Il est de qui ?

– Tu lui réponds ou je le fais ? dit-il en serrant Hannah contre lui.

Elle baisse la tête.

– Bon, d'accord, je lui dis. Il est de moi, espèce d'idiote. Il est de moi. Et c'est ta faute.

David continue à geindre. J'ai du mal à respirer dans cette pièce confinée où l'homme que j'ai aimé m'explique comment il a abusé de ma fille.

– Tu étais bourrée en permanence. Quand on s'est rencontrés, tu ne buvais plus, tu prétendais que tu t'étais repentie et que tu n'avalerais plus une goutte d'alcool, tu t'en souviens ? Pourtant, je n'ai pas eu besoin de te pousser beaucoup pour que tu deviennes alcoolique comme ton père. Ah, j'ai pris mon pied à te regarder te déglinguer ! Et tu as été assez stupide, assez crédule et assoiffée d'amour pour croire que j'en pinçais pour toi et non pour ta jolie petite. En un rien de temps, tu n'étais plus en état de t'occuper d'elle. Il fallait que quelqu'un prenne les choses en main. Hannah avait besoin de se faire consoler et j'étais là.

Elle pivote vers moi, les yeux remplis de larmes comme une petite fille, et je tends les bras vers elle.

– Ma chérie, je suis tellement désolée.

– Elle est désolée, Hannah, répète-t-il sur un ton moqueur. Tu entends ? Maman est vraiment désolée. C'est gentil, non ?

Hannah se recroqueville et je voudrais la réconforter, mais le couteau qu'il tient sous sa gorge m'en empêche.

Il lui donne un coup de coude.

– Et puis un soir, on a franchi la ligne, hein, ma chérie ? On lui raconte, à ta gentille maman, comment tu m'as attiré dans tes filets ?

Elle garde la tête baissée, mais je vois à ses épaules qui tressautent qu'elle pleure. C'est un spectacle insupportable.

Il relève son visage et la scrute.

– On devient timide, tout à coup ? D'accord, je lui dis.

Je hais cet homme plus que je n'ai jamais haï un être humain de ma vie, ce monstre que j'ai accueilli dans notre maison. Comment ai-je pu être aussi bête ? Je couvre mes oreilles en fredonnant pour ne plus entendre sa voix, mais il se redresse et traîne Hannah sur le sol jusqu'à moi.

– Retire tes putains de mains de tes oreilles ou je la tue. Tu vas m'écouter, OK ? Tu te les bouches encore une fois et je te jure que je la bute, en prenant mon temps, et sous ton nez. Compris ?

Je souffle dans un murmure :

– Oui, j'ai compris.

– Bien, dit-il en retournant près du mur. Où en étais-je ? Ah oui. L'été 2009. Elle venait d'avoir seize ans. La fleur de l'âge. Ça faisait un bail que tu me draguais, pas vrai ? demande-t-il en lui tirant les cheveux d'un coup sec. J'ai dit, pas vrai ? (Elle hoche la tête en gémissant.) Tu venais de lui faire une scène parce qu'elle voulait retrouver son père. Tous les soirs, je t'entendais lui hurler dessus comme une harpie, sans la lâcher. Et puis il y a eu l'épisode de la montre. Pour notre pauvre petite Hannah, c'est la goutte d'eau qui a fait déborder le vase.

Je suis parcourue d'un frisson glacé. Il secoue la tête.

– Parce que tu croyais l'avoir gardé pour toi ? Tu pensais que je n'apprendrais pas que tu avais agressé ta propre fille ? Je n'étais pas sitôt arrivé qu'elle a vidé son sac, le soir même : tu avais piqué une crise, tu t'étais jetée sur elle et lui avais cassé sa montre. Elle tremblait comme une feuille. Elle était épouvantée, la pauvre petite. C'est là que tout a basculé, que j'ai compris à quel point tu pouvais être dangereuse.

Je bégaie :

– Dan… Dangereuse ? Je… Je ne suis pas dangereuse, elle le sait.

– Elle était morte de peur ! hurle-t-il. Et moi aussi ! Après la montre, j'ai compris que je devais intervenir, agir en adulte responsable. J'ai commencé à organiser son départ.

– Toi, un adulte responsable ? Tu es un psychopathe !

Il hoche la tête et un sourire mauvais se dessine sur son visage.

– Ah ! Madame est bien placée pour parler ! Je vais te dire, Sally, tu n'as pas été une bonne épouse, mais tu as été une mère lamentable.

– Je voulais simplement qu'elle soit heureuse, lui éviter de souffrir. (Ma voix s'éraille.) Lui offrir une vie meilleure que la mienne.

– Ce n'était pas un objectif difficile à atteindre, n'est-ce pas ? rétorque-t-il en me fixant du regard.

Je suis effondrée ; extérieurement, il n'a pas changé : c'est toujours l'homme dont je suis tombée amoureuse, mais on dirait un possédé.

– Ce n'était pas compliqué de faire mieux que toi, reprend-il d'un ton amer. On ne peut pas dire qu'elle ait été gâtée question modèles féminins : une boit-sans-soif et une vieille toquée.

– Sa tante s'en est bien sortie. Hannah aurait pu, elle aussi.

– Ah oui, Kate ! Je me demandais quand elle viendrait sur le tapis, celle-là. Elle s'est barrée de ce trou paumé parce que tu lui sortais par les yeux. Voilà pourquoi elle ne venait jamais. Tu crois qu'elle avait envie que ses amis bobos londoniens fassent la connaissance de la sœur alcoolo ? Bien sûr que non : trop gênant pour elle. Elle me l'a dit… après que je l'ai baisée.

– Quoi ? Non, je ne te crois pas, tu mens.

Tout à coup, je me souviens de ce qu'il m'a raconté à propos de la nuit où elle s'était introduite dans la cabane des voisins : il était avec elle !

– La ferme, ajoute-t-il en passant le bras autour du cou d'Hannah. Je n'ai pas envie de parler de ta putain de frangine clamsée. Avec elle, ça a été facile. Je préfère que tu saches comment ta fille m'a fait venir dans ton lit.

Il fait tourner le couteau dans sa main, si près de sa carotide que le moindre mouvement brusque pourrait être fatal. Je voudrais qu'il arrête de le remuer, mais il ne cesse de jouer avec. Le supplice est intolérable.

– Tu étais partie je ne sais où. Probablement prendre une cuite. Je suis rentré du boulot crevé et affamé. Il n'y avait rien à manger, je suis monté à l'étage et elle se baladait en petite culotte dans sa chambre. En la voyant, je me suis dit : « Voilà la récompense que j'attendais, offerte sur un plateau. » Je l'avais bien méritée, après toutes ces années à te récupérer dans des pubs sordides, te ramener chez nous, faire ta toilette, sentir ton haleine chargée d'alcool sur mon visage, baiser ton corps flasque. Je l'ai prise par la main et je l'ai collée contre le mur.

– Arrête ! Pourquoi m'infliges-tu ça ?

Je me bouche les oreilles.

– Qu'est-ce que je t'ai dit il y a cinq minutes ? hurle-t-il.

Je laisse mes mains retomber ; j'essaie de compter dans ma tête, de noyer ses paroles sous les chiffres. *Un, deux, trois, quatre…*

– On remettait ça sans arrêt. Debout, par terre, dans la salle de bains, sur ton lit…

Cinq, six, sept, huit…

– Dès que tu sortais, elle me regardait avec ses grands yeux bleus et je fondais complètement…

Neuf, dix, onze, douze…

– Mais nous n'avons pas été très prudents, hein, Hannah ?

J'arrête de compter et le regarde.

– On a eu un petit accident. Ou plutôt, *elle* a eu un petit accident…

Il lui caresse le visage avec le dos de la lame. J'ai un haut-le-cœur.

– Une mère adolescente. Pareil que toi.

J'ai l'impression que ma tête est prise dans un étau.

– Monstre !

C'est tout ce que je parviens à exprimer. Il n'y a pas d'autres mots.

Indifférent à ce que je viens de dire, il poursuit :

– Un petit garçon. Un joli petit bébé. C'est pour cela que j'ai dû la faire partir, la mettre en lieu sûr, loin de toi et de tes sautes d'humeur alcoolisées. Dieu sait ce que tu lui aurais fait si tu avais découvert la vérité.

La colère que je retiens depuis plusieurs heures me submerge. Je me redresse. En voyant le couteau bouger, je me fige et lui crie :

– Qu'est-ce que je lui aurais fait ? Je l'aurais protégée, je l'aurais éloignée de toi. Je t'aurais arraché les yeux. Tu es un malade mental !

Assis, étrangement calme, il m'observe puis se met à rire.

– Tu vois, Hannah, voilà la véritable Sally. Une pochetronne violente et dérangée. Voilà de quoi je t'ai sauvée.

Lentement, il se met debout et la pousse pour qu'elle s'asseoie sur la chaise. Le couteau tendu devant lui, il s'approche de moi. Je recule.

– Tu sais quoi, Hannah ? J'ai changé d'avis. Je ne pense pas que c'est de torture psychologique dont ta mère a besoin, mais d'un traitement de choc. Tu en as toujours eu envie, n'est-ce pas, Sal ? Tu t'es toujours sentie délaissée quand ton père se défoulait sur ta sœur à coups de ceinturon ?

Il m'envoie un coup de poing dans l'œil. Je pousse un cri, titube en arrière et m'accroupis, les mains sur les yeux. La douleur est abominable. Il se dresse au-dessus de moi.

– C'est pour ça que Kate le provoquait. Elle aimait qu'il la frappe parce que ça voulait dire qu'il s'intéressait à elle. Toi aussi, tu voulais attirer son attention et tu la jalousais. La violence de ton vieux a déteint sur toi, voilà ce que je pense. Tu te souviens de l'histoire de la bouteille ? Kate l'a adorée. Je l'ai tout de suite mise dans mon camp.

Je retire ma main. Mes paumes sont rouges et j'ai le goût du sang dans la bouche. Je revois Paul, cette nuit-là, une bouteille à la main, et moi par terre dans la position où je suis. Brusquement, ça me revient : Paul qui la brise, puis appuie le tesson sur son bras en riant. Ce n'était pas moi. Ce n'est pas moi qui l'ai blessé.

Je me mets sur mes pieds en chancelant.

– Sale menteur !

Il fait un pas dans ma direction.

– Pardon ?

– Tu n'es qu'un sale menteur.

Son visage se fend en un large sourire.

– Regarde, Hannah, notre petite championne réclame un second round. Ce sera quoi cette fois, Sal : un autre coup de poing ou on passe au cran supérieur ?

Il agite le couteau dans ma direction ; j'essaie de me focaliser sur la lame argentée. Je n'ai plus peur. Je suis prête à tout si cela peut permettre à ma fille d'être en sécurité. Je me fous qu'il me tue, à condition qu'elle sorte d'ici vivante.

41

J'ai du mal à respirer.

Il est assis sur moi ; d'un bras il me maintient au sol, de l'autre il appuie son couteau sur ma gorge. Je ne peux pas parler, je ne peux que l'écouter me raconter de quelle manière il a prévu de me tuer.

– Qu'en penses-tu, Hannah ? Elle mérite quoi, ta maman ? Une belle petite entaille ou un traitement moins expéditif ?

J'entends le petit David geindre au fond de la pièce. Je voudrais l'appeler, le rassurer. Paul s'en rend compte et pèse plus lourdement sur ma poitrine. J'essaie de remettre en ordre ce qu'il vient de me révéler. Il faut que je sache avant de mourir. Tout à coup, je repense à l'appel d'Hannah, qui disait qu'elle était dans un endroit sûr…

– C'était quoi, ce coup de fil ? Je lui ai parlé. Elle m'a dit qu'elle allait bien.

Il approche son visage de ma joue.

– Ah, oui. C'était bien vu, non ? On était partis à Londres pour la journée. Tu te souviens, Han ? Je lui ai dit : « Tu sais ce qu'on va faire ? Tu vas appeler ta mère et lui donner de tes nouvelles. Un joli petit mensonge pour éviter qu'elle s'inquiète. » Mais tu ne t'en faisais pas, hein ? Une mère normale se serait fait du souci, mais toi, tu étais bien trop contente de la voir partir.

– C'est faux !

– Mais si, c'est vrai ! Qu'est-ce que tu disais, déjà ? « Elle est grande, maintenant, elle fait ce qu'elle veut. » Quelle honte !

Je ne veux pas discuter mais je sais que je dois le faire parler. Je poursuis :

– Kate l'a vue, à Brixton… Elle avait dit qu'elle vivait là.

– Une autre petite excursion d'une journée. D'anciens potes qui habitaient là-bas. C'était bien, non, Hannah ? Une sacrée enquêteuse, ta tante ! Incapable de voir ce qu'elle avait sous le nez, cette conne.

– Et le petit, il est né à la maternité ?

Il sourit en secouant la tête.

– Je ne suis pas débile. Je n'allais pas prendre le risque d'aller à l'hôpital avec toutes ces bonnes âmes des services sociaux. Nan, elle a accouché ici. Fida a fait office de sage-femme.

Fida. Elle savait que Hannah était ici. Pourquoi ne l'ai-je pas écoutée ?

– Je crois savoir que vous vous êtes rencontrées, toutes les deux.

– Comment… le sais-tu ?

– Je l'ai suivie. Je me doutais qu'elle mijotait un mauvais coup. Je l'ai vue par la fenêtre. Heureusement, tu as fait le boulot pour moi : tu l'as foutue dehors.

Je me fige. Elle était sur le point de tout me révéler. Si je ne l'avais pas interrompue, rien de tout cela ne serait arrivé.

– Elle n'aurait pas dû, poursuit-il. Je lui avais ordonné de la boucler, mais elle m'a désobéi. En tout cas, elle ne parlera pas avant un bon bout de temps.

– C'est toi qui lui as fait ça ?

Je la revois, étendue de tout son long au pied des marches. Pourquoi ne suis-je pas allée directement chez ma mère appeler une ambulance ?

– Elle est pourtant intelligente. Trop intelligente. Là, elle a déconné. Elle s'est imaginé que je ne saurais pas qu'elle avait appelé au bureau pour demander l'adresse de mon domicile à cette empotée de réceptionniste. Quelle crétine ! En revanche, une vraie cochonne au lit. Un peu comme ta fille : le résultat d'un foyer désuni. Une zone de conflit. Et comme Hannah, je l'ai secourue. On pourrait dire qu'à cet égard je suis une sorte de sainte Kate, non ?

Je murmure :

– Tu n'as rien de commun avec ma sœur.

– Quoi ? Plus fort, que j'entende.

– J'ai dit que tu n'avais rien de commun avec ma sœur.

– Je suppose que non, vu que je suis en vie et qu'elle est morte. À croire que tu as cet effet sur les gens, ma parole. Ton père, ta mère, ta sœur : tous cannés.

– Maman t'adorait. Elle serait effondrée si elle savait.

– Tu veux que je te dévoile un secret ? (Il parle en postillonnant et je sens son haleine sur mon visage.) Hannah, je vais révéler notre petit secret à ta mère.

Elle ne proteste pas. Il a brisé son énergie. Où est ma jolie fille, qui était toujours prête à argumenter ? Ce n'est plus qu'une coquille. Avant, elle se serait battue pour sortir d'ici ; maintenant, elle nous contemple sans lever le petit doigt.

– D'accord, je vais lui dire, reprend-il en caressant ma peau avec son arme comme une plume. Ta maman a réagi avec stoïcisme, mieux que je pensais.

– Réagi à quoi ? De quoi parles-tu ?

Il rapproche la lame de ma gorge.

– Je parle de ta mère. Ta mère chérie que tu haïssais. Une grande gueule comme toi, cette vieille peau. Elle a d'abord pensé que je sortais de la cuisse de Jupiter, mais ensuite, elle a commencé à fourrer son nez dans mes affaires, à penser qu'elle pouvait me mener en bateau. À se prendre pour Miss Marple en parlant à sa machine jour et nuit.

J'entends la voix de ma mère dans le Dictaphone.

Il y a un petit garçon chez les voisins. Il est très jeune, pas plus de trois ou quatre ans…

Je murmure :

– Elle savait pour David ?

Il change de position et enfonce ses coudes dans mon estomac.

– Elle l'a vu deux fois dans le jardin. Qui l'aurait crue, de toute façon ? De l'avis général, elle sucrait les fraises. J'ai fait une bonne action en la plaçant en maison de retraite.

– Quoi ? Elle n'était pas démente ?

– Non. Mais je me suis amusé à lui faire croire qu'elle l'était. J'ai d'abord changé les objets de place, puis je lui ai fait croire qu'elle perdait la boule. Elle s'imaginait que son fils disparu revenait la hanter. Quand j'ai entrepris les démarches, elle me suppliait pratiquement de la faire entrer en institution.

Il se met à rire.

– Tu n'es pas dans ton état normal, il faut te faire soigner.

– C'est le pompon, dans la bouche d'une alcoolique au dernier degré. Ouais, c'est pas mal.

Ma poitrine est si comprimée que j'ai peur que mon cœur explose.

– Pourquoi as-tu fait ça ? Avec notre fille ?

– Ce n'était pas *notre* fille, répond-il avec un petit sourire. C'était le produit de tes deux minutes de frotti-frotta avec un ado boutonneux.

– C'était une jeune fille innocente, Paul.

– Innocente ? Tu plaisantes ? Une petite salope, comme sa mère. Tu écarterais les jambes devant n'importe qui, hein, Han ?

Il va jusqu'à elle, qui est contre David. Il le repousse d'un : « Bouge-toi de là. » L'enfant, sans se rebeller, s'assied par terre. Sa soumission me fait froid dans le dos.

– Comme je le disais, reprend-il, c'est une belle petite salope.

Il la prend par le cou, la soulève du lit et l'approche de moi.

– Que fais-tu ?

Il pose les mains sur ses seins. C'est intolérable.

– Arrête ! Arrête ça tout de suite !

– Doux et fermes, poursuit-il en ricanant. Comme les tiens autrefois. Dommage, lorsqu'on s'est connus, tu avais déjà des heures de vol.

Elle a la tête baissée, mais je vois qu'elle a peur. Ses épaules tremblent à mesure qu'il glisse la main sur son corps.

– Ça te plaît, hein ? murmure-t-il.

Il continue à descendre jusqu'à ce que je ne puisse plus le supporter. Je me précipite sur lui et pousse Hannah hors de sa portée.

– Retire tes mains de ma fille, espèce de malade !

J'essaie de lui prendre son couteau mais il est plus fort que moi. Il saisit mes poignets et me frappe le visage contre le mur une fois, deux fois, trois fois en me crachant dessus :

– Tu – n'apprendras – donc – jamais – salope ?

Il me tire en arrière. Ma tête retombe. J'ai du sang plein la bouche.

– Non, Paul.

Il prend mon visage entre ses mains et me regarde au fond des yeux. Son expression s'adoucit et, pendant une seconde, je redoute qu'il m'embrasse. Le coup arrive sans que je l'aie vu venir et ma tête tape le mur une nouvelle fois.

– Arrête !

C'est la voix d'Hannah, quelque part au fond de la pièce. En me tirant vers elle, il lui répond :

– C'est pour toutes les fois où elle m'a traité comme un chien. Je lui fais payer.

Il colle son visage contre le mien. Je vois la lame briller devant moi.

Je ferme les yeux et crie :

– Cours, Hannah ! Prends David et va chercher de l'aide !

– Tu n'as pas à lui dire ce qu'elle doit faire, elle est à moi.

Il enfonce le couteau dans mon ventre. Je m'affaisse en me tenant l'estomac. La pièce tourne autour de moi, mes mains sont pleines de sang.

Je lui demande, dans un gémissement :

– Qu'est-ce que tu as fait ?

Il s'assied au bord du lit.

– Ce que j'aurais dû faire il y a des années. T'épargner de nouvelles souffrances.

Hannah, debout au milieu de la pièce, voudrait venir vers moi, je le sens, mais il la tuera si elle essaie. Je lui souris pour la rassurer.

– Désolé, mon amour. (C'est à moi qu'il s'adresse, avec la voix douce, apaisante, de l'homme que j'ai connu.) Tu avais besoin de recevoir une leçon.

Je ne tiens plus assise. Sa voix est de plus en plus faible. Il faut que je reste consciente, que je m'allonge. J'ai l'impression que mon corps est vide quand ma tête touche le sol. La pièce devient liquide ; je nage dans une eau limpide, j'entends qu'on m'appelle et je vois ma mère sur la plage, qui agite les bras pour me faire comprendre qu'il est l'heure de pique-niquer. J'aimerais lui répondre mais ma voix ne porte pas. Je sombre.

– Sally !

Affolée, elle avance péniblement dans les vagues pour venir me secourir ; il faut qu'elle fasse vite parce que j'étouffe. Mes poumons sont comprimés. Je coule. Puis je sens sa main prendre la mienne et me tirer de l'eau. La lumière m'éblouit.

Je murmure son nom :

– Maman ?

– Sally !

Je connais cette voix. Ce n'est pas celle de ma mère.

– Sally ? Oh, mon Dieu !

Je patauge dans le noir pour fuir la douleur. En revenant à moi, je sens deux bras qui m'entourent.

– Ça va aller. On va te sortir de là. Tu vas t'en tirer. Reste avec moi.

J'ouvre les yeux. Elle est là. Elle est venue me délivrer.

Troisième partie

42

Herne Bay

En descendant sur le quai, je tire ma capuche pour dissimuler mon visage. J'ai des élancements dans les jambes ; les points de suture commencent à cicatriser et j'ai du mal à m'appuyer sur mon genou droit. Je m'assieds sur un banc, près de l'escalier de la sortie, pour masser mon articulation douloureuse.

Le médecin turc a retiré presque tous les éclats d'obus, mais il m'a prévenue qu'il en restait un, pratiquement impossible à déloger. Ça m'était égal : j'étais vivante, je pouvais me débrouiller avec un genou abîmé. Le reste du campement n'a pas eu ma chance : toute la partie nord-ouest a été anéantie par l'explosion. J'étais au sud, près de l'enceinte, à l'opposé du point d'impact. Malgré la distance, j'ai été soulevée de terre par le choc et j'ai perdu connaissance. Quand j'ai repris conscience, je ne savais plus où j'étais. Pendant quelques instants, j'étais persuadée que j'étais morte et que je venais d'émerger dans un au-delà apocalyptique. Je me suis redressée péniblement, j'ai regardé autour de moi et j'ai compris que la réalité était bien plus terrible que le pire enfer qu'on pouvait imaginer.

Mon genou saignait abondamment. Je suis partie en boitillant au milieu des décombres, en appelant pour que quelqu'un, n'importe qui, me vienne en aide. Des panaches de fumée s'élevaient dans un silence de mort. Le terrain incendié était recouvert de corps mutilés et un chien efflanqué, attiré par l'odeur de sang frais, avait déjà commencé à attaquer des cadavres. Un spectacle de fin du monde.

J'ai observé pendant plusieurs minutes un groupe d'hommes qui venaient d'arriver. Ils se sont mis à fourrager dans l'amoncellement de toiles déchirées – ce qui restait des tentes. Le visage creusé par l'épuisement, ils cherchaient des survivants.

J'aurais dû rester. C'était ce qu'il eût été convenable de faire, mais il fallait que je parte. Je l'avais su juste avant l'explosion, en écoutant la voix de ma mère. Mon combat était ailleurs. On avait besoin de moi ailleurs. En entrant dans le poste médical dévasté, j'ai entendu un petit réclamer sa mère ; son cri ne venait pas du camp : il était dans mon cerveau, là où se loge la mémoire.

Il se passait dans cette maison des choses diaboliques. Je l'avais pressenti, entendu, vu de mes propres yeux. Ma pauvre mère aussi. Et toutes les deux, nous avions cru perdre l'esprit. Debout dans ce champ mortuaire, j'ai compris que je devais répondre aux appels de cet enfant et tenter de mettre fin à son calvaire.

Par miracle, Hassan avait survécu lui aussi au bombardement. Au moment de l'attaque, il livrait du matériel de secours à l'est de la ville. Il m'a croisée à son retour, errant hagarde dans la poussière. Quand il s'est avancé vers moi, j'ai cru voir un fantôme et je me suis écroulée à ses pieds. Il m'a portée dans sa voiture et, à ma demande, m'a conduite à la frontière turque, que nous avons atteinte au coucher du soleil. Il m'a emmenée dans un centre médical, a insisté pour qu'on soigne ma jambe. Je lui ai fait promettre de déclarer, si on l'interrogeait, que j'avais péri dans l'assaut. Pour avoir une chance de retourner à Herne Bay, je savais que je devais disparaître des radars. Je lui ai donné mes affaires – mes notes, mon Dictaphone, ma carte de presse – et lui ai demandé de les faire parvenir à Harry en prétendant qu'elles avaient été découvertes parmi les gravats. Je devais disparaître. Le pauvre Hassan m'a regardée comme si j'étais folle, mais quand je lui ai expliqué que j'agissais ainsi pour sauver ma famille, il n'a plus posé de questions : pour lui, la loyauté envers les amis et la famille prime tout le reste. Il m'a fourni une robe islamique traditionnelle et s'est débrouillé pour qu'un de ses contacts me fasse traverser la Turquie et entrer en Europe incognito. En me faisant ses adieux, il m'a déclaré :

– Kate Rafter n'existe plus. Je leur ai dit que tu t'appelais Rima – c'est le prénom de ma mère. Il te portera chance.

Je me dirige à pas lents vers la sortie de la gare, la capuche baissée sur mes yeux. Tout est calme, à part un groupe de touristes agglutinés au guichet. Face au kiosque à journaux, je tombe en arrêt devant une photo de moi. Le gros titre s'étale en capitales sur cinq colonnes : LA JOURNALISTE DE HERNE BAY PRÉSUMÉE MORTE. Lire l'annonce de sa propre mort procure une étrange sentation. J'ai une boule à l'estomac en réalisant l'énormité de ce que j'ai fait.

Je prends un exemplaire et m'enferme aux toilettes pour lire l'article. Il cite Harry, qui me considère comme

« la meilleure correspondante de presse de sa génération », et ce con fini de Graham Turner, qui me décrit comme une personne « brillante et courageuse, un grand reporter qui ne perdait jamais son sang-froid ». Je marmonne « Salopard » et jette le journal dans la poubelle. Il ne tenait pas le même discours il y a quelques semaines, quand il est allé pleurnicher sur l'épaule d'Harry en prétendant que j'étais une source d'emmerdements. Son témoignage a failli m'envoyer en taule et je ne suis pas près de lui pardonner.

En sortant de la gare, j'hésite. En réalité, je n'ai pas réfléchi à ce que j'allais faire après mon arrivée. Si j'avais la clé de chez ma mère, je pourrais m'y installer et voir venir, mais je l'ai rendue à Paul en partant. Je suis partagée : j'ai envie de me rendre directement au numéro 44 pour affronter Fida et son mari, mais seule, est-ce bien raisonnable ? Non, il vaut mieux que je trouve Paul d'abord. Je vais devoir lui faire confiance et espérer qu'il ne préviendra pas la police de mon retour avant qu'on ait fait le nécessaire. À cette heure, il doit être à son bureau, à des kilomètres d'ici.

Machinalement, je cherche mon téléphone dans ma poche alors que je sais pertinemment qu'il n'y est pas. Sans lui, je suis perdue. Pourtant, je devais absolument m'en débarrasser, bien qu'il ait survécu à l'explosion au fond de ma ceinture matelassée, avec mes cartes de crédit et mon passeport. Pour mener à bien mon plan, je devais être impossible à repérer ; je l'ai laissé à Alep après avoir écrasé ma carte SIM d'un coup de botte.

Au terminal des ferries de Calais, les contrôles d'identité ont été rapides. Personne, heureusement, n'a examiné mon nom de trop près. Dans les titres des journaux, on m'appelle « Kate », alors que sur mes papiers d'identité, il est écrit « Catherine ». En plus, les douaniers sont formés à détecter les terroristes potentiels et non les journalistes qui simulent leur disparition. J'avais acheté d'autres habits au supermarché et caché mes cheveux sous un gros bonnet de laine. De toute façon, les chances qu'on me reconnaisse étaient minces. À la différence de cette chère Rachel Hadley, je n'ai pas l'habitude de m'exhiber dans mes reportages ; en l'occurrence, j'ai bien fait.

Je n'ai plus qu'une option : aller chez ma sœur. En sortant du parking, la tête basse, je me dis que je préférerais de loin que Paul soit là. Avoir à expliquer toute cette histoire à une Sally imbibée, c'est la dernière chose dont j'ai envie. Plus je la tiendrai à l'écart, mieux ça vaudra.

La voiture de mon beau-frère n'est pas dans leur allée, et mon moral retombe. J'appuie sur la sonnette en priant pour qu'elle soit à jeun : je vais devoir la persuader de m'autoriser à utiliser son téléphone pour appeler son mari. Personne ne vient m'ouvrir. J'hésite à resonner, puis décide d'entrer par-derrière.

Elle n'est pas dans la véranda, qui semble mieux rangée que lors de ma dernière visite, sans bouteilles qui traînent dans les coins. Seraient-ils partis ? Et là, je panique. S'ils ont vu les infos, ils me croient morte. A-t-elle pété les plombs et fait une connerie ? Le cœur battant, je tire sur la poignée. La porte n'est pas verrouillée.

– Sally, tu es là ?

Pas un bruit. J'avance dans le couloir, jette un œil dans la cuisine. Il y a deux tasses sur la table.

– Sally ? Tu es en haut ?

Je monte à l'étage.

J'ai la bouche sèche en arrivant sur le palier. Ce n'est pas normal. Je m'avance vers sa chambre, dont la porte est ouverte. Les rideaux sont fermés et la pièce sent la transpiration et le vin. Elle n'a donc pas arrêté de boire. Mais alors, où est-elle ? Je vais à la fenêtre pour ouvrir les rideaux. Un nuage de poussière tourbillonne dans l'air fétide. Je frissonne. La pièce est en désordre, des vêtements sont entassés sur le sol et un toast est en train de racornir dans une assiette sur la commode. Le dessus-de-lit est entortillé ; on dirait qu'il n'a pas été lavé depuis des semaines.

Je vais dans la cuisine pour joindre Paul au téléphone ; en soulevant le combiné, je me rends compte que j'ai oublié son numéro professionnel. Merde. Il doit être noté quelque part. Je m'apprête à ouvrir le tiroir de la cuisine où Sally range ce genre de choses quand un objet noir, sur le plan de travail, attire mon regard.

Un Dictaphone. Tout cabossé. Ce ne peut être… Je le prends, les mains moites. Il y a un petit mot à côté, signé de Harry. C'est l'enregistreur de maman. Je l'ai cherché après l'explosion, mais il avait disparu. J'ai supposé qu'il avait été détruit. Je le regarde, puis les tasses sur la table.

Sally aura écouté la bande. Paul aussi. Lui, plus que quiconque, aura saisi les implications. Tout s'explique : le silence, la maison déserte. Je sais où ils sont.

43

Au numéro 44, tout est éteint et je ne vois pas la voiture de Paul et Sally. Ils seraient venus à pied ? Je remets ma capuche et monte l'allée. La porte d'entrée est entrouverte. En mettant le pied à l'intérieur, je tressaille.

– Fida !

Elle est méconnaissable. Son visage, tuméfié et couvert de sang, a été bourré de coups. Je lui touche l'épaule. Elle ouvre les yeux.

– Fida, que s'est-il passé ? C'est votre mari qui vous a fait ça ?

Elle soulève les paupières et ses yeux s'écarquillent.

Elle bégaie :

– N… non ! Ça ne peut pas… Je… pensais que vous…

Je m'accroupis près d'elle pour qu'elle puisse m'entendre.

– Je vous expliquerai plus tard. Il faut qu'on vous sorte d'ici.

Je vois qu'elle essaie de me dire quelque chose. Je me penche plus près. Elle manque s'étouffer en parlant.

– Ne… voulais… pas… lui faire… mal.

– Qui ? Vous ne vouliez pas faire de mal à qui ?

Elle tente de relever la tête, mais elle est trop faible.

– N’essayez pas de vous asseoir. Respirez profondément.

Elle est couverte d’un manteau et je l’emmitouffle dedans.

– J’appelle une ambulance, Fida.

– Il faut me croire, chuchote-t-elle. Il m’a fait… (Sa voix s’éteint. Se peut-il qu’elle délire ?) Il m’a forcée…

Ses yeux se révulsent. Je dois la faire sortir d’ici en vitesse, avant le retour de son cinglé de mari. Le seul souci est que je n’ai pas de portable. Je fouille l’entrée. Rien. Je cours dans la cuisine. Il y a un vieux téléphone sans fil à touches sur une étagère près de la porte. Je l’attrape, compose le numéro d’urgence et retourne vers Fida.

– Il faut que vous envoyiez une ambulance, s’il vous plaît.

Pendant que je parle à l’opératrice, Fida tire sur ma manche. Je lui dis : « Une seconde » et donne son adresse. Après avoir raccroché, je me tourne vers elle. Ses blessures sont plus graves que ce que je pensais. Je vois maintenant pourquoi elle ne peut pas parler : sa bouche est entaillée et boursouflée. Elle doit souffrir abominablement.

En priant pour que tout aille vite, je la rassure :

– L’ambulance est en route. Vous allez être prise en charge.

Elle se met à trembler et je pose la main sur son bras.

– Restez tranquille. On va vous soigner à l’hôpital. Je leur parlerai de votre mari. Il ne vous retrouvera pas.

– Non, marmonne-t-elle. Il était… presque mort. Si petit… Je… ne suis pas un monstre.

Le sens de ses paroles s’insinue en moi. Il est donc bien réel. Je n’étais pas folle.

Je me penche vers elle.

– Dites-moi, Fida, où est-il ?

Sa respiration devient sifflante et j'ai peur qu'elle s'évanouisse.

Elle rouvre les yeux, me saisit le bras en haletant.

– Sally.

– Sally ? Elle est ici ?

Je réalise que le manteau qu'elle a sur elle est la doudoune verte de ma sœur.

– Fida, s'il vous plaît. Où est-elle ?

– Cab… Cabane.

L'effort déployé pour prononcer ce dernier mot l'épuise tellement qu'elle s'affale sur les marches de l'escalier.

– Fida, écoutez-moi. Les secours sont en route. Ne vous inquiétez pas. Je vais chercher ma sœur.

Je sors dans le jardin, où règne un calme irréel. En refermant la porte de derrière, le cœur battant, j'entends un bruissement dans la haie. Je me fige. Si seulement j'avais une lampe torche…

– Qui est-ce ? C'est toi, Sally ?

C'est sans doute un oiseau. Il n'empêche : tout en progressant dans l'herbe, j'ai la chair de poule. Pourquoi est-elle venue ici, elle qui a peur de tout ? Ce n'est pas son genre de foncer au milieu du danger.

La porte de la cabane est ouverte.

– Sally ? Tu es là ?

Je perçois des sons assourdis, semblables à des voix sous l'eau.

– Sally ?

Quand je vois le trou, il est trop tard pour l'éviter.

44

Je dégringole plusieurs marches et atterris sur un sol froid en ciment. Endolorie, le souffle court, je me remets péniblement à genoux en me tenant les côtes. Je n'ai aucune idée de l'endroit où je suis.

C'est alors que je la vois, allongée sur un matelas crasseux, en pleurs ; le petit garçon s'est pelotonné contre elle.

– Tante Kate ?

Je me redresse en essayant de retrouver l'équilibre.

– Hannah ? Que fais-tu ici ?

Ses poignets sont entravés par une corde. Je me précipite pour défaire ses nœuds. L'enfant éclate en sanglots à son tour.

– Qu'est-ce qui se passe ? Explique-moi !

Elle ne réagit pas. Je répète ma question. Elle continue à pleurer en silence. Je dénoue ses liens, elle se frotte les poignets et étreint le garçonnet, qui me dévisage avec de grands yeux.

– On t'a entendue l'autre jour, quand tu es entrée, m'annonce-t-elle à travers ses larmes. On pensait que tu venais nous délivrer.

– Vous délivrer ? Tu veux dire que, tout ce temps, tu étais dans la cabane ?

Elle hoche la tête.

– Qui est cet enfant ?

– Mon fils, David.

David.

Je suis sans voix. Impossible de donner un sens à ce que je découvre. Et puis j'aperçois un objet qui luit dans la pénombre : c'est mon stylo en argent, par terre, près du lit.

– David l'a trouvé et me l'a apporté pour me faire plaisir, m'explique Hannah. Il aime les objets qui brillent.

Je me sens anesthésiée. En me penchant pour le ramasser, je vois à côté un petit tas de billes semblables à celle que j'ai trouvée dans le jardin.

– Maman ?

La voix de Sally. On dirait qu'elle vient d'un tas de couvertures au fond de la pièce.

– Ta mère est là ?

Hannah a l'air terrifiée. Je m'approche des couvertures et commence à les remuer.

– Oh, mon Dieu, Sally !

Elle est emmaillotée comme un nourrisson dans des langes. Je la tourne vers moi. Son visage est dans un état épouvantable ; elle a du sang partout, dans les cheveux, sur ses vêtements.

– Qu'est-ce qui t'est arrivé ?

Je la place en position latérale de sécurité. Elle geint doucement.

– Il avait un couteau, déclare Hannah.

Debout derrière moi, elle observe sa mère.

Je lui demande d'une voix posée, pour ne pas l'alarmer :

– Qui l'a frappée ?

Pas de réponse.

– Hannah, qui lui a fait ça ?

Elle me regarde avec des yeux vides, sans dire un mot.

Sally murmure :

– Maman, c'est toi ?

Du sang suinte à travers son pull à la hauteur de son estomac. Je vérifie son pouls ; son cœur bat faiblement et l'hémorragie est importante.

– Hannah, il me faut un morceau de tissu pour comprimer le saignement. Et des secours. Va chercher des secours.

Elle est toujours immobile.

Je lui crie :

– Hannah ! Va demander de l'aide immédiatement !

– Je ne peux pas.

– Hannah, je t'en supplie !

Je sens quelque chose me caresser le bras. En me tournant, je vois que Sally a ouvert les yeux.

– Ça va aller. On va te sortir de là. Tu vas t'en tirer. Reste avec moi.

Je presse la couverture sur sa plaie.

Elle glisse dans un souffle :

– Impossible, tu es…

Son visage devient livide et je redoute qu'en plus de la perte de sang, le choc de me voir provoque un arrêt cardiaque. Je lui frotte le front du bout des doigts comme le faisait maman quand nous étions enfants.

– Reste calme, Sally. Respire lentement, fais comme moi, inspire-expire.

Elle ne me quitte pas des yeux pendant que nous nous battons pour qu'elle reste en vie.

– Hannah, tu *dois* prévenir les secours.

Inspire, expire. Inspire, expire.

– C'est bien, Sally. Tout va bien.

Tout à coup, elle prend mon bras et dit :

– Paul. Paul.

– Il va bientôt arriver. Il doit se demander où tu es.

Elle secoue la tête et sa respiration devient rauque.

– Chut ! Souviens-toi : inspire, expire.

Elle saisit ma main et halète :

– Non. Paul…

– On le contactera depuis l'hôpital. Concentre-toi sur ta respiration. Ça va aller.

Cette fois, elle me secoue le bras.

– Non. C'est Paul qui a…

– Quoi ?

Sa voix faiblit.

– Paul… C'est lui qui a… enlevé Hannah… l'a violée quand elle avait…

Elle entoure ses bras autour de son buste comme pour faire sortir les mots plus facilement.

– L'enfant… Paul… son père.

À bout de souffle, elle s'écroule en arrière. Je ne veux pas lui montrer l'émotion qui m'envahit.

– Sally, on va y arriver. Allez, inspire, expire, inspire, expire.

Je pivote vers Hannah, qui est assise au bord du matelas, l'enfant dans les bras, l'air épouvanté.

– C'est vrai, ce que dit ta mère ? Sally, inspire, expire. C'est bien.

Hannah fait oui de la tête. J'ai le cerveau en feu.

En me tournant pour que Sally n'entende pas, je lui demande :

– Où est Paul ?

– Je ne sais pas. Il m'a dit de ne pas tenter de m'échapper. S'il revient…

– Il faut appeler la police. Occupe-toi de ta mère. Je vais prévenir les flics.

Boum.

Le petit se met à geindre, Hannah saute sur ses pieds. Quelqu'un marche au-dessus de nos têtes.

– C'est lui, murmure-t-elle, soudain livide.

45

– Alors, toujours vivante ? lance-t-il d'un ton hargneux. Ma parole, tu es plus solide que tu en as l'air.

Je me suis cachée sous le matelas. Il porte une bâche en plastique et a enfilé des gants en caoutchouc. Hannah, assise sur l'autre matelas avec son fils dans les bras, le suit des yeux ; il se dirige vers sa mère et s'agenouille près d'elle. Je note qu'à environ un mètre une chaise est renversée sur le sol.

– Sally, je t'ai déniché un joli petit coin que tu aimeras sûrement. Ce n'est pas loin en voiture.

Elle pousse un gémissement et je dois me retenir de toutes mes forces d'aller vers elle. Je ne dois pas faire d'erreur, sinon nous y passerons tous.

– C'est un endroit que tu connais, enchaîne-t-il en lui caressant les cheveux. Une dernière demeure idéale, au calme. Personne ne viendra te déranger, je m'en suis assuré. Après toute cette confusion, tu auras enfin la paix que tu souhaitais.

Il la soulève pour la placer sur la bâche. La respiration de Sally devient haletante. Je dois agir vite. Je m'extirpe de sous le matelas et rampe sur le sol derrière lui. Je m'apprête à saisir la chaise quand un cliquetis retentit. Mon stylo vient de tomber de la poche de mon manteau. Merde.

Il saute sur ses pieds.

– C'était quoi ?

Je suis à découvert.

– Putain de merde ! s'écrie-t-il en se tenant la poitrine.

Je profite de sa surprise pour attraper la chaise, mais avant que j'aie pu la soulever il m'écrase la main avec son pied.

– Pas de ça, ma jolie.

– Kate, je t'en prie, murmure Sally. N'insiste pas. Ne l'affronte pas.

Si, il le faut. Je combattrai cet homme avec toute l'énergie qui me reste. Je me dégage d'un coup sec, me redresse et écarte la chaise du pied. Je m'en passerai. Apparemment, il est venu sans arme. Il pensait probablement que c'était inutile. Je le fixe droit dans les yeux.

– Tu ne me fais pas peur. Je ne suis pas une enfant. Parce que c'est ton truc, les petites filles, pas vrai ?

Sally laisse échapper un sanglot. Je voudrais tellement la rassurer et lui dire qu'on va la sortir d'ici, que tout va bien se terminer.

– Dégage, espèce de folle, gronde-t-il en me prenant par les cheveux et en me projetant au sol. Tu es censée être morte.

Je me relève tant bien que mal. Quand il me saute dessus à nouveau, j'essaie de lui envoyer un coup de pied entre les jambes, mais je le manque. Il me saisit, me jette à nouveau par terre, m'enfonce un genou dans la cage thoracique et me serre la gorge.

– En tout cas, on ne se débarrasse pas de toi facilement. Ces maudits comprimés n'étaient pas assez forts.

J'arrive à glisser :

– Quels comprimés ?

– Tu aimes ça, hein ? Ceux qui étaient dans ton sac. Une sacrée camée, cette Kate. Il faut croire que ton organisme a fini par s'habituer.

D'une voix rauque, tout en essayant de desserrer l'étau de ses mains avec mes doigts, je lui demande :

– Qu'est-ce que tu veux dire ?

Le visage collé contre le mien, il me répond :

– Tu te souviens du soir, au pub, où tu as piqué ta crise dans la rue ? De notre petit dîner arrosé au vin rouge ? De la Thermos de thé sur la plage ? Pour une star du journalisme, tu n'es pas assez maline pour surveiller tes boissons.

– Tu m'as droguée ?

Je halète, tout en cherchant à me dégager.

– Tu ne m'as pas laissé le choix, avec ta manie de fourrer ton nez là où il ne faut pas. J'ai tout fait pour t'en empêcher, mais tu es solide comme un bœuf. Ceci dit, il faut être une dure pour faire ce que tu as fait.

– De quoi parles-tu ?

Il approche sa bouche de ma joue en souriant. La pression sur mon cou se relâche un peu.

– Sally m'a raconté… Quand tu étais môme. Le vieux secret de famille…

Sally pousse un gémissement depuis le fond de la pièce.

– Paul, je t'en prie.

– Ta gueule, salope ! C'est toi qui me l'as dit. Tu l'as assez haïe pour ça !

Je soutiens son regard pour qu'il comprenne qu'il ne m'effraie pas.

– Qu'est-ce que j'ai fait ? Vas-y, dis-le !

Il se colle à moi en sifflant :

– Tu as tué ton petit frère. Ton vieux a tout raconté à Sally. Ce n'était pas un accident, c'était toi. Tu l'as maintenu sous l'eau pour le noyer, sale garce !

Ce n'est pas possible. Il a dû l'inventer.

Je dégage une de mes mains et hurle, en dressant le bras devant son visage :

– Sale menteur ! Pervers !

Il est plus rapide que moi. Il saisit ma tête et l'écrase sur le sol. Mon corps devient tout mou.

– Salope ! hurle-t-il. Salope et infanticide !

Quand ma tête cogne à nouveau le ciment, ma bouche se remplit de sang. Je ferme les yeux en attendant le prochain coup. Mais il ne vient pas. Au lieu de cela, je sens une masse énorme s'abattre sur moi et sa poigne se relâcher. J'ouvre les yeux. Il roule à terre. Ma nièce tient la chaise au-dessus de sa tête.

– Hannah !

– Pardon, répond-elle, la lèvre tremblante. Pardon.

Il ne bouge plus. Je me remets sur mes pieds.

– Inutile de demander pardon, ma chérie. C'est fini, maintenant. Tout est fini.

Je me sens complètement abrutie devant son corps inerte. En me penchant, j'entends qu'il respire faiblement. Tant mieux. Je veux qu'il paie pour ses crimes. J'attrape la corde avec laquelle il avait entravé Hannah et lui lie les poignets.

– Kate…

Sally. Je trébuche jusqu'à elle et, au moment où je prends sa main, j'entends des pas au-dessus.

– L'ambulance est là. Ils vont s'occuper de toi, ça va aller.

Elle halète, prend ma main.

– Non. Peux pas respirer.

Ses yeux se ferment et sa peau est froide.

– Si, tu peux, dis-je en lui caressant les mains pour les réchauffer. Il est parti. Tu es en sécurité, maintenant, je te promets.

Ses yeux sont en train de s'obscurcir. Je connais cette expression. Je l'ai vue sur le visage de Nidal quand je l'ai soulevé du trottoir.

Je lui crie en frottant ses mains frénétiquement :

– Ne fais pas ça, l'ambulance est en route, ta fille est là avec ton beau petit-fils ! Tant de choses qui valent la peine d'être vécues !

Elle me sourit.

– Pardon. Je suis… désolée.

– Désolée de quoi ? Tu n'as aucune raison d'être désolée.

– J'aurais dû te faire rentrer… dans le jardin… dû te faire rentrer. Il a dit… Je suis désolée.

Sa voix devient sifflante.

– Ce n'est pas grave, Sally. Cela n'a plus aucune importance.

Je le pense sincèrement. En quelques minutes, mes vieilles rancœurs envers elle se sont envolées. Chacune, à sa façon, a été la victime de notre père. Pourquoi m'a-t-il fallu autant de temps pour le comprendre ?

– Il y a quelqu'un ?

Une voix féminine, au rez-de-chaussée.

– Oui ! En bas de l'escalier. Faites vite !

– Sally, l'ambulance est là. Sally ?

Elle ne bouge pas. Elle ne bouge pas. Je la secoue en hurlant :

– Réveille-toi ! Les secours sont arrivés !

J'entends qu'on descend les marches.

– Tu ne peux pas faire ça. Il faut que tu te réveilles !

– Reculez-vous, madame, s'il vous plaît, dit quelqu'un derrière moi. Lâchez-la.

Les secouristes s'approchent, mais le matériel de réanimation qu'ils ont apporté reste par terre. Ils se regardent, se tournent vers moi. Ce que je vois dans leurs yeux me confirme ce que je redoutais. Je me mets à hurler. Mon chagrin remplit la pièce, le jardin, et cette maudite ville.

46

J'attends dans le couloir de l'hôpital que les médecins aient fini d'examiner Hannah et David. Quand la police est arrivée, le petit a été pris de tremblements qui ont duré tout le long du trajet. Une fois aux urgences, ils ont été transférés dans un cabinet de consultation et des médecins et des travailleurs sociaux se sont relayés auprès d'eux toute la nuit. Les infirmières m'ont apporté du thé et m'ont demandé si je voulais qu'on ausculte ma plaie sur le front, mais j'ai refusé. Cette blessure est ma pénitence. J'aurais dû protéger ma sœur, je ne l'ai pas fait, et cette culpabilité m'accompagnera toute ma vie.

Quelque part dans les entrailles de cet établissement, Sally gît dans un compartiment réfrigéré. Son existence a été abrégée par un psychopathe qui nous a tous dupés. En entendant claquer des talons au bout du couloir, je m'attends presque à la voir débarquer, agitant les bras et jacassant comme une pie. Ce n'est qu'une infimière. Quand elle s'éloigne, je sens m'abandonner quelque chose de chaud et lumineux. À la place, il y a un trou noir, le vide insondable de l'absence de ma sœur. Elle n'est plus.

– Mademoiselle Rafter ?

Deux silhouettes s'avancent vers moi, un policier en uniforme et une femme vêtue d'un long manteau en tweed, qui me tend la main.

– Inspectrice principale Lipton. Et voici mon collègue, l'agent Walker.

– On se connaît, réponds-je sèchement en me tournant vers le jeune homme. J'ai essayé de vous alerter sur ce qui se passait dans cette maison et vous n'avez rien fait. Enfin, si : vous m'avez arrêtée.

Il accuse le coup, et l'inspectrice fronce les sourcils.

– Si vous m'aviez prise au sérieux ce soir-là, ma sœur serait encore en vie et non à la morgue.

Tout à coup, je craque, et les larmes que je retiens depuis plusieurs heures jaillissent de mes yeux.

– Je suis vraiment désolée, mademoiselle Rafter, répond l'inspectrice Lipton. Vous avez dû vivre un enfer.

Elle tire une chaise et s'assied à côté de moi. L'agent, quant à lui, reste debout.

Je m'essuie les yeux et lui demande :

– Celui qui nous a fait subir toutes ces tortures, Paul Cheverell, il a été arrêté ?

Elle fait oui de la tête.

– Tant mieux.

Je suis satisfaite qu'il soit vivant, parce que je souhaite qu'il souffre autant qu'il a fait souffrir ma sœur pendant ses derniers instants et que pas une seconde, jusqu'à son dernier souffle, il ne connaisse la paix.

– Il est en garde à vue, m'explique-t-elle. Nous avons interrogé Mlle Rahmani, qui nous a fourni un certain nombre d'informations. Nous nous entretiendrons avec vous et votre nièce dès que vous serez en mesure de le faire.

Je commente avec amertume :

– Fida Rahmani était sa complice. Elle mérite d'être enfermée avec lui.

– D'après ce que nous savons, il semble qu'elle soit une victime de M. Cheverell au même titre que votre sœur et votre nièce. Nous pensons qu'elle est entrée illégalement dans le pays et que M. Cheverell a profité de sa situation.

– Ah bon ? Je ne comprends pas.

– Nous sommes en train d'affiner les détails, mais une voisine nous a déclaré qu'une femme correspondant à la description de Mlle Rahmani est venue voir votre sœur hier, peut-être pour se confier à elle. M. Cheverell s'en est probablement rendu compte et l'a agressée. Nous avons trouvé une batte de cricket tachée de sang dans son jardin.

– Pour l'instant, le sort de Fida Rahmani m'est indifférent. Elle a eu à plusieurs reprises l'occasion de m'exposer ce qui se tramait. Elle ne l'a pas fait et ma sœur est morte.

– D'après elle, M. Cheverell menaçait de les tuer, elle et l'enfant, si elle parlait. Il les avait séparés : votre nièce était retenue dans la cabane et il exigeait que son fils soit séparé d'elle pour éviter qu'il s'y attache trop. Mlle Rahmani lui obéissait. Il est courant que ces femmes finissent par devenir dépendantes de leur ravisseur.

Je n'arrive toujours pas à croire à la malfaisance de cet homme. Je ne peux pas m'empêcher de pleurer.

– Comment se fait-il que je n'aie rien vu ? J'ai pourtant effectué de nombreux reportages sur ce genre de sujets.

– Je suppose qu'on n'est jamais préparé à les vivre personnellement, surtout dans un quartier aussi résidentiel. Je dois avouer que nous ne nous y attendions pas.

Elle sourit à son collègue, peut-être dans l'espoir de l'exonérer de sa négligence.

Je rétorque abruptement :

– C'est bien regrettable.

Si elle savait à quel point elle se trompe ! Nous côtoyons tous, chaque jour, le mal absolu. Si j'ai appris une chose en plus de quinze ans d'enquêtes, c'est celle-là. Mais je ne peux pas espérer qu'ils comprennent. Je me lève.

– Nous vous contacterons sous peu, mademoiselle Rafter. D'ici là, nous avons prévu qu'un employé des Services de protection de l'enfance du comté vienne vous présenter les différentes options qui s'offrent à vous.

– Les options ?

– Concernant la prise en charge de votre nièce et de son fils. Il vous détaillera les prochaines étapes : accueil temporaire, suivi psychologique, éventuellement adoption…

Je lui réponds sans hésiter :

– Ça ne sera pas nécessaire. Je vais m'occuper d'eux. C'est ce que ma sœur aurait souhaité.

Elle hoche la tête.

– En tout cas, vous pourrez bénéficier d'une assistance si vous le souhaitez. Il va leur falloir un soutien important pour se remettre de ce qu'ils ont vécu.

– Oui, je m'en doute.

Les pleurs de David résonnent encore dans mes oreilles.

– N'hésitez pas à me contacter en cas de besoin, ajoute-t-elle en me tendant sa carte. J'ai noté mon numéro de ligne directe et les coordonnées de l'officier de liaison des Services sociaux du Kent.

– Merci.

– Une dernière chose : Mlle Rahmani a demandé à vous voir.

– Je n'en ai aucune envie.

– Apparemment, elle a quelque chose à vous dire. Elle est dans la salle 3. À vous de décider. Faites comme vous le sentez. À bientôt, mademoiselle Rafter.

Fida est allongée sur son lit, sous la garde d'une policière assise près de la porte, qui me fait un signe de tête. Elle lève les yeux. Son visage a été nettoyé, mais elle n'est pas belle à voir.

– Bonjour.

Elle hoche la tête, un peu endormie.

– Merci d'être venue. Asseyez-vous.

– Je ne vais pas rester longtemps.

– Je vous en prie, répond-elle en me montrant une chaise.

– Juste quelques minutes.

– Je suis désolée pour votre sœur.

– Ah bon ?

– Bien sûr. Je n'aurais pas dû aller la voir. J'aurais dû appeler la police.

– Pourquoi ne m'avez-vous rien dit ? Je vous ai suppliée plusieurs fois. J'aurais pu vous aider.

Elle s'essuie les yeux avec la couverture.

– Je voulais le faire. Et j'ai failli. Mais un soir, Paul est venu à la maison. Vous lui aviez raconté que nous avions discuté ensemble et il m'a frappée. En tentant de s'interposer, David a reçu un coup de poing dans la figure. C'était affreux. J'ai cru qu'il allait nous tuer. (Elle s'arrête pour se moucher.) Après son départ, j'ai envoyé David chez vous. Il avait peur, mais je lui ai promis que vous n'étiez pas un monstre. Paul lui répétait que le monde était rempli de méchants pour le dissuader de s'enfuir. Je lui ai dit d'être courageux, que vous vous appeliez Kate, que vous étiez gentille et que vous nous secoureriez.

– Il ne m'a pas trouvée ?

– Si. Il m'a raconté que vous dormiez sur un fauteuil et que lorsqu'il a essayé de vous réveiller, vous vous êtes mise à hurler. Il a eu tellement peur qu'il est parti en courant.

Je frissonne en repensant au sang sur mes mains et mon visage. C'était le sien. Pourquoi ai-je pris ces comprimés ? Si je n'avais pas été aussi dépendante, Sally serait encore avec nous. Je me souviens de Fida ouvrant sa porte avec une entaille sur le nez le lendemain soir, celui où j'ai été arrêtée. Et David levant vers moi un visage tuméfié depuis le massif de rosiers. Tout cela parce que j'avais interrogé Paul sur ses locataires.

Je me lève. Il faut que je sorte. Je dois aller pleurer la perte de ma sœur.

– Je suis navrée, Fida, pour tout ce que vous avez subi.

Je prends dans mon sac un carnet et un stylo et griffonne mon numéro de téléphone.

– Tenez. Si vous avez besoin de moi pour quoi que ce soit, appelez-moi à ce numéro.

Elle plaque le papier sur sa poitrine et ses yeux se remplissent de larmes.

– Oh, ce serait…

Elle se met à sangloter.

– Allons, c'est fini maintenant. Il ne peut plus vous faire de mal. Vous allez vous en sortir.

– Pardon, Kate. Je suis désolée.

– Oui, je sais.

En sortant, je fais un signe de tête à la policière et me retourne vers Fida. Couchée en chien de fusil, elle serre le morceau de papier contre elle comme un enfant endormi.

47

En repartant dans le couloir, j'ai l'impression que ma tête va éclater. La chaleur est tellement étouffante que j'ai envie de respirer un peu d'air frais avant de rejoindre Hannah et David. Je retourne à l'accueil où, derrière les portes automatiques, le soleil apparaît à l'horizon. Le ciel s'éclaire et prend la teinte bleutée de l'aurore.

Je reste quelques minutes devant l'entrée ; si j'étais fumeuse, je pourrais au moins occuper mes mains fébriles. Tout à coup, dans le parking, une silhouette en contre-jour agite le bras en se faufilant au milieu des voitures. Peu à peu, les traits de son visage deviennent nets. Ce n'est pas possible. Ce ne peut être lui.

– Kate !

Je cligne des yeux pour m'assurer qu'il ne s'agit pas d'un nouveau mirage. C'est bien lui.

– Chris ?

– Tu ne peux pas savoir comme je suis heureux de te voir ! dit-il en me prenant la main.

– Que fais-tu ici ?

Nous nous faisons face, pétrifiés ; deux âmes blessées devant un hôpital qui en contient des centaines. Il est si proche que je sens son parfum au cèdre, et je me retiens de me blottir contre lui. Je tends ma joue pour qu'il m'embrasse puis recule ; nos vies sont aujourd'hui séparées. Il glisse ses mains dans les poches de son élégant pardessus en laine.

– Je l'ai appris sur les chaînes d'info. Je n'arrivais pas à y croire. J'étais tellement secoué que j'ai voulu m'en assurer, et soudain, je t'ai vue devant moi… Un miracle !

– Ma sœur a succombé à ses blessures. Je n'ai pas pu la sauver.

– Je sais, les journaux télévisés ne parlent que de ça. Je suis vraiment désolé.

Je le regarde droit dans les yeux.

– Désolé de quoi ? De la mort de Sally ou de t'être comporté comme un salaud ?

Je n'ai pas pu m'en empêcher. En le revoyant, tout est remonté à la surface : le restaurant, ses mensonges, le bébé. Notre enfant qui ne verra jamais le jour.

– C'est mérité. Je n'ai pas été courageux, je le reconnais.

Je me tourne vers les néons de l'entrée.

– Il faut que j'aille m'asseoir. Il y a un bar à l'intérieur où l'on pourra prendre un café.

Nous longeons en silence des couloirs interminables jusqu'à une série de portes peintes dans un orange criard. Je sens derrière moi sa haute carrure rassurante.

– Va nous chercher à boire, je vais choisir une table.

Je traverse la cafétéria déserte et m'installe près de la fenêtre. Dehors, une ambulance arrive sur le parking. Les yeux dans le vide, devant l'étendue bétonnée, je tressaille en repensant aux secouristes en train de soulever le corps sans vie de Sally. *Pardon, Sally, pardon.*

– Voilà.

Il pose devant moi un gobelet de café. Éclairés par les rayons du soleil levant, ses yeux paraissent encore plus bleus. Pendant une seconde, je songe à tout ce que j'aime en lui et j'imagine la vie qu'on aurait pu avoir : on aurait emménagé dans un petit village tranquille du Yorkshire, on sortirait notre chien tous les jours, je cuisinerais des gâteaux et m'endormirais dans ses bras ; le matin, je me réveillerais la première pour contempler son visage illuminé d'or comme en cette minute, remerciant tout bas le Dieu en qui nous croirions de m'avoir envoyé cet homme. Il retire son manteau et s'assied en face de moi. Ma rêverie s'efface.

– Pourquoi es-tu venu, Chris ?

Il entoure sa tasse de ses longs doigts fins.

– Il fallait que je te voie. Après ce que tu as subi, je me suis dit que la présence d'un ami te ferait du bien.

Je réplique sèchement :

– Ah ? C'est ce que tu es maintenant ? Excuse-moi, j'ai dû rater un épisode.

Il se penche vers moi et me touche le bras.

– Tu sais bien que nous sommes plus que cela. Beaucoup plus.

– J'ai sûrement inventé le passage où tu m'as invitée au restaurant pour m'annoncer que c'était fini entre nous. J'ai vu ta femme, Chris. Je sais maintenant quelle existence tu menais quand tu n'étais pas avec moi.

– Excuse-moi, répond-il avec un air penaud.

En tournant la tête vers la fenêtre, je vois son reflet dans la vitre, les mains qu'il a croisées pour dissimuler son alliance. Il faut que je lui dise sans attendre ; sinon, je ne pourrai pas garder mon sang-froid. Pour éviter de voir sa réaction, je me concentre sur la masse compacte de voitures garées dehors.

– J'étais enceinte. Je voulais te l'annoncer ce jour-là, au restaurant, mais tu m'as devancée en déballant ton petit discours. (Il reprend sa respiration, mais je n'ai pas fini. Je poursuis d'une voix froide.) L'enfant est mort quelques heures plus tard. Tu n'as donc pas à t'inquiéter, il n'y aura pas de situation délicate à gérer.

Son silence emplit l'immense espace et je pivote pour voir s'il est encore là. La tête entre les mains, il fixe sa tasse.

– Chris ?

Il se redresse. Ses yeux sont humides.

– Mon Dieu, Kate, murmure-t-il. Je suis accablé. Tu méritais tellement mieux que moi. Tu as raison, je suis un pauvre type. C'est moi qui aurais dû être puni, pas toi.

Dans la lumière crue du petit matin, je le dévisage et, pour la première fois, je le vois tel qu'il est. Nous avons vécu notre relation dans une semi-obscurité, comme deux vampires assoiffés l'un de l'autre : nous nous glissions au lit à l'aube, nous nous donnions des rendez-vous clandestins sur des balcons d'hôtel au coucher du soleil. Aujourd'hui, sous le halo bleuté des néons, je comprends que je ne sais rien de lui. L'homme avec qui je faisais l'amour, qui me rendait folle de désir, qui m'embrassait le front quand j'étais dans ses bras, était une ombre, le fruit de mon imagination. Il n'a rien à voir avec le dandy en costume chic qui me fait face.

Les portes de la cafétéria s'ouvrent sur un jeune couple et leurs deux enfants, dont une petite fille avec le bras en écharpe ; les parents, apparemment épuisés, entraînent leur progéniture vers une table libre.

– J'ai été égoïste, reprend Chris en se penchant pour les laisser passer. Et lâche. Crois-moi, je suis revenu cent fois sur notre dernière conversation pour savoir si j'aurais pu agir autrement.

Je regarde la petite fille au bras bandé s'installer sur son siège et, subitement, notre entretien me paraît totalement futile. Je voudrais qu'il parte, que je puisse rejoindre Hannah et David. Je veux tenter de trouver une façon de me racheter pour mon frère, Nidal, Sally. Je croise les bras sur ma poitrine.

– Chris, à quoi ça sert de discuter ? Entre nous, c'est fini. Ce qu'on partageait n'existe plus. Tu dois te consacrer à ta femme et à tes filles, et je le comprends.

– Tu es étonnamment calme, commente-t-il avec un sourire crispé.

– Merde, qu'est-ce que tu veux entendre ? Que tu m'as brisé le cœur en mille morceaux ?

Un silence poli s'installe, uniquement rompu par les éclats de voix des enfants derrière nous. Il m'a mise en colère et j'ai envie de le secouer pour qu'il souffre un peu, lui aussi.

Je hausse la voix :

– Ta femme ne ressemble pas du tout à ce que j'imaginais. Il est vrai que tu n'as jamais été avare de surprises.

Il baisse la tête et je me détourne. Tout cela est pathétique. Je suis pathétique. Mais je ne peux pas m'arrêter.

– J'avais besoin de toi, répond-il. Je ne t'ai pas menti. Tu as su dès le départ que j'étais marié.

– C'est vrai.

– Tu ne voulais pas t'engager. L'idée du mariage te répugnait à cause de ton père. Tu me l'as dit au tout début, avant qu'il y ait quoi que ce soit entre nous.

– Toi, si j'ai bonne mémoire, tu prétendais que c'était ta femme qui te répugnait.

Ses épaules s'affaissent.

– Je t'aime, Kate.

De grosses larmes me montent aux yeux. Il ne peut pas se taire ?

– Je t'aime tellement que ça me fait peur, poursuit-il. Mais, entre nous, ça ne pouvait pas marcher : on a assisté aux mêmes atrocités, on fait les mêmes cauchemars. J'ai lu dans le journal le témoignage de ton photographe, Graham, à propos de l'enfant d'Alep, et j'ai su ce que tu avais ressenti parce que j'ai sorti des corps comme le sien de tombes à ciel ouvert, parfois jusqu'à dix par jour. Je les ai pris dans mes bras. Ils ressemblaient à mes filles endormies. (Il se met à pleurer et c'est plus fort que moi : je me penche vers lui pour essuyer sa joue. Il me prend le poignet et l'embrasse.) Quand je ferme les yeux le soir, je vois ces enfants morts. Tout devient noir là-dedans. (Il se frappe le front.) Ça ne part pas. C'est pour cela que j'ai besoin d'Helen : parce qu'elle n'a aucune idée de ce que j'ai vu. Je peux rentrer chez moi et oublier tout, évacuer les odeurs en prenant une douche, remplacer les images. La maison, les filles, Helen ne sont pas contaminées.

Je dégage ma main de la sienne.

– Alors que moi, si.

– Non, tu es une femme belle, intelligente et courageuse. La plus géniale que j'aie jamais rencontrée. S'il y avait une justice dans ce monde, qui sait ce qui serait arrivé ?

– Ils vécurent heureux et eurent beaucoup d'enfants ? Tu sais bien que cela n'arrive jamais et que ce n'était pas ce que je cherchais.

Il se penche et me scrute.

– Qu'est-ce que tu cherchais, alors ? Pourquoi es-tu restée avec moi toutes ces années ?

– Avec toi, je ne faisais pas de cauchemars.

Je soutiens son regard, puis me tourne vers la fenêtre. Une autre ambulance se gare devant l'entrée pour décharger un malade. Je sens les vibrations de son moteur sous mes pieds. Je sens aussi que Chris aimerait continuer à discuter mais je suis fatiguée ; à quoi bon essayer de ressusciter quelque chose qui n'aurait pas dû exister ?

Je me colle à la vitre ; le paysage se fragmente en une myriade de petits points et mon passé se met à danser devant moi : mon père debout à la porte, les bras croisés – un homme brisé dans un foyer brisé – ; ma mère en train de courir vers les vagues ; le visage de David quand nous ramassions des coquillages roses ; Hannah gigotant dans son berceau… Je vois le ballon de Nidal dans la rue, le sourire de Sally quand elle a fermé les yeux. La cafétéria est peuplée de fantômes. Ma main dans celle de Chris, je ferme les paupières pour tenter de les faire disparaître, mais ils s'incrustent dans mon cerveau comme des tumeurs se nourrissant les unes des autres.

Je vois sur son visage que nous nous sommes dit tout ce qu'il y avait à dire. Nous avons atteint le terminus. Nous nous levons sans un mot et repartons dans le labyrinthe des couloirs.

Une fois à l'air libre, dans le parking bétonné, je suis ankylosée de fatigue. Un taxi donne un coup de klaxon, un groupe d'infirmiers passent avec un air affairé. Plantés sur le trottoir, nous attendons que l'autre prenne congé en premier.

– Tu as raison, admet-il finalement. Le bonheur perpétuel n'existe pas. Mais on peut essayer, on peut espérer. Au bout du compte, ce n'est pas illusoire de rêver d'une vie heureuse ?

– Bien sûr que non ! (Je pense à Hannah et David et à la longue traversée qui nous attend.) Je ne pourrais pas exercer mon métier si je n'y croyais pas. Tant que je serai convaincue que les êtres humains peuvent aimer aussi bien que haïr, je pourrai continuer à vivre.

– Et les cauchemars ? me demande-t-il d'un ton inquiet, comme s'il était suspendu au-dessus d'un précipice et que j'étais son seul espoir de salut. On vit avec aussi ?

– Je vais m'y atteler. J'irai peut-être consulter un thérapeute.

– Si ça marche, transmets-lui mon numéro, d'accord ?

Je souris. Nous sommes deux éclopés de la vie au seuil d'une nouvelle existence, réticents à faire le premier pas.

– Où vas-tu ?

– Je ne sais pas encore, répond-il. Toi, qu'as-tu prévu ?

– Moi ? Je vais retrouver ma famille. Tu devrais en faire autant, Chris.

Il hoche la tête, puis fronce les sourcils.

– Et ensuite ?

– Ensuite… Qui peut savoir ?

– Bon, je vais prendre un taxi et te laisser…

Il ne finit pas sa phrase. Je l'attire vers moi et l'embrasse sur la joue. Je sens son corps se détendre contre le mien, comme toujours, et l'espace d'un instant je suis tentée de succomber, de le laisser revenir. Je recule d'un pas.

– Au revoir, Chris.

Il met un doigt sur ses lèvres et le pose sur les miennes. Les reflets de l'éclairage du hall font briller ses yeux. Puis il se dirige vers la file de taxis et ouvre une portière. Je regarde la voiture s'éloigner, sa tête devenir de plus en plus petite. Elle n'est bientôt plus qu'un point flou qui tremblote à l'horizon.

48

J'arrive sur le front de mer en tout début d'après-midi. Les bateaux sont sur la grève et les pêcheurs, en train de démêler leurs filets. Je me dirige vers eux, en déchiffrant au fur et à mesure les noms de leurs embarcations : *Castaway*, *Star-of-the-Sea*, *Merlin*, *Captain's Mate*. Puis j'aperçois *L'Achéron* et ses inquiétantes bandes noires et blanches, mais pas son capitaine. J'avance sur les galets en écrasant des coquilles de moules sous mes bottines. C'est mon dernier jour ici. J'ai beau appréhender cet instant, je sais que je dois lui poser la question avant de partir.

Les hommes relèvent la tête à mon approche. Ils sentent la sueur et le sel. En haussant la voix pour me faire entendre par-dessus le grondement des vagues, je leur demande :

– Excusez-moi, est-ce que Ray est dans le coin ?

Un jeune homme d'à peine vingt ans se redresse et répond en plissant les yeux :

– Il fait sa pause.

– Ah, d'accord. Vous savez à quelle heure il sera là ?

Un homme plus âgé s'approche.

– Vous le trouverez dans le troquet qui fait l'angle, ma petite dame. Excusez mon collègue, il n'a pas appris les bonnes manières.

Je les remercie et fais demi-tour. Je les sens qui m'observent – comme s'ils savaient. Dans le café, où plane une odeur d'œufs cuits et de frites, je le repère, assis près d'une fenêtre donnant sur la mer, une tasse de thé à la main. Il se lève en me voyant.

– Kate ! J'ai tout suivi aux infos. Cette pauvre Sally… Ça m'a fait de la peine.

Je m'assieds à sa table.

– Ray, j'ai besoin de savoir, à propos de la mort de David. Cette fois, je te demande de me dire la vérité.

Il me dévisage, le regard triste, puis fait signe à la serveuse.

– Je vais d'abord te commander à boire.

Nous restons assis sans parler pendant qu'elle pose une tasse de thé fumant devant moi. Une fois qu'elle est repartie, je me penche en avant et pose ma main sur celle de Ray.

– Est-ce que c'est moi qui ai tué mon frère ? Il faut que je sache.

Ses yeux s'arrondissent.

– Ça ne s'est pas passé comme ça, répond-il en secouant la tête.

– Paul prétend que si. Sally lui aurait révélé que je l'ai… noyé.

– Oh, mon Dieu !

– Je t'en prie, Ray, raconte-moi en détail.

Il se tourne vers la fenêtre et se met à parler d'une voix étranglée.

– J'étais dans mon canot, au mouillage, près des rochers. J'avais prévu de pêcher toute la journée. Je venais de préparer ma ligne quand j'ai entendu des voix d'enfants – des voix joyeuses. Sur la plage, il y avait une petite fille brune. C'était toi.

J'ai le cœur qui bat la chamade et un goût d'eau de mer dans la bouche.

– Tu étais avec ton frère, un tout petit bonhomme avec une couronne de cheveux. En lançant ma ligne, je souriais en vous regardant jouer. Vous sautiez dans les vagues, main dans la main, en riant. C'était un spectacle attendrissant. (Sa voix s'éraille et il déglutit plusieurs fois avant de continuer.) J'ai senti que j'avais une prise. Le poisson tirait sur l'hameçon et j'ai commencé à rembobiner. Je m'apprêtais à le hisser à bord quand quelque chose m'a fait lever les yeux. En fait, les voix s'étaient tues.

– Les voix ?

– La tienne et celle de ton frère. Tout était devenu silencieux – étrangement silencieux. Tu étais sur la rive, tu ramassais quelque chose que je ne pouvais pas voir.

En l'entendant parler, un frisson me parcourt. Je suis à nouveau là-bas, aussi précisément que si c'était hier. Je me penche vers des coquillages roses en forme de cœur éparpillés sur les galets. Bien plus tard, chaque fois que j'en verrais, je ressentirais une émotion inquiétante, inexplicable. Maintenant, je sais. Je murmure :

– Des coquillages. C'étaient des coquillages.

Je lève les yeux vers lui. Il est bouche bée. Il nous faut un moment pour digérer le fait que, si longtemps après, le souvenir m'est revenu.

– Oui, je crois que c'est ça, finit-il par répondre.

Je sens encore leur surface rugueuse sur mes mains.

– À ce moment-là, reprend-il, mon sang s'est glacé : tu étais seule. David n'était nulle part. Ce n'était pas normal. J'ai lâché ma ligne et me suis mis debout. Et là, je l'ai aperçu. (Il reprend sa respiration.) Pardon. C'est que… l'image est encore si nette…

– Tu l'as aperçu… où ?

– À environ trois mètres de toi, le visage dans l'eau. Dès que je l'ai repéré, je me suis mis à ramer comme un forcené. Ta mère, sur la plage, se dirigeait vers toi. Tu lui as tendu la main parce que tu voulais lui montrer ce que tu avais trouvé.

Maman, regarde… il a la forme d'un cœur !

Le souvenir me brûle. J'attends la suite.

– Elle appelait David. Je m'attendais à la voir courir, mais elle restait immobile.

Maman… regarde mon coquillage !

Elle est debout face à la mer. Quelque chose n'est pas comme d'habitude. Elle ressemble à une statue. Pourquoi ne marche-t-elle pas ? En suivant son regard, je vois David qui flotte à la surface. Je repense tout à coup au sentiment d'urgence qui m'a accompagnée toute ma vie, la certitude que quelqu'un était en danger et que je devais l'aider.

Ray reprend son récit :

– C'est toi qui t'es mise à courir, pas elle. Je tirais sur mes rames et toi, tu avançais dans les vagues vers ton frère. Ta mère restait sur place, comme en transe.

Maman, regarde…

– Quand je t'ai rejointe, il était invisible. Il n'y avait que toi, assise dans les bas-fonds. J'ai sauté du bateau et…

– Et quoi ? Qu'est-ce que tu as vu, Ray ?

Il passe une main noueuse sur son visage.

– Tu le tenais dans tes bras, murmure-t-il, et tu m'as dit… (Il s'essuie les yeux à nouveau.) Tu m'as dit : « J'essaie de le réchauffer. » (Il me prend la main et la presse fort.) Tu étais persuadée que tu l'avais sauvé.

Je suis pétrifée.

– Alors ce n'est pas vrai ? Je… ne l'ai pas noyé ?

Il plonge ses yeux dans les miens.

– Certainement pas. J'ai assisté à tout : il est resté immergé plusieurs minutes avant que tu parviennes jusqu'à lui. Tu ne l'as pas noyé, ma petite : tu l'as ramené au bord.

Je hoche la tête à mesure que le poids de ses paroles chemine dans mon esprit.

– Mais alors, pourquoi ? Pourquoi mon père a-t-il dit ça à Sally ?

– Je l'ignore. Je lui ai tout expliqué dans le détail : ta mère figée sur la plage – on a su plus tard qu'elle était en état de choc ; il paraît que ça peut avoir cet effet paralysant –, toi qui courais dans l'eau et étais arrivée la première vers David. Je lui ai raconté que tu le portais dans tes bras et que tu voulais le réchauffer. Mais tu sais, il était déboussolé. La disparition de son fils était incompréhensible pour lui, et il avait besoin de rejeter la responsabilité sur quelqu'un. Il a pris ce que je lui ai dit et a tout mélangé dans sa tête, je suppose.

– Il a préféré croire que j'avais noyé David pendant que maman me regardait faire ?

Je frissonne en repensant à son expression de haine.

– Je te l'ai dit, il était perturbé.

Nous restons suspendus dans le passé, qui volète autour de nous puis retombe.

Pour finir, je romps le silence :

– Merci, Ray. Merci d'avoir été là.

– Tu n'as pas à me remercier. Tout ce que je voudrais, c'est que tu sois heureuse, que tu laisses ces malheurs derrière toi et que tu vives ta vie. Il y a eu trop de souffrances dans ta famille. Il faut qu'elles cessent.

Après un silence qui me paraît durer une éternité, je me lève.

– Il faut que j'y aille. Je repars avec la fille et le petit-fils de Sally.

– C'est bien, répond-il avec un beau sourire. Vous allez prendre un nouveau départ. Avant que tu partes, je voudrais te dire une dernière chose. (Je me rassieds.) Ce jour-là a été le pire de ma vie. Déposer ton petit frère au fond du canot, essayer vainement de le ranimer… J'en ai fait des cauchemars pendant des mois. Des cauchemars terribles qui ne me quittaient pas. (Lui aussi ! Comme je le comprends…) Sais-tu ce qui les a apaisés ? Ce qui m'a permis de m'en libérer ? C'est le souvenir de ces quelques minutes : le soleil brillait, je venais de jeter ma ligne et je vous entendais rire. Pendant les derniers instants de sa courte existence, David avait été heureux ; il jouait avec sa sœur dans les vagues. Cela m'a rassuré.

Je me lève, les joues baignées de larmes. Il me serre dans ses bras comme mon père aurait dû le faire il y a si longtemps.

– Tes cauchemars vont prendre fin, murmure-t-il. Je te le promets.

Je sors du café. Avant de repartir à l'hôpital, je m'arrête un instant sur la plage de galets, face à la mer, pour emplir mes poumons d'air iodé. En cette fin de journée, accompagnée par les piaillements des oiseaux dans le lointain, je sens que quelque chose s'éloigne de moi. C'est à peine perceptible, aussi doux que la caresse d'une plume. Pourtant, je sais que mon petit frère, que j'aurais tant aimé sauver, vient de me dire au revoir.

Épilogue

Le petit garçon pousse un cri de joie quand l'avion amorce sa descente.

– C'est super, n'est-ce pas, David ?

Il me fait un sourire radieux et hoche la tête. Lorsque Sally était petite, nous disions que son sourire ressemblait à un rayon de soleil. En cet instant, avec la main de son petit-fils dans la mienne, j'ai la sensation qu'elle nous accompagne en esprit et qu'elle continuera à vivre à travers lui.

Hannah relève le volet.

– On va la voir d'ici quelques minutes.

David se colle au hublot. Il attend que les nuages se dissipent pour découvrir le décor de notre nouvelle vie. La passagère assise de l'autre côté de l'allée nous observe d'un air bienveillant. J'éprouve tout à coup un sentiment de sérénité. Après les traumatismes que nous avons subis, notre petite famille se reconstitue petit à petit. Nous avons habité à Londres ces derniers mois, dans une maison que j'avais louée le temps de vendre mon appartement de Soho. Elle a été pour nous une sorte de « refuge », même si Hannah avait pâli quand l'officier de liaison avait employé ce terme pour la décrire, car c'était ainsi que Paul nommait la cabane. J'ai donc suggéré qu'on l'appelle notre « résidence de vacances », un lieu de transit en attendant que nous soyons prêts à affronter le monde à nouveau.

Cela n'a pas été simple. Ils participaient deux fois par semaine à des séances de suivi psychologique pour les aider à verbaliser et analyser les atrocités qu'ils avaient vécues. Certains jours, j'ai cru que nous n'y arriverions jamais et j'ai craint d'avoir fait une grave erreur en acceptant de m'occuper d'eux. Puis, lentement, comme le perce-neige qui perfore la croûte de terre gelée, nous avons vu la lumière au bout du tunnel. David se réveille encore parfois la nuit en hurlant, mais j'apprends à l'aider, à me comporter en mère ; je le prends dans mes bras, l'embrasse, je vérifie avec lui qu'il n'y a pas de monstres sous le lit.

Pour ce qui est de mes cauchemars, ils sont encore là. Je suppose qu'ils ne partiront jamais totalement. Les hallucinations ont diminué, bien qu'il m'arrive de temps à autre de me demander si ce que je vois est bien réel ou s'il s'agit d'une illusion d'optique. J'en parle avec un spécialiste du syndrome de stress posttraumatique et mon état s'améliore petit à petit. Au lieu de repousser mes souvenirs avec des somnifères et de l'alcool, je les affronte. Et, comme avec la plupart des monstres, dès qu'on se dresse devant eux, on comprend qu'ils ne sont pas aussi effrayants qu'on le croyait.

Le véritable monstre, Paul Cheverell, est en prison. J'ignore laquelle et je ne veux pas le savoir. Lors du procès, nous avons découvert qu'il avait déjà été incarcéré pour des actes de violence conjugale et de viols sur sa première épouse. Il venait d'être libéré quand il est venu à Herne Bay récupérer la maison de ses parents. D'après les rapports du psychiatre, il se prenait pour un messie et s'attaquait aux femmes vulnérables qui croisaient sa route. J'imagine que le jour où Sally lui a fait signe depuis la palissade il a dû sentir sa fragilité. Elle voyait toujours le bon côté des gens et cela a provoqué sa perte. Quand il a été condamné à perpétuité, j'ai fait le vœu de reconstruire ce qu'il avait cherché à détruire. Pas à pas, Hannah et David remontent la pente et je veux tout faire pour qu'ils puissent un jour vivre sans peur.

– On va la voir bientôt ? s'écrie David alors que les silhouettes des buildings se découpent à l'horizon.

– Très bientôt !

Harry a pensé, sans doute avec raison, qu'un changement de décor me ferait le plus grand bien. À une époque, la perspective d'un poste fixe m'aurait épouvantée, mais j'ai désormais une famille à charge – sans compter qu'être nommée « correspondante à New York » sonne agréablement à mes oreilles.

– David, on est presque arrivés !

Nous nous pressons tous les trois contre le hublot, puis Hannah se baisse pour prendre dans son bagage à main l'urne en porcelaine.

– Il faut que maman soit avec nous.

Nous avons prévu de disperser les cendres de Sally peu après notre arrivée, et le moment de lui dire au revoir est proche.

– Je la vois ! s'exclame David.

La statue de la Liberté se dresse tout à coup dans le ciel tel un phare, promesse d'espoir et de liberté.

– Elle est immense. On dirait un ange !

Pendant qu'ils l'admirent, je ferme les yeux. Il est là, comme toujours, son « livre des sourires » à la main. « *Tusbih 'alá khayr*, Kate. »

Avant mon départ, j'ai consacré mon dernier article à un petit Syrien qui adorait le football et rêvait d'une vie meilleure. J'évoquais aussi ma sœur, qui voulait simplement être en sécurité, et Layla, Hassan et Khaled, tous ces gens qui m'ont donné un peu de leur vie et ne me quitteront jamais.

J'ai tapé ma conclusion en vitesse, juste avant de quitter définitivement la salle de rédaction : « Quelle singulière façon de gagner sa vie que de se jeter encore et toujours dans l'œil du cyclone. Les gens croient que nous ne connaissons pas la peur parce que nous allons au cœur des combats au lieu de les fuir, mais jamais je ne prétendrais que je suis courageuse. Être journaliste, pour moi, c'est offrir une voix à ceux qui sont réduits au silence, témoigner de leur histoire et montrer au reste du monde le véritable coût humain de la guerre. »

Alors que le visage de Nidal commence à s'effacer, je pense au poème gravé sur la statue : *Donne-moi tes pauvres, tes exténués, tes masses innombrables aspirant à vivre libres, le rebut de tes rivages surpeuplés. Envoie-les-moi, les déshérités, que la tempête me les rapporte. Je dresse ma lumière au-dessus de la porte d'or !* Je pleure l'homme qu'il serait devenu, l'existence qu'il aurait pu avoir.

Au moment où l'avion touche le sol, je murmure :

– *Tusbih 'alá khayr*, Nidal.

Remerciements

Pour l'aide et les encouragements qu'ils m'ont apportés pendant l'écriture de ce livre, je tiens à remercier :

Ma fantastique éditrice Katy Loftus, chez Viking, dont l'intelligence et la perspicacité ont été déterminantes.

Toute l'équipe de Viking Penguin.

Madeleine Milburn, mon agente, qui y a cru dès le début, ainsi que Cara Lee Simpson et ses formidables collègues de l'agence Madeleine Milburn, car leur soutien m'a été très précieux.

L'Arts Council England, qui m'a permis de mener des recherches documentaires.

Le Dr Anthony Feinstein, professeur de psychiatrie à l'université de Toronto, auteur de *Reporter de guerre : ils risquent leur vie pour l'information !* Il a pris le temps de répondre à mes questions sur les traumatismes que subissent les journalistes dans le monde entier, et notamment la dure réalité du syndrome de stress posttraumatique.

Hayley Vale, pour ses utiles éclairages sur le métier d'anthropologue médico-légal.

Mark Starbuck, pour la magnifique brochure qu'il a réalisée au moment où je rassemblais des données préparatoires.

Rowan Coleman, Carolyn Jess-Cooke et Cally Taylor, pour leurs paroles de réconfort quand j'en avais particulièrement besoin. J'ai beaucoup d'admiration pour ces grands auteurs.

Ma famille et mes amis. Merci à Fiona, Adam, Daniel et tous mes neveux et nièces.

Ma sœur Siobhan Kerr, qui m'a appris ce qu'était la vie de journaliste – les hauts et les bas, les méthodes d'enquête, l'intense excitation que l'on ressent quand on couvre un sujet. Je n'oublierai jamais cette soirée électorale de 1997 où je l'ai accompagnée dans la salle de rédaction et où j'ai vu l'histoire s'écrire en direct à l'instant où une nouvelle équipe remportait la victoire. J'ai compris alors pourquoi elle adorait son métier. À bien des égards, elle a inspiré le personnage de Kate Rafter.

Ma mère, ma meilleure amie, sans qui je ne pourrais rien faire. Elle m'a écoutée sans faiblir lui lire au téléphone des brouillons de chapitres – en pleurant aux passages tristes !

Mon père, brillant journaliste doté d'une maîtrise de la langue à laquelle je ne peux qu'aspirer, est tout simplement mon héros, et ce livre n'existerait pas sans lui. Il m'a dit un jour : « Les mots ont de la valeur. Respecte-la. » J'espère avoir rempli ma mission.

Luke, mon petit garçon au grand cœur, qui m'inspire et me comble chaque jour davantage, m'a donné la force d'écrire ce livre. Tout ce que je fais, je le fais pour lui.

Nick, dont le magnifique reportage illustré m'a permis d'affiner mon intrigue et qui m'a soutenue jusqu'à la fin. Son témoignage sur les camps de migrants à Calais est gravé dans ma mémoire et je suis très fière de son travail.

Je dédie ce texte à Marie Colvin, grande journaliste et femme intrépide, qui s'attachait, dans le chaos de la guerre, à toujours relater l'histoire des hommes. Son courage a inspiré cette histoire.

Enfin, si le personnage de Nidal est fictif, un très grand nombre d'enfants de par le monde n'ont, comme lui, d'autre choix que de vivre dans des zones de guerre. Si cet ouvrage peut servir à quelque chose, j'espère qu'il fera la lumière, même modestement, sur l'urgente nécessité de tout mettre en œuvre pour leur porter secours et, en paraphrasant la célèbre reporter de guerre Martha Gellhorn, « de s'insurger haut et fort contre l'injustice ».

Mise en pages
PRESS·PROD

Imprimé en Espagne
Dépôt légal : Février 2018
ISBN : 978-2-7499-3404-4
LAF 2462